Gespräch
mit einem Toten

* 1919 † 1943

von Doris von Vangerow

Gespräch mit einem Toten

* 1919 † 1943

von Doris von Vangerow

Süddeutsche
Verlagsgesellschaft
Ulm

1. Auflage 1990
© Süddeutsche Verlagsgesellschaft Ulm
Gesamtherstellung:
Süddeutsche Verlagsgesellschaft Ulm
ISBN 3-88-294-151-0

Dank gebührt meinem Bruder, dessen Briefe mich zum Schreiben dieses »Gespräches« anregten. Seine Briefe habe ich wortgetreu abgeschrieben.

Ich danke auch meinem Mann, der mich mit großer Geduld beim Schreiben des Manuskriptes ermunterte und mir mit guten Ratschlägen zur Seite stand.

Dank schulde ich auch Herrn Udo Vogt von der Süddeutschen Verlagsgesellschaft Ulm, der es mir ermöglichte, dieses Buch zu veröffentlichen.

Gemälde von Karl-Heinz als Fünfjährigem

In Erinnerungen versunken betrachte ich das Gemälde, auf dem Du, Karl-Heinz, als Fünfjähriger dargestellt bist. Aschblonde Locken umrahmen ein ausdrucksvolles Kindergesicht, aus dem dunkelblaue Augen sinnend und träumerisch in die Welt blicken. Die Vergangenheit wird wieder in mir lebendig. Erinnerungen aus unserer Kindheit vermischen sich mit Bildern aus Deinem späteren Leben.
Wir beide hatten eine behütete, sorgenlose und glückliche Kindheit und eine harmonische frühe Jugendzeit.
Doch eine grausige Erschütterung überfällt mich, wenn ich daran denke, welch bittere Jahre Du durchleben mußtest, Jahre manchmal fast übermenschlicher Anstrengungen, aber auch Jahre seelischen Kummers, bis ein sinnloser Tod in einem sinnlosen Krieg Dein allzu kurzes Leben beendete.
Ich glaube aber nicht, daß mit dem Tode der menschliche Geist in eine ewige Dunkelheit versinkt, sondern in einer jenseitigen Welt weiterlebt, in einer Atmosphäre, von der wir keine Vorstellung haben.
So bist Du mir manchmal sehr nahe. Als ich einmal lebensgefährlich krank war, hatte ich das Gefühl, Du seist gegenwärtig und schautest mich an.
Da wußte ich, daß Deine Seele noch lebendig ist, und mit dieser Gewißheit schwand bei mir die Angst vor dem Tode. Und ich bin mir ganz sicher, daß ich mich jederzeit mit Dir unterhalten kann, denn unsere Seelen stehen miteinander in Verbindung. Wenn ich jetzt die Augen schließe, erscheinst Du in meiner Vorstellung so wie ich Dich in Deinem letzten Urlaub, im August 1943, vor mir sah. Abgemagert, im Gesicht ausgemergelt, mit bleichen Wangen und tiefliegenden, ungeheuer traurigen Augen schautest Du mich an, als ich das letzte Mal mit Dir alleine war, und Du sagtest in einem heiseren, leisen Tonfall zu mir: »Wir werden den Krieg nicht gewinnen, alle Kämpfe, Anstrengungen und Entbehrungen waren umsonst.«

Meine Kinder und Enkelkinder wissen nichts von Dir, nur, daß Du mein Bruder warst und im Kriege gefallen bist.
Inzwischen sind seit dem Kriegsbeginn fünfzig Jahre vergangen. Die jungen Menschen verstehen unsere Generation nicht, sie verstehen nicht, wie es zum Kriege hat kommen können, und wir Alten fragen uns: »Was hätten wir dagegen tun können?«
Ich möchte, daß unsere Nachkommen Dein Leben kennenlernen, und ich versuche, in meinen Erinnerungen aufzuspüren, was uns damals bewegte, wie wir dachten und fühlten.

Träumen wir uns zunächst in unsere Kindheit und Jugend zurück, als wir beide so eng verbunden waren wie nur Geschwister es sein können, die fast gleichaltrig sind. Du warst nur eineinhalb Jahre älter als ich, und wir teilten all' unsere Freuden, unsere Sorgen und die ersten Kinderängste. Manchmal schien es uns, als ob wir in einer Welt jenseits der Erwachsenen lebten, in einer Welt, die nur uns gehörte, und die nur wir verstanden.
Als Kleinkinder lebten wir in unserem Haus ziemlich isoliert und hatten keine gleichaltrigen Spielkameraden. Unser Kinderfräulein, die von uns geliebte Jula, hatte dafür zu sorgen, daß wir sauber gewaschen und gekleidet waren und daß wir uns anständig und folgsam benahmen. Ich kann mich nicht daran erinnern, daß einmal ein Erwachsener mit uns gespielt, gebastelt oder gesungen hätte, und einen Kindergarten besuchten wir nicht.
So ließen wir in unserer Phantasie Gestalten lebendig werden, die für uns ein geheimnisvolles Leben führten. Ein Spielkamerad, mit dem wir uns unterhielten, war »der Mensch aus Glas«. Da er aus Glas bestand, konnte man durch ihn hindurchschauen, und doch war er für uns gegenwärtig. Er gab uns immerzu Widerworte, war eigensinnig, und wir konnten nach Herzenslust mit ihm

schimpfen und kindliche Aggressionen abbauen, ohne uns gegenseitig wehe zu tun.
Es gab auch noch eine »Lone« und eine »Kawa«, aber wie wir mit ihnen verkehrten, weiß ich nicht mehr so genau. Wir gebrauchten Worte, die nur wir verstanden. »Da hab' ich mir ein ›Geseh‹ gemacht«, sagtest Du, wenn Dir ein Ereignis, welches sich Deinem Gedächtnis bildlich eingeprägt hatte, so wichtig war, daß Du es mir nahebringen wolltest. Natürlich machte ich mir manchmal auch ein »Geseh« und erzählte Dir davon.
Nun will ich eine meiner ersten Kindheitserinnerungen in Deinem Gedächtnis wachrufen. Ich sehe uns an einem Sonntagmorgen im Garten unseres Elternhauses spielen. Jula hatte Dich in einen weißen Matrosenanzug gekleidet, ich trug ein gesticktes, weißes Voilekleidchen, und Jula hatte gesagt: »Macht euch ja nicht schmutzig, heute mittag kommt Besuch, und bei der Begrüßung mach' du, Karl-Heinz, einen zackigen Diener und du, Doris, einen Knicks, und vergeßt nicht, Onkel und Tante euer rechtes Händchen zu geben.«
Wir wären ja so gerne folgsam gewesen, gingen nicht zu unserem Sandhaufen, sondern an den kleinen Brunnen, wo wir Dein Schiffchen schwimmen ließen.
Schwamm es nicht in unserer Phantasie auf der Mosel bis zum Rhein, dann den Rhein hinunter bis zum Meer und übers Meer bis zum fernen Amerika? Da wir wußten, daß auf dem Meer starke Wellen sind, planschten wir kräftig mit unseren kleinen Händen bis, oh Schreck, das Schiffchen umkippte und im Brunnen versank. Mit unseren kurzen Ärmchen konnten wir es nicht mehr herausangeln, und dann hattest Du eine glänzende Idee. Du holtest unsere Kindergießkannen und schlugst vor, den Brunnen bis auf den Grund auszuschöpfen, um das Schiffchen zu bergen. Mit unermüdlichem Eifer begannen wir, aus dem Brunnen Wasser zu schöpfen, und da damals große Hitze herrschte, meinte ich, die Blumen hätten Durst, und so

gossen wir das Wasser auf die Blumenbeete. Leider senkte sich aber der Wasserspiegel in dem Brunnen nur um wenige Zentimeter, und in unserem Eifer vergaßen wir gänzlich die Zeit. Plötzlich schlug der Gong zum Mittagessen, und wir wurden hereingeholt. Unsere Jula blickte uns voller Entsetzen an, denn unsere Kleider waren naß und schmutzig. Sie schob uns rasch ins Kinderzimmer, und dann regnete es Vorwürfe und Schläge. Solche Strafen beeindruckten uns nicht nachhaltig, da wir daran gewöhnt waren. Wir liebten unsere Jula trotz ihrer Strenge.
Denkst Du noch zurück an Karin, unsere erste Freundin? In der Zeit unserer frühen Kindheit hatte Mutter eine Hausschneiderin, unsere Frau Kühne, die meine Kinderkleider nähte. Eines Tages erschien sie mit verweinten Augen und berichtete, ihr Bruder in Dortmund sei arbeitslos geworden, er sei nicht mehr in der Lage, seine Frau und seine Tochter Karin zu ernähren, sie trüge sich mit dem Gedanken, die kleine Karin zu sich zu nehmen. Mutter riet ihr zu und meinte, Frau Kühne könne Karin, die in meinem Alter war, jederzeit mit zu uns bringen. So erschien eines Tages – ich war damals vier Jahre alt – Frau Kühne mit einem blonden, blauäugigen Mädelchen, das sich schüchtern an sie klammerte und vor uns Fremden Angst zu haben schien. Karins Beklemmung löste sich, als Du gleich auf sie zugingst, sie fröhlich anlächeltest, sie bei der Hand nahmst und zu mir führtest. Es war bei uns Dreien »Liebe auf den ersten Blick«, Karin wurde in unsere kindliche Gemeinschaft aufgenommen, nahm an all' unseren Spielen teil, sie kam täglich und feierte auch Ostern und Weihnachten mit uns gemeinsam.
Weißt Du noch, wie wir an einem Nikolausabend in unserem Kinderzimmer saßen und Karin und ich vor Angst zitterten? Unsere Köchin Berta hatte uns erzählt, der Nikolaus hätte eine Rute und böse Kinder stecke er in einen Sack. Du lachtest uns aus, denn Du glaubtest nicht

mehr an den Nikolaus. Plötzlich rasselte unten im Flur eine Kette. Als wir Schritte auf der Treppe hörten, blickten wir angstvoll auf die Tür und atmeten erleichtert auf, als Vater und Mutter hereinkamen, uns Grüße vom Nikolaus bestellten und Plätzchen, Schokolade und Nüsse als Geschenke vom Nikolaus mitbrachten. Du paßtest auf, daß Karin ebenso viele Süßigkeiten bekam wie wir, und dann schwelgten wir in den weihnachtlichen Leckereien. Ich schrieb, daß nie ein Erwachsener mit uns gesungen hätte, da muß ich mich verbessern. Bei der abendlichen Waschprozedur pflegte Jula mit ihrer schönen Altstimme Lieder zu singen. Melodien und Texte riefen Bilder in uns wach, und wir hörten stets gespannt zu. Erinnerst Du Dich noch daran, welches unser Lieblingslied war? »Es geht bei gedämpftem Trommelklang . . .« mit dem traurigen Schluß: »Ich, aber ich traf ihn mitten ins Herz.«
Als Kinder haben wir uns alle Liedtexte bildlich vorgestellt, auch das Lied: »Ich hab mein Herz in Heidelberg verloren . . .«, und bei den Worten: »Ich war verliebt bis über beide Ohren«, haben wir uns abends im Bett die Bettdecke bis über beide Ohren hochgezogen und uns überlegt, ob wir nun verliebt seien.
Unsere Jula stammte aus Zeltingen, einem Moselort, der ehemals von Römern besiedelt war. Konntest Du Dir nicht auch vorstellen, daß ihr Vater, ein kräftiger, gut aussehender Winzer, unter seinen Vorfahren einen römischen Feldherrn hatte? Jula, mit ihrem römischen Profil, den schwarzen Haaren und dunklen Augen war in ihrer Art eine Schönheit und erinnerte an die Bilder römischer Edeldamen. Als ich einmal über ein Wochenende mit nach Zeltingen gefahren war, fragte ich Julas Vater ganz naiv: »Wo habt Ihr denn Euer Musikzimmer?« Er lachte, nahm mich bei der Hand und zeigte mir den Stall mit Kühen und goldigen kleinen Schweinchen. »Sieh mal«, sagte er, »wir haben zwar kein Musikzimmer, aber einen Stall mit lebendigen Tieren.« Ich war befriedigt und

dachte, daß ein solcher Stall doch viel mehr wert sei, als noch so viele Zimmer. Entsinnst Du Dich des Wochenendes, das Du einmal bei Jula verbrachtest? Nach Deiner Rückkehr erzähltest Du mir, daß Jula Dich am Sonntag zu einem Gottesdienst in die katholische Kirche mitgenommen hätte. »Es war beinahe so schön wie im Theater«, berichtetest Du mir.
Zu jener Zeit ging ich noch nicht zur Schule, und wir hatten gerade gemeinsam mit Karin, unser erstes Theaterstück gesehen: »Peterchens Mondfahrt.« Besonders einprägsam war für uns die Szene gewesen, wie der Maikäfer Sumsemann Peterchen und Anneliese das Fliegen beigebracht hatte. »Rechtes Bein, linkes Bein, und dann kommt das Flügelein, summ, summ, summ...« Wir wünschten, auch fliegen zu können, stellten uns auf einen Treppenabsatz und Du kommandiertest: »Rechtes Bein...« Wir breiteten die Arme aus, sprangen die Treppenstufen hinunter und waren ganz enttäuscht, als wir uns nicht in die Lüfte erhoben.
Wenn auch Erwachsene nicht mit uns spielten – das war in der damaligen Zeit nicht üblich – so kümmerte sich Mutter sehr besorgt um uns, wenn wir krank im Bett lagen, was nicht selten vorkam. Sie brachte uns das Essen an das Bett und las uns manchmal aus unseren Bilderbüchern vor. Auch Vaters Stimme habe ich noch im Gedächtnis, wenn er las: »Paulinchen war allein zu Haus...« Ehe er uns verließ, bat ich:« »Zeig uns doch mal Deine goldene Uhr.« Vater zog seine Taschenuhr aus der Westentasche, hielt sie mir hin und sagte: »Puste mal!« Ich blies feste und atmete befriedigt auf, wenn daraufhin der Uhrendeckel aufsprang. Du lachtest dabei, denn Du wußtest schon, daß Vater nur auf ein Knöpfchen drückte, um den Deckel zu bewegen.
Am 26. Mai 1919 geboren, warst Du noch keine sechs Jahre alt, als Du im April 1925 in die Winninger Volksschule aufgenommen wurdest. Erinnerst Du Dich noch daran,

daß Mutter uns erzählte, Du seist zwei Monate zu früh zur Welt gekommen? Bei der Geburt hast Du nur 1400 Gramm gewogen und wurdest in den ersten Lebensmonaten buchstäblich in Watte gewickelt, um zu überleben. Da Mutter, gemeinsam mit einer hervorragenden Säuglingsschwester, um Dein Leben kämpfen mußte, hat sie an Dir immer mit besonderer Liebe und Sorge gehangen.
An Deinem ersten Schultag muß ich krank gewesen sein, denn ich erinnere mich, daß ich im Bett lag, als Jula Dich zu mir führte und ich Dich im ersten Moment nicht erkannte. Man hatte Dir Deine blonden Locken abgeschnitten, und Du schautest nicht mehr so aus wie auf dem Gemälde, das ich mir eben noch betrachtet habe. Deine schönen Locken waren verschwunden, Du wolltest in der Schule als Junge mit kurzgeschnittenen Haaren erscheinen. Du lachtest sehr, als ich kleine Vierjährige fragte: »Bist Du es, Karl-Heinz?«
Um Deinen Lockenkopf hatte ich Dich beneidet, denn meine Haare waren glatt und dunkelblond.
Stell' Dir vor, ich habe neulich in einer Ausstellung in München über »Franz von Stuck und seine Schüler« einige Gemälde von Hanns Pellar gesehen, der im Jahre 1916 unsere Mutter und acht Jahre später Dich gemalt hat. Er war ein Schüler von Franz von Stuck, aus dessen Schule auch so berühmte Maler wie Paul Klee und Kandinsky hervorgegangen sind. Unter dem von Pellar gemalten Bild von Dir steht eine marmorne Skulptur, die uns beide darstellt und die unsere Tante Milly geschaffen hat. Milly Steger war in den zwanziger Jahren Stadtbaumeisterin von Hagen und im Jahr 1978 hat zu Ehren ihres 100. Geburtstags eine Ausstellung ihrer noch vorhandenen Werke in Hagen stattgefunden. Leider wurde die Mehrzahl ihrer Plastiken im zweiten Weltkrieg durch Bomben zerstört.
Kannst Du Dich noch daran erinnern, wie wir Modell saßen? Ich hatte einen Ball in der Hand, durfte aber nicht

damit spielen und mußte ganz still sitzen. Zur Belohnung für unsere Geduld gab Tante Milly uns, wenn sie ihre Arbeit beendet hatte, Ton in die Hand, und wir durften daraus Figuren oder Gegenstände formen. Dir machte das Modellieren besonderen Spaß, und ich bewunderte die Segelschiffe und Autos, die Du mit Deinen kleinen Händen aus dem Ton zaubertest.

Denkst Du noch zurück an Deinen sechsten Geburtstag, als Du zehn Kinder einladen durftest? Die Eltern hatten Dir ein Turnreck mit zwei Kletterstangen und eine Wippe geschenkt. Normalerweise konnten vier Kinder auf der Wippe sitzen, zwei auf jeder Seite, sich an einem Eisenring festhalten und so auf- und niederwippen. Aber alle Kinder drängten sich gleichzeitig auf die Wippe. Ich wollte nicht zurückstehen, setzte mich auf den schmalen Holzbalken hinter ein anderes Kind und hielt mich an dessen Kleidern fest. Das Auf- und Niederschaukeln machte mir zuerst Spaß, wurde aber dann so heftig, daß ich das Gleichgewicht verlor und unsanft auf die Kante unseres Sandkastens fiel. Mein rechter Arm schmerzte scheußlich, und ich begann, bitterlich zu weinen. Ich sehe noch Deine bestürzten Augen, als Du Dich über mich beugtest und fragtest: »Wo tut es denn weh?« Erinnerungen, die so weit zurückliegen, ich zählte ja erst knapp vier Jahre, sind immer nur bruchstückhaft. Ich sehe mich dann mit Dir und Mutter in unserer Kutsche sitzen, die uns, gezogen von Max und Moritz, unseren beiden Schimmeln, nach Koblenz brachte. Die Landstraße war noch nicht asphaltiert, und bei jedem Schlagloch schmerzte der gebrochene Arm. An die Klinik, in die ich eingeliefert wurde, habe ich keine Erinnerung mehr, und Dich kann ich leider auch nicht mehr danach fragen.

Im Garten unseres Winninger Hauses findet man heute noch einen Grabstein mit der eingemeißelten Schrift: »Harras 1925 bis 1934«. Erinnerst Du Dich auch noch an den Tag, als Vater ganz überraschend einen jungen, noch ungebärdigen Hund zu uns ins Haus brachte, der gleich vertrauend und temperamentvoll an Dir hochsprang? Ich weiß noch, daß er sich nach seiner Ankunft im Schlafzimmer von Vater und Mutter vor den großen Kleiderschrankspiegel stellte und wütend den fremden Hund anbellte, der ihm, ebenfalls wütend, aus dem Spiegel entgegenbellte. Harras, so hieß der junge Airedaleterrier, wurde unser lieber Spielkamerad. Nicht wahr, er war ein außerordentlich intelligenter, aber auch recht aufregender Hund. Manches Huhn und manche Katze wurden von ihm totgebissen. Jede Tür, die nicht abgeschlossen war, konnte er öffnen, in dem er mit den Vorderpfoten auf die Türklinke sprang.

Nicht gerade zur Freude der Eltern, setzte er sich oft bei Tisch richtig auf einen Stuhl und hob die Pfote, wenn er nach einem Bissen verlangte.

Wenn wir längere Zeit nicht mit Harras spazierengegangen waren, überwältigte ihn der Hang nach Bewegung. Früh morgens schlich er sich aus dem Haus, schwamm über die Mosel und jagte im Wald Kaninchen und Hasen.

Sicher erinnerst Du Dich auch noch daran, welch grausige Angst wir hatten, ein Förster würde Harras bei diesen wilden Streifzügen erschießen, denn dazu hatte ein Förster das Recht. Wie waren wir erleichtert, wenn Harras abends zurückkam mit hängenden Ohren und eingekniffenem Schwanz wie das personifizierte schlechte Gewissen. Er wußte genau, daß er nun Schläge bezog. Da Harras uns leid tat, ertrugen wir Kinder es nicht, bei der Strafprozedur zuzuschauen.

Nicht ganz so schlau und aufregend wie Harras war unsere schwarze Dackelin Simmi, die ihm im Haus überall hin folgte. Einmal bemerkten wir erstaunt, daß Simmis Bauch immer dicker wurde. Nach einigen Wochen holte Jula uns ganz früh aus unseren Betten und führte uns zu Simmis Körbchen. Da lagen fünf niedliche kleine Dackelchen und nuckelten an Simmis Bauch. Ein schwarzes, das wir Mohr-

chen nannten und vier braune, Puck, Nöck, Vobby und Häschen. Schnell wuchsen die Dackel heran, und dann waren die Spaziergänge mit unseren sieben Hunden atemberaubend aufregend. Harras sauste die Weinberge hoch und die sechs Dackel laut kläffend hinterher, zum Schrecken und Ärger der in den Weinbergen arbeitenden Winzer.
Im Jahre 1926 schafften unsere Eltern das erste Auto an, einen Adler mit Handbremse, Schalthebel und Ersatzrad an der Außenwand. Vater und Mutter machten beide den Führerschein. Zu jener Zeit mußte man bei der Fahrprüfung noch genau wissen, wie der Automotor funktionierte, wo Vergaser und Zündkerzen saßen, und man mußte auch ein Rad auswechseln können, denn es gab ja noch kaum Reparaturwerkstätten.
Du, als siebenjähriger, wißbegieriger Junge, interessiertest Dich ungemein für alles, was mit Technik zusammenhing. Ich weiß noch genau, wie Du gespannt zuhörtest, als der Fahrlehrer den Automotor erklärte. Mutter behielt es nicht so schnell, und Du konntest ihr in allen Einzelheiten die Erläuterungen des Fahrlehrers erklären. Unsere Eltern sind aber dann fast nie selbst gefahren, denn beide waren gleich zu Beginn ihrer Fahrkünste in irgendwelche Unfälle verwickelt. Vielleicht könntest Du Dich noch an Einzelheiten erinnern, aber ich habe vergessen, was damals passierte. Gemessen an der geringen Anzahl der Autos geschahen zu jener Zeit weit mehr Unfälle als heute, denn es gab noch kaum Verkehrsregeln. Die Regel rechts vor links bei Nebenstraßen bestand noch nicht. Man mußte lediglich vor jeder Kreuzung und vor jeder Kurve hupen. Erinnerst Du Dich noch daran, wie in Andernach ein Motorradfahrer uns in die rechte Flanke fuhr und sich ein Streit entspann, wer gehupt hatte und wer nicht?
Bis zum Ausbruch des Krieges hatten wir einen Chauffeur, unseren Hein, den wir, besonders als Kinder, ungemein schätzten.

Du weißt es gewiß auch noch, Hein hatte von seinem Großvater das Schreinerhandwerk erlernt, war einige Jahre zu einem Konditor in die Lehre gegangen, aber bei der damals herrschenden Arbeitslosigkeit war er froh, bei unseren Eltern eine Stelle als Keller- und Weinbergsarbeiter zu bekommen. Da Vater bemerkte, daß Hein recht intelligent war, ließ er ihn den Führerschein erwerben.
Hein war nicht nur unser Chauffeur, er machte viele Reparaturen im Haus, schreinerte für mich zu Weihnachten ein wunderschönes Puppenhaus, mit dem heute noch eine unserer Enkelinnen spielt, und zum Wochenende buk er phantastisch leckere Torten. Dafür schenkten unsere Eltern ihm ein Ruderboot, das er sich sehr gewünscht hatte. Hein wohnte im Nachbardorf und fuhr täglich mit dem Fahrrad hin und zurück, zusammen mit einem anderen Arbeiter, der in unserem Weinkeller beschäftigt war und Laux hieß.
Denkst Du noch daran, wie wir beide, Du und ich jeden Nachmittag nach Dienstschluß erwartungsvoll vor dem Hallentor standen bis Hein und Laux mit ihren Fahrrädern erschienen. Schwups saß ich bei Hein auf der Lenkstange, Du auf dem Fahrrad bei Laux, und los ging's, für uns beide kleine Stöpkes ziemlich schnell in Richtung Kobern. Nach ein bis zwei Kilometern wurden wir vorsichtig abgesetzt und wanderten zu Fuß nach Hause zurück. Einmal fuhren wir immer weiter, ich piepste: »Hein, wir müssen doch zu Fuß zurücklaufen«, aber Hein und Laux stoppten die Räder nicht, sondern lachten nur verschmitzt. Schließlich kamen wir in Kobern an, die Räder wurden abgestellt, und Hein führte uns beide zur Mosel, dorthin, wo sein Ruderboot lag. Wir durften ins Boot steigen, und Hein ruderte mit uns die Mosel hinunter. Zu der Zeit war die Mosel noch nicht kanalisiert. In der Nähe einer Insel war die Strömung besonders stark, häufig bildeten sich Strudel, und die Wellen ließen unser Boot heftig schaukeln. Ich mag damals etwa drei oder vier

Jahre alt gewesen sein und fing ängstlich an zu weinen. »Dumme Heulsuse!«, sagtest Du und schautest mich vorwurfsvoll an. Schnell schluckte ich die Tränen hinunter, und als wir heil in Winningen ankamen, war ich richtig stolz auf die Moselfahrt. Was für Wasserratten sind wir dann später geworden! Doch alles der Reihe nach. Bei unserer Ankunft zu Hause schimpfte Jula mächtig, weil wir so spät zum Abendessen kamen, und sicher hat sie später auch mit Hein geschimpft. Überhaupt hatte Jula ständig an Hein herumzumäkeln. Aber sechs Jahre später, als wir aus dem Kinderfräuleinalter hinausgewachsen waren, heirateten die beiden. Unsere Eltern richteten ihnen in einem Seitengebäude unseres Hauses eine Wohnung ein, es kamen dort zwei nette Jungens zur Welt, und die Familie lebte dort, bis Hein Dir ins Jenseits folgte. Doch davon erzähle ich Dir später.
Zu meinem sechsten Geburtstag hatte Mutter mir einen wunderschönen bunten Griffelkasten gekauft. Da Mutter, wie Du weißt, recht mitteilsam war – ich glaube, wir haben diese Eigenschaft beide von ihr geerbt – zeigte sie Dir vor meinem Geburtstag den Griffelkasten und verbot Dir bei Strafe, mir nichts davon zu erzählen. Konntest Du mit sieben Jahren schon ein Geheimnis bewahren? Du wußtest Dir zu helfen. Du fragtest mich: »Was wünschst Du Dir zum Geburtstag?« Mir fiel nicht sofort ein Wunsch ein, und Du meintest: »Ich, an Deiner Stelle, würde mir einen Griffelkasten wünschen aus dunkelgrünem, glänzendem Holz mit roten Rosen, gelben Schlüsselblumen und blauen Veilchen bemalt.« So freute ich mich an meinem Geburtstag, als ich genau den Griffelkasten bekam, den ich mir in der Phantasie vorgestellt hatte.
Ich erinnere mich jetzt an meinen ersten Schultag, der für mich ganz und gar nicht ehrenvoll war. Ich sehe mich zwischen vielen fremden Kindern sitzen, Karin saß weit weg von mir, Du warst auch nicht da, und Mutter war mit den anderen Müttern nach Hause gegangen. Die Kinder

neben mir sprachen »platt«, so nannte man unseren Dorfdialekt, und sie beachteten mich nicht. Ich frage mich heute noch, welche Gefühle mich damals dazu bewogen, den Kopf auf die Schulbank gelegt, heftig loszuweinen? Ein solches Kind würde man heute als »verhaltensgestört« bezeichnen. Jedenfalls waren alle Versuche seitens der Lehrer und des Rektors der Schule, mich zu beruhigen, vergeblich. Schließlich holte man Dich, Du hattest in einem anderen Klassenzimmer Unterricht, und Du mußtest mich nach Hause bringen. Natürlich schämtest Du Dich wegen Deines »unartigen« Schwesterchens und machtest mir unterwegs Vorwürfe. Nur langsam gewöhnte ich mich an die Schule. Karin mußte mich jeden Morgen abholen und auch wieder mit mir nach Hause gehen und natürlich neben mir sitzen. Aber mit der Zeit freundete ich mich auch mit den anderen Kindern an, besonders mit Johanna, deren Großmutter eine Metzgerei führte und uns oft Bratwürstchen schenkte, die wir zu Hause auf meinem Puppenherd brieten.
Erinnerst Du Dich noch an unsere Spielzeuge? Du hattest Deine elektrische Eisenbahn und eine Festung mit vielen Bleisoldaten, ich das Puppenhaus, eine von mir sehr geliebte Käte-Kruse-Puppe, eine Puppenküche mit Herd und Geschirrschrank, auch noch einen Puppenkleiderschrank, und gemeinsam besaßen wir einen Kaufladen, an dessen Innenwand ein kleines Spielzeugtelefon angebracht war. Das Telefon unserer Eltern war für uns Kinder restlos tabu, und wir betrachteten es mit ehrfürchtiger Scheu. Weißt Du noch, wenn Mutter ihre Schwester, unsere Tante Friedel, in Koblenz anrief, hob sie den Hörer ab, drehte an einer Kurbel, woraufsich das Fräulein vom Amt meldete. Dann sagte sie: »Bitte Koblenz, Nummer 2608.« Ich hatte das nur so ungefähr im Ohr, und wenn ich in unser Spielzeugtelefon hineinsprach, sagte ich: »Bitte Koblenz, 26 Nudel 8.« Hattest Du das auch so im Ohr? Jedenfalls hast Du mich nie verbessert.

Wir besaßen noch vier Bilderbücher, die ich alle auswendig kannte, bevor ich zur Schule kam, denn sie wurden uns manchmal von Mutter, Vater oder unseren älteren Cousinen vorgelesen. Erinnerst Du dich noch an das Buch vom Zwergen »Strupp«, der von einem Fisch verschluckt wurde? Da lautete ein Vers: »Strupp, gib nur auf die Angel acht, der Fisch dort böse Augen macht.« Das Buch ist längst verschollen, aber einige Verse habe ich noch heute im Gedächtnis. In einem anderen Bilderbuch beeindruckte uns besonders das Bild eines prächtigen, in roten Samt und weißen Hermelin gekleideten Königs, vor dem ein ziemlich großer Floh saß. Die Verse begannen: »Es war einmal ein König, der hatte einen Floh, den liebt er gar nicht wenig, als wie sein eignen Sohn . . .« Erst viele Jahre später entdeckte ich, daß die Verse aus Goethes »Faust« stammen. Diese Verse sind wohl unzählige Male von Germanisten interpretiert worden, die Kommentare zu Goethes »Faust« schrieben. Wir beide unterhielten uns über dieses Bild, stellten uns den König und den Floh so vor, wie sie in dem Bilderbuch gemalt waren und wünschten uns, einmal einen richtigen Floh zu sehen, was uns zum Glück nicht gelang.

Die Dorfkinder besaßen kaum Spielzeuge, sie beneideten uns sehr, und als wir dann beide Schulkinder waren, kam oft eine Schar von Kindern zu uns zum Spielen. Unsere Eltern waren sehr vernünftig, sie ließen uns nur bis etwa zwei Monate nach Weihnachten mit Puppenhaus, Eisenbahn und Kaufladen spielen. Dann wurde alles weggeräumt, und wir freuten uns unbeschreiblich auf das nächste Weihnachtsfest, wenn die Spielsachen wieder auftauchten.

Im Sommer spielten wir am liebsten auf der Straße, was damals noch nicht so gefährlich war wie heute. Das Spielen mit Murmeln, bei uns sagte man »Klicker«, war besonders beliebt. Zwischen viereckige Pflastersteine wurden Löcher gebohrt, und dann knipste man mit den Fingern die

Klicker dort hinein. Ein sehr beliebter Ort zum Spielen war der Zimmerplatz, etwa hundert Meter von unserem Haus entfernt gelegen, wo ein Zimmermann Holz gestapelt hatte. Ich schaute zu, wie Du auf den wippenden, schmalen Holzbalken balanciertest, wollte es Dir gleich nachmachen und fiel natürlich erst einmal unsanft auf die Nase. Doch langsam lernte auch ich, auf den schmalen Holzbalken herumzulaufen. Manchmal wälzten wir uns in einem Haufen von Sägespänen, das machte uns besonders viel Spaß. Die Spuren der Sägespäne in den Haaren, Ohren und in den Kleidern waren nicht so leicht zu entfernen, und unsere Jula hatte dann allen Grund, mit uns zu schimpfen. Gänzlich verboten war natürlich das Spielen auf dem »Ausschutt«. So nannten die Dorfbewohner die öffentliche Müllkippe, die sich an der Mosel am Rande eines Tümpels zwischen der Insel und dem Festland befand. Eine öffentliche Müllabfuhr gab es damals nicht. Samstags zogen die Winzer und Bauern mit ihren kleinen Leiterwagen zum Ausschutt und kippten dort ihren Müll hinein. Trotz des modrigen Geruchs, der dort die Luft verpestete, übte der Ausschutt auf uns Dorfkinder eine reizvolle Anziehungskraft aus. Was konnte man nicht alles mit den vergammelten Matratzen, den alten Kochtöpfen, kaputten Kommoden, halb verrosteten Herden, durchgesessenen Sesseln, beschädigten Werkzeugen und anderen mehr oder weniger nützlichen Gebrauchsgegenständen anfangen, mit allem, was die Dorfbewohner nicht mehr benutzten und dem Ausschutt übergeben hatten? Mit einiger Phantasie waren alle Dinge plötzlich wieder neu. Aus altem Gerümpel entstand ein richtiges Zimmer, in dem man wohnen, schlafen und essen konnte. Kam ein Erwachsener des Weges, versteckten wir uns rasch hinter einem dicken Müllhaufen. Aber wir müssen es zugeben, oft haben wir nicht dort gespielt. Jula merkte alles, der Geruch unserer Kleider verriet uns, und wir wurden nach solchen Exkursionen gleich in die Badewanne gesteckt.

Natürlich haben wir auch oft im Sandkasten in unserem Garten gespielt, und da kommt mir eine Episode in den Sinn, die uns beiden großen Kummer bereitet hat. Ob Du Dich daran noch erinnerst?

Mit etwas Wasser aus dem Brunnen formten wir aus dem feuchten Sand ein großes Haus, das langsam zu einem zauberhaft schönen Schloß wurde. Nun fehlte noch ein Park. Blumen von den Beeten durften wir nicht pflücken, nur die Gänseblümchen, die als Unkraut auf der Wiese wuchsen. Kleine Blumenbeete mit Gänseblümchen und zwei Löwenzahnblumen, die bei uns selten waren, denn sie wurden zu meinem Leidwesen immer schnell ausgestochen, hatten wir bald in unseren Schloßgarten gepflanzt. Aber in einen Park gehörten doch auch Bäume. Mein Blick fiel auf eine Beetumrandung, die aus großen grünen Blättern mit gelbem Muster bestand. »Schau mal, das wären ideale Bäume für unseren Park«, sagte ich. Du hattest Bedenken, da Du ahntest, daß man diese Zierblätter nicht ausrupfen durfte. Aber ich hatte schon mein Schippchen geholt, grub die Blätter mit den Wurzeln aus, wir beide pflanzten sie als Bäume in unseren Schloßpark und betrachteten dann freudig unser Werk. Zwischen den Bäumen wurden mit Kieselsteinen kleine Wege angelegt, ich holte Puppen aus dem Puppenhaus, die in dem prachtvollen Park spazierengingen.

In der folgenden Nacht regnete es in Strömen, und es blies ein heftiger Wind. Als wir am Morgen dann zum Sandkasten kamen, bot sich uns ein Bild der Verwüstung. Das Schloß war eingestürzt, die Blätter lagen welk und traurig herum, die Wurzeln ragten wie kleine Pinsel nach oben. Fröhlich plaudernd spazierten Vater und Mutter den Gartenweg entlang. Ich höre noch Mutters Entsetzensschrei: »Wer hat die schönen Blätter ausgegraben?« Aus Angst vor Strafe antwortete ich nicht, Du sagtest: »Vielleicht hat Harras sie ausgebuddelt?« Nun wurde jedes einzelne Blatt nach Spuren von Hundepfoten untersucht. Vater und

Mutter fragten uns mehrmals, ob wir nicht doch die Übeltäter gewesen seien. Zunächst leugneten wir hartnäckig, aber nach langem Kreuzverhör gaben wir dann zu, daß wir die Blätter als Bäume benutzt hatten. Lügen wurden bei uns mit Recht sehr streng bestraft, wir wurden zu absoluter Wahrheit erzogen. Nun bekamen wir drei Tage Hausarrest und mußten ein Gedicht auswendig lernen, das wir vor Vater und Mutter aufsagten. Ich sehe uns dabei noch in unserem Eßzimmer vor dem Buffet stehen. Das Gedicht begann: »Vor allem eins, mein Kind, sei treu und wahr, laß nie die Lüge Deinen Mund entweihn, von Alters her im deutschen Volke war die höchste Pflicht, getreu und wahr zu sein!«

Denkst Du noch zurück an die seltenen Wintermonate, wenn wir auf den Tümpeln schlittern und später auch Schlittschuhlaufen konnten, sobald sich eine Eisdecke gebildet hatte?

Und während der Schneemonate war auch das Schlittenfahren für uns ein herrliches Vergnügen. Heute ist die Straße, auf der wir mit unseren Schlitten hinunterrasten, die Straße, die vom Berg hinab nach Winningen führt, eine verkehrsreiche Autostraße. Der vielgepriesene Fortschritt unserer Technik macht heute solche Winterfreuden nicht mehr möglich.

Ein gefährliches Wintererlebnis kommt mir gerade in den Sinn, an das Du Dich vielleicht auch noch erinnerst.

Unmittelbar neben der Mosel befindet sich ein Eisenbahnviadukt, das von breiten Steinpfeilern gestützt wird. Von dort zieht sich das Dorf den Hang hoch, und die Straßen zum oberen Dorfteil haben ein starkes Gefälle. Einmal holte uns einer Deiner Klassenkameraden ab und führte uns zu einer Kreuzung, von der aus eine solche Straße nach unten zur Mosel führte. An der Kreuzung stand ein alter Kuhschlitten, den der Junge aus dem Stall seines Vaters entwendet hatte. Dieser Schlitten war nicht lenkbar, sondern diente als Zugschlitten, der normalerweise von Kühen oder Pferden gezogen wurde. Die Gefahr nicht beachtend, stiegen wir, etwa fünf Kinder, in diesen Schlitten. Ein Kind schob uns an, wir sausten die Straße hinunter und prallten mit voller Wucht gegen einen der steinernen Pfeiler des Eisenbahnviaduktes. In hohem Bogen flogen wir aus dem Schlitten heraus. Ein wahnsinniger Schmerz – dann wurde es dunkel. Mehr weiß ich nicht. Sicher hattest Du Dir auch sehr weh getan. Hatten wir unseren Eltern von dem Abenteuer erzählt, und waren wir ernstlich verletzt? Da verläßt mich mein Gedächtnis.

Da ich gerade von Winterfreuden spreche, erinnerst Du Dich noch an unsere Fahrt in die Schweiz? Mutter war lungenkrank und mußte einige Monate in einem Sanatorium in der Schweiz zubringen. Natürlich hatte sie Sehnsucht nach uns. So durften wir sie, begleitet von unserer Jula, besuchen.
Nie werde ich die Fahrt mit der Albulabahn vergessen, die uns in die Schweiz brachte. Die Näschen an die Scheiben gedrückt, schauten wir mit großen, staunenden Augen auf die spitzen Gipfel der weißen Schneeberge, die so unendlich hoch in den blauen Himmel ragten. Ich wünschte mir, dort oben auf einem der Gipfel zu sein, da war man doch der Sonne und den Sternen viel näher. Plötzlich wurde es stockdunkel, wir fuhren durch einen Tunnel und dann über eine hohe Brücke, in der Tiefe rauschte ein Gebirgsbach, und wenn wir hinunterblickten, wurde es uns ganz schwindlig.
Es war im Jahre 1928, und in St. Moritz fand die Winterolympiade statt. Ich sehe uns noch auf der Tribüne des Sportstadions sitzen und den Atem anhalten vor Bewunderung, als Sonja Henie, das Eiswunder, mit der graziösen Leichtigkeit einer Elfe auf dem Eis tanzte, ihre Pirouetten drehte, hoch in die Luft sprang und dann sicher weitertanzte. Nachts träumte ich, auch so wundervoll Schlittschuh zu laufen wie Sonja Henie. Aber als ich dann einige

Tage später die ersten Laufversuche auf dem Eis unternahm und gleich versuchte, in die Luft zu springen, plumpste ich schmerzhaft auf das harte Eis, und wir beide waren nachher froh, vor- und rückwärts und einige einfache Bögen laufen zu können.
Als Vater nachgereist kam, machten wir mit ihm zusammen auch die ersten Skilaufversuche. Du lerntest es schnell, aber ich glaube, ich bin damals mehr auf dem Hosenboden gerutscht als auf meinen Skiern. Unser Aufenthalt in der Schweiz in jenem Jahr war wohl auch recht kurz, und die Zeit reichte nicht aus, um das Skilaufen gründlich zu lernen. Bald schon mußten wir wieder von Mutter Abschied nehmen.
Kehren wir in Gedanken nun wieder nach Winningen zurück, und laß uns an unseren Garten im Frühjahr denken, wenn die Pfingstrosen blühten, Flieder, Goldlack, tropfende Herzen und Vergißmeinnicht, und die Luft erfüllt war von dem betäubenden Duft der lila Glyzinien, die sich an unserer Hauswand hochrankten.
Der Frühling und der Sommer, das waren die Zeiten der Familienfeste. Du weißt es, Mutter war eine geradezu perfektionierte Gastgeberin, und es war für sie immer eine besondere Freude, unsere Oma, unsere Onkel und Tanten, Vettern und Cousinen einzuladen und die Feste zu eindrucksvollen Erlebnissen zu gestalten. Weißt Du noch, wie wir in Silvesternächten, die regelmäßig von Tante Agnes in Andernach ausgerichtet wurden, mit Vettern und Cousinen in den Schnee hinausliefen, uns im Garten mit Schneebällen bewarfen und in schneelosen Wintern in einem gerade nicht benutzten Wohnraum mit schönen weichen Kissen Kissenschlachten veranstalteten? Beim Bleigießen um Mitternacht stellten wir phantasievolle Zukunftsprognosen auf, angeregt durch ein Gläschen heißen Punsch, den wir auch schon als Kinder trinken durften.
Die beiden Cousinen Anneliese und Erika, einige Jahre älter als wir, waren für uns wie Geschwister, denn unsere

Väter waren Brüder und unsere Mütter Schwestern. Ihr Vater, unser Onkel Oskar, war im ersten Weltkrieg gefallen, und wir wußten von ihm nur sehr wenig. Das ist auch ein Grund, weshalb ich dieses Gespräch mit Dir niederschreibe. Unsere Nachkommen sollen nicht nur Fotos von Dir betrachten können, sondern auch Dein Wesen kennenlernen.

Anneliese und Erika kamen mit ihrer Mutter, unserer Tante Friedel, die auch für uns wie eine zweite Mutter war, des Sonntags oft zu Fuß von Koblenz zu uns herüber. Wir freuten uns immer mächtig auf ihren Besuch, kümmerten sie sich doch liebevoll um uns Kinder. Sie nannten uns »Männlein« und »Mäuslein«. Nicht wahr, als Du älter wurdest, paßte Dir diese Anrede nicht mehr. Und eines Tages entgegnetest Du wütend: »Ich bin kein ›Männlein‹ mehr!«

Unter den Vettern und Cousinen, die, wie auch unsere geliebte Oma, in Andernach wohnten, waren Friedrich und Brigitte in unserem Alter. Wir konnten herrlich mit ihnen spielen und Streiche aushecken. Mit Friedrich tauschte ich Stollwerkbilder und Bierdeckel und wir handelten eifrig. Du schautest dabei lächelnd zu, denn kaufmännisches Handeln schien Dir schon als Kind wenig reizvoll. Friedrich hatte den Speicher seines Elternhauses mit Bierdeckeln tapeziert, ich machte es ihm nach und tapezierte unsere Garage in Winningen mit vielen bunten Bierdeckeln, auf denen manchmal sinnige Sprüche standen wie zum Beispiel: »Der größe Feind der Menschheit wohl ist sicherlich der Alkohol, doch in der Bibel steht geschrieben, du sollst auch deine Feinde lieben!«

Sehr geschätzte Spielkameraden und später Freunde waren unsere Vettern Hans und Fritz, die mit ihren Eltern und noch vier Brüdern in Potsdam wohnten und oft die Ferien bei uns verbrachten. Eine besonders liebe Cousine war uns auch Irmtraut aus Osthofen, mit der ich nächtelange Gespräche führte, wenn sie bei uns zu Besuch war.

Karl-Heinz 1929

Vier Jahre lang besuchten wir in Winningen die Volksschule. Unser Lehrer mußte in einem Schulraum zwei Jahrgänge gleichzeitig unterrichten, etwa sechzig bis siebzig Kinder, und nur mit Prügelstrafen konnte er die zum Unterricht notwendige Disziplin aufrechterhalten. Freche Knaben wurden übers Knie gelegt und mit einem Stock verhauen. Ich bekam einmal Schläge auf die Hände, weil ich mit meinem Griffelkasten gespielt hatte. Aber wir mochten unseren Lehrer gerne und empfanden die Strafen als gerecht.

Oft ließ unser Lehrer die älteren Kinder beim Unterrichten der jüngeren helfen. Da ich gute Aufsätze schrieb, mußte ich manchmal meinen Aufsatz den anderen Kindern als Diktat vorlesen. Nur meine Handschrift war immer schlecht, und ich muß Dir gestehen, mit zunehmendem Alter ist meine Schrift auch nicht besser geworden.

Unser Lehrer brachte einmal einen treffenden Vergleich. Er sagte zu mir: »Wenn du einen guten Aufsatz in einer schlechten Schrift schreibst, ist das so, als ob deine Mutter eine gute Suppe gekocht und in einen schmutzigen Topf gefüllt hätte.«

Deine Schrift war viel besser, und Du konntest als kleiner Junge auch schon wunderschön malen.

Wir hatten in der Volksschule nur die Fächer: Lesen, Schreiben und Rechnen. Musik, Zeichnen, Turnen und Handarbeit, diese Fächer wurden in unserem Dorf nicht unterrichtet. Es gab zu jener Zeit zu wenig Lehrer, oder der Staat hatte keine Mittel, um genügend Lehrer einzustellen. Da aber das Fach: »Singen« auf dem Zeugnis stand, mußten wir, bevor die Zeugnisse geschrieben wurden, einzeln vorsingen.

Habe ich Dir damals erzählt, wie es mir dabei ergangen ist? Ich sang: »Oh, wie ist es kalt geworden ...« Schon nach der ersten Strophe brachen die anderen Schüler und Schülerinnen in lautes Gelächter aus, und ich setzte mich blutübergossen wieder auf meinen Platz. Trotzdem bekam ich in »Singen« »Gut«, was mir den Zorn und Neid der Mitschülerinnen einbrachte, die viel besser gesungen hatten als ich, aber schlechtere Noten bekamen. Neid konnte ich und kann ihn noch heute schlecht ertragen.

In der Oberschule war es später umgekehrt. Jahrelang hatten wir eine Klassenlehrerin, die Schülerinnen, deren Eltern sie für »Kapitalisten« hielt, besonders schlecht

behandelte und ihre Noten herabsetzte. Das habe ich immer mit Fassung getragen, denn ebenso wie Du, habe ich die Schule nicht sonderlich ernstgenommen. Im übrigen ist es manchmal leichter, in der Schule benachteiligt, als anderen vorgezogen zu werden.
Wir beide hatten als Kinder, und auch später, niemals eigenes Geld. Taschengeld bekamen wir nicht, und auch während unserer Ausbildungszeiten erhielten wir keinen festen Wechsel. Wir mußten jeden Pfennig, den wir von dem Geld unserer Eltern ausgaben, aufschreiben und darüber Rechenschaft ablegen. Für diese Erziehung zu spartanischer Sparsamkeit war ich später unseren Eltern sehr dankbar. Ich hätte mir nie erlauben können, Zigaretten zu kaufen und habe daher auch nie begonnen zu rauchen, und nach dem Krieg hat mir meine Sparsamkeit über schwere Zeiten hinweggeholfen. Damals war es ja allgemein üblich, daß die Kinder begüterter Eltern besonders streng und sparsam erzogen wurden, heute wäre das einfach nicht mehr möglich.
Aber Du weißt ja auch, daß unsere Eltern uns viel geboten haben und stolz darauf waren, daß wir Reitstunden hatten, Klavier- und Geigenunterricht, einen Kahn und auch einige Jahre lang ein Pony besaßen.
Unser Pony mit dem hochtrabenden Namen »Rheingold« war noch nicht zugeritten, als es zu uns kam, und der Sattel, der zum Reiten angeschafft wurde, war etwas zu groß. Temperamentvoll und wild, versuchte das Pony bei unseren ersten Proberitten, uns möglichst rasch abzuwerfen. Es war beinahe so wie bei den Rodeos in Texas. Saß ich im Sattel, senkte das Pony den Kopf zwischen die Vorderbeine, so daß der Sattel senkrecht stand, und ich rutschte über den Kopf des Ponys auf den Boden. Erst als wir in Koblenz Reitunterricht hatten, gelang es uns, das Pony zu bändigen.
Anläßlich eines Schulfestes Eures Gymnasiums solltest Du bei der Aufführung einer Indianerschlacht im Freien auf

dem Pony reitend mitwirken. Beim Training auf der Insel galoppiertest Du über die Wiese, bemerktest eine tiefe, mit hohem Gras bewachsene Mulde nicht, das Pony stürzte und überschlug sich. Als buntes Knäuel wälztet Ihr Euch beide auf dem Boden. Das Pony erhob sich wieder, aber Du bliebst liegen, Du hattest ein Bein gebrochen. Zum Glück war unser Hein in der Nähe. Er zog Dir einen Schuh aus, wickelte ein Tuch um das gebrochene Bein und hob Dich auf das Pony. Ich sehe Dich noch mit bleichem Gesicht und verbundenem Bein auf dem Pony sitzen, als ich Euch entgegenkam. Unsere Eltern schafften daraufhin das Pony wieder ab.
Aber als Dein Beinbruch verheilt war, bist Du in Koblenz wieder geritten und hast auch einmal an einem Reitturnier teilgenommen.
Ich sprach eben von Deinem Ritt über die Insel, die wir »unsere Insel« nannten. Wir teilten sie mit den Dorfkindern und wenigen Erwachsenen, die Freude am Schwimmsport hatten.
Die Winninger Müllkippe, »Ausschutt« genannt, war noch während unserer Kinderzeit zugeschüttet und bepflanzt worden. Steinwälle, »Krippen« genannt, verbanden die Insel mit dem Festland. Dazwischen lagen stille Tümpel, in denen sich Pappeln und Weiden spiegelten und wo herrlich bunt blühende Wasserrosen das dunkelgrüne Wasser belebten.
In einer ungemein starken Strömung floß die damals noch saubere Mosel an der dem Fluß zugewandten Seite der Insel vorbei.
Sicher kannst Du Dir noch vorstellen, wie wir unsere Kräfte anstrengen mußten, wenn wir mit unserem Kahn die Mosel aufwärts ruderten. An einer mit Pappeln gesäumten Bucht legten wir an, und nach einer kurzen Ruhepause gingen wir in Badekleidung zur Westspitze der Insel, vorbei an wild wachsenden Büschen, wo wir manchmal Schmetterlinge beobachteten, die schwarz gemustert waren und rot-blaue

Augen hatten. Es waren Apolloschmetterlinge, die dort durch die Luft schwirrten. Wegen dieser seltenen Schmetterlinge stand die Insel zu jener Zeit noch unter Naturschutz. Gewiß hast Du noch die friedlich stille, idyllische Atmosphäre dieses damals von der Zivilisation noch unberührten Fleckens Erde in Erinnerung. Wenn wir von der Westspitze aus in die Fluten gesprungen waren, ließen wir uns von der Strömung zu unserem Kahn zurücktreiben. Ich sehe noch die grünen Berghänge an uns vorübergleiten und die im Sonnenlicht silbern glänzenden Blätter der Pappeln und Weiden gegen den blauen Himmel, während uns die Wellen umschmeichelten.

Du kannst Dir keine Vorstellung davon machen, wie sich diese damals so zauberhafte Landschaft verändert hat.

Auf der Insel befindet sich heute ein Campingplatz, wo die Wohnwagen und Zelte so dicht gedrängt stehen, daß man kaum hindurchgehen kann. Die Mosel ist so verschmutzt, daß das Schwimmen dort kein Vergnügen mehr macht.

Da die Mosel kanalisiert wurde und sich dadurch verbreitert hat, sind die Tümpel verschwunden. Es gibt nur noch eine Krippe, auf der eine asphaltierte Straße zur Insel führt.

Dort wo die Tümpel das Landschaftsbild geprägt hatten, befindet sich heute ein Yachthafen mit unzähligen, schikken Motoryachten, die im Sommer mit lautem Getöse die Mosel hinauf- und hinunterbrausen.

Jedoch kommen die zahlreichen Touristen, die heute Winningen bereisen, auf ihre Kosten, denn man hat am Ufer der Mosel ein schönes, großes beheiztes Freibad mit ausgedehnter Liegewiese gebaut.

Zur damaligen Zeit war unsere Freude am Schwimmen und Rudern ungetrübt.

Kein Wunder, daß wir bei diesen sportlichen Vergnügen und den Schularbeiten, die wir nebenher erledigten, keine Zeit hatten, für unseren Musikunterricht zu üben. Deine Geigen- und meine Klavierstunden hatten wenig Erfolg.

Wenn Du geigtest, heulte unser Dackel Fips, ein Enkel der schwarzen Dackelin Simmi, in den höchsten Tönen bis Vater dich bat, aufzuhören, und Du warst Fips dankbar, daß du nicht weiter üben mußtest.

Aber wenigstens einmal im Jahr haben wir gemeinsam musiziert. Denkst Du noch zurück an die feierlichen Weihnachtsabende, wenn Mutter auf dem Klavier Weihnachtslieder spielte, Du dazu geigtest und ich die Melodie auf der Flöte begleitete? Und wie wir dann alle gemeinsam »Stille Nacht« sangen, unsere Büroangestellten, der Weinbergsverwalter, Hein und Jula und alle anderen, die zu unserem Haushalt gehörten und die zu der Feier eingeladen waren? Nach dem Gesang sagten wir beide vor einer riesigen, mit bunten Kugeln und Wachskerzen geschmückten, im eigenen Wald geschlagenen Fichte, Weihnachtsgedichte auf. Heute kann ich Dir ja sagen, daß ich mich dabei immer aufgeregt habe, weil Du Dir meistens erst am 24. Dezember ein Gedicht aussuchtest. Ich lernte es dann schnell auch auswendig, damit ich im Notfall soufflieren konnte. Endlich durften wir uns dann unseren Geschenken zuwenden. Am allermeisten freute ich mich, als ich im Alter von 14 Jahren mein erstes Fahrrad bekam. Es war nicht einmal ein neues Rad, sondern ein altes von Mutter, das wieder in Ordnung gebracht worden war. Ich war selig und unterschrieb auch willig alle Bedingungen, die an dieses Geschenk gebunden waren.

Eine Bedingung: Ich sollte jedes Mal vom Rad absteigen, wenn sich ein Auto nahte! Zum Glück wurde ich bald wieder von diesem Vertrag entbunden.

Entsinnst Du Dich noch der Herbste in Winningen, wenn als herausragendes Ereignis die Weinlese eine große Rolle spielte?

Wir hatten während der Lese schulfrei, durften schon als Kinder helfen und freuten uns, daß wir als Lohn 10 Pfennig pro Stunde bekamen. Der Stundenlohn für die Wein-

bergsfrauen betrug zu jener Zeit 40 Pfennig, für die Männer, die schwere Botten die steilen Weinbergstreppen hinauf- und hinuntertragen mußten, 60 Pfennig.
Weißt Du noch, wie aufgeregt Mutter zur Zeit der Lese war? Mit Hilfe unserer Köchin mußte sie die zwanzig bis dreißig Personen, die bei der Lese halfen, jeden Mittag verpflegen.
Das Essen wurde in einem riesig großen Kessel, eingehüllt in Zeitungspapier und Wolldecken, auf einem Leiterwagen, gezogen von unseren Schimmeln, später von einem Traktor, zu dem Weinberg gefahren, in dem wir gerade arbeiteten. Es gab abwechselnd zusammengekochtes Kraut mit Kartoffeln und Hammelfleisch, Linsen- oder Erbsensuppe mit Würstchen und »Flubbes« (Tresterwein), soviel man haben wollte.
Wir liefen die Weinbergstreppchen hinunter zur Straße, jeder erhielt einen Blechteller, und das Essen wurde verteilt. Der Duft eines solchen, im Freien besonders lecker schmeckenden Eintopfs, ist noch heute bei mir verbunden mit dem Duft von Trauben und Weinblättern, die noch ein wenig nach Kupfervitriol rochen.

Als wir dem frühen Kindesalter entwachsen waren, durften wir mit unseren Eltern verreisen. Bei den Autoreisen war Hein unser Fahrer und auch unser Kamerad. Weißt Du noch, wie wir im Park des Hotels am Wörther See »Hein fangen« spielten? Er lief uns davon, schlug Haken wie ein Hase, und wir hatten Mühe, ihn dann plötzlich am Rockzipfel festzuhalten. Oft erzählte er uns von seinen spannenden Kriegserlebnissen. Als ganz junger Kerl wurde er im ersten Weltkrieg eingezogen und geriet in französische Gefangenschaft. Dreimal machte er einen Fluchtversuch, zweimal wurde er wieder geschnappt, aber der dritte Versuch glückte. Ich weiß heute nicht, was Dichtung und was Wahrheit an seinen Berichten war, aber seine Abenteuer fesselten uns ungemein.

Ach Karl-Heinz, ich muß Dir in diesem Zusammenhang nun erzählen, was Hein später erlebte. Aber vielleicht weißt Du das alles, denn er ist ja nun dort im Schattenreich, oder ist es ein Reich der Klarheit und des Lichts, wo auch Du bist? Doch für unsere Kinder, Enkel und Urenkel, die vielleicht diese Zeilen lesen, will ich aus späterer Zeit berichten.

Im zweiten Weltkrieg wurde Hein zur Marine eingezogen. Das Schiff, auf dem er sich befand, wurde von einem Torpedo getroffen und sank. Hein trieb tagelang in einem Schlauchboot auf dem Meer und mußte mit ansehen, wie viele Kameraden, die sich an das Boot geklammert hatten, ertranken. Von einem französischen Schiff geborgen, geriet er wieder in französische Gefangenschaft und arbeitete bei einem Bauern, der ihn gut behandelte.

Als Hein uns nach dem Krieg besuchte und wir von Dir sprachen, hatte er Tränen in den Augen. Er war damals schon krank, mußte sich einer Operation unterziehen und wachte aus der Narkose nicht mehr auf.

Doch zurück zu unseren Reisen. Die Reise, die Dir am besten gefallen hatte, war unsere Fahrt nach Ostpreußen. Wie stolz waren wir, als unser »Adler« mit Hein am Steuer über holprige, nur teilweise asphaltierte Straßen die Strecke Berlin – Marienburg, damals 398 Kilometer Landstraße, an einem Tage schaffte. Du warst besonders begeistert von den herrlichen weiten Wäldern und idyllischen Seen in Masuren. In Rauschen schwammen wir im Meer, in Rositten besichtigten wir die Vogelwarte und in Palmnikken das Bernsteinwerk.

Ob Du Dich noch an unseren Autounfall bei einem Sommerurlaub in Steinach am Brenner erinnerst? Wir hatten einen Ausflug in die Dolomiten gemacht. Am Spätnachmittag fuhren wir hinter Bozen eine Anhöhe hinauf, ein entgegenkommendes Fahrzeug überholte einen langsam fahrenden Lastwagen, und wir erlebten einen Frontalzusammenstoß. Haltegurte gab es damals noch nicht. Wir

flogen leicht nach vorne, die Hautabschürfungen, die wir davontrugen, waren nicht der Rede wert, und die leichten Blechschäden an unserem Wagen wurden in Bozen in wenigen Stunden behoben. Unvergeßlich aber ist mir die Heimfahrt in der lauen Sommernacht bei offenem Verdeck. Der Vollmond beleuchtete die Bergspitzen der Dolomiten, die sich gespenstisch von dem dunklen Nachthimmel abhoben. Das war für mich ein atemberaubend prachtvolles Naturerlebnis.
Bei einer Reise nach Süddeutschland kam Dir am Walchensee die Idee, das Walchenseekraftwerk, das wir besichtigt hatten, in ganz kleinem Maßstab nachzubauen. Du basteltest ein Wasserrad, das der Turbine des Walchenseekraftwerks im Kleinformat entsprach und das die gleiche Funktion hatte. Du hast dann einen Schlauch an einen Wasserhahnen angeschlossen, aus dem das Wasser auf das Rad spritzte, welches sich dann sehr schnell drehte und einen kleinen Dynamo antrieb. Mit diesem Kleinkraftwerk gelang es Dir, für die elektrischen Lämpchen in meinem Puppenhaus Strom zu erzeugen.
Als wir nicht mehr zusammen in einem Zimmer schlafen durften, was uns beiden großen Kummer bereitete, bautest Du ein Telefon von Deinem Zimmer zu meinem. Es bestand aus zwei leeren Blechbüchsen und einer Kordel und funktionierte tatsächlich. Später hast Du ohne irgendwelche Vorlagen mit einem Märklinbaukasten ein gut funktionierendes Telefon gebaut. Du fotografiertest das Telefon und schicktest die Fotos mit einigen Erklärungen an die Spielzeugfabrik Märklin nach Göppingen. Es kam ein lobendes Antwortschreiben, Du durftest Dir für eine bestimmte Summe Spielsachen wünschen, wurdest eingeladen, mit Deiner Familie die Märklinfabrik zu besichtigen, und das Telefon wurde in dem entsprechenden Baukastenkatalog aufgenommen.
Für uns beide war es eine große Freude, als unsere Eltern mit uns nach Göppingen fuhren und wir die Spielzeug-

fabrik besichtigten. Zum ersten Mal sahen wir Riesenanlagen von elektrischen Eisenbahnen mit Bahnhöfen, Tunnels, kurz allem, was zu einer richtigen Eisenbahn gehört. In meinen Träumen sah ich noch lange die kleinen Eisenbahnen durch die Kurven über die Schienen rasen.

Wieder ohne Vorlagen, basteltest Du später ein kleines Radio, welches in einem würfelförmigen Holzkasten, etwa 25 Zentimeter breit und 25 Zentimeter hoch, untergebracht war und das wir von da an auf unseren Reisen mitnahmen. In einem Hotel in Nürnberg dachte ein Portier, in dem Kasten sei ein Tier untergebracht, und er wollte unbedingt das Tier sehen. Das Radio funktionierte gut, wenn man auch nur einen Sender damit hören konnte.
Wie oft saßest Du auch an warmen Sommertagen in Deiner Bude und basteltest. Ich kam dann zu Dir und quälte Dich: »Geh' doch bitte mit mir schwimmen!« Oft hattest Du ein Einsehen und verlegtest die Basteleien auf die Abendstunden, aber manchmal gelang es mir nicht, Dich von Deinen Bastelarbeiten loszureißen. Als Vater Dir seinen alten Fotoapparat überließ, bautest Du Dir daraus einen Vergrößerungsapparat. Alle von Dir aufgenommenen Fotos hast Du dann in Deiner Dunkelkammer selbst entwickelt und vergrößert. Ich habe oft mit Spannung zugeschaut, wenn sich auf einem Stück weißen Papiers langsam, erst schattenhafte, schließlich immer deutlicher werdende Umrisse abzeichneten und endlich ein richtiges Bild entstand.
Du wünschtest sehr, daß ich Deine Interessen teilte. Aber mir wurde es immer schwer, mich auf technische Phänomene zu konzentrieren.
Nach vier Grundschuljahren in Winningen besuchtest Du ein Jungengymnasium in Koblenz und ich eine Oberschule für Mädchen. Meine Schulklasse hatte einen Lehrer in Mathematik, Physik und Chemie, der persönlich sehr sympathisch war, es aber nicht verstand, seine Unter-

richtsstunden interessant zu gestalten. In den Mathematikstunden mußte ich wohl oder übel aufpassen, um keine schlechten Klassenarbeiten zu schreiben. In Physik und Chemie bemühte ich mich während der ersten fünf bis zehn Minuten, den Ausführungen unseres Lehrers zu folgen, aber ohne daß ich es wollte, gingen dann meine Gedanken spazieren. Ich dachte mir Geschichten aus, und am Ende der Stunde stellte ich mit Schrecken fest, daß ich von dem Unterrichtsstoff nichts mitbekommen hatte.

Aber ich wollte Dir ja erzählen, wie es Dir einmal gelang, mein technisches Interesse zu wecken. Du wolltest mir erklären, wie der Viertaktmotor unseres Autos funktionierte. »Wenn Du zuhörst«, sagtest Du, »schenke ich Dir meine rote Taschenlampe.«

Die Aussicht auf die schöne rote Taschenlampe weckte meine Konzentrationsfähigkeit. Ich hörte Deinen Erklärungen aufmerksam zu, und als wir in der Schule in der Physikstunde den Automotor durchgenommen hatten, bekam ich im Zeugnis in Physik eine »Zwei«.

Vater und Mutter pflegten uns nie nach unseren Schulaufgaben zu fragen. Wir erledigten die Aufgaben nebenher und hatten völlige Freiheit, unseren Liebhabereien nachzugehen. Während Du in Deine Basteleien vertieft warst, ließ ich mich von Büchern fesseln, und so konnten wir unsere Jugend genießen. Doch wenn ich Vater bat, mir bei meinen Schularbeiten zu helfen, freute er sich. Mathematisch und sprachlich begabt, war Vater ein Gelehrtentyp, und seinen Beruf als Kaufmann übte er nur gezwungen aus. In hohem Alter konnte er noch fließend Latein, Griechisch, Englisch und Französisch übersetzen, und zu allen möglichen Anlässen verfaßte er nette Gedichte.

Ich sehe Dich noch als Winzer und mich als Winzerin gekleidet zu Großmutters 70. Geburtstag einen von Vater verfaßten Sketch aufführen.

Wenn ich englische oder französische Lektüre übersetzen mußte und es mir zu langweilig war, Vokabeln aus dem

Wörterbuch herauszuziehen, ging ich zu Vater und bat ihn: »Bitte übersetze mir einmal diesen Abschnitt!« Bei normalen Schullektüren kannte er noch alle darin vorkommenden Wörter und übersetzte mir den Abschnitt ganz rasch, so daß ich in etwa im Bilde war. Einmal kündigte unsere Englischlehrerin an, daß sie am folgenden Tage zur Kontrolle alle Vokabelhefte einsammeln wolle. Da ich kein Vokabelheft besaß, kaufte ich mir ein Heft, lieh mir das Vokabelheft von unserer Klassenersten und schrieb während der Nacht alle in dem Schuljahr durchgenommenen Vokabeln ab.

Um noch einmal auf die Technik zurückzukommen, natürlich hast Du Dich auch für alle Autotypen interessiert und bewundertest besonders den berühmten Konstrukteur Porsche, der den VW-Motor und den Autounion-Rennwagen konstruiert hatte. Mit unseren Eltern fuhren wir oft zu den Autorennen auf dem Nürburgring und begeisterten uns für Stuck und Rosemeyer.
Als unser »Adler« ausgedient hatte, kauften unsere Eltern einen »Wanderer«, der zur Autounion gehörte, während unsere Verwandten von Anfang an einen Mercedes fuhren. Vor jedem Rennen schlossen wir mit unseren Vettern Wetten ab und freuten uns, wenn ein Autounion-Rennwagen das Rennen gewann und nicht Caracciola auf Mercedes.
Weißt Du noch, wie wir einmal Rosemeyer beim Reifenwechsel beobachteten? Wir standen genau gegenüber seiner Box, und ich war begeistert von Rosemeyers temperamentvollen Bewegungen und von seinem jungenhaften Aussehen. Das Rennen damals gewann er als erster, und unsere Begeisterung kannte keine Grenzen. Du schenktest mir das Buch: »Wer wußte das von Rosemeyer?« Als viel später im Radio die Nachricht kam, Rosemeyer sei tödlich verunglückt, habe ich bittere Tränen vergossen. Nach Rosemeyers Tod lasen wir auch das Buch: »Mein Mann, der

Rennfahrer«, das die berühmte Fliegerin Elly Beinhorn, die Ehefrau von Rosemeyer, geschrieben hatte und das mich sehr beeindruckte.

Laß mich nun davon sprechen, wie wir in unserer Kindheit und Jugend die damaligen politischen Verhältnisse erlebten. Ich blende erst wieder einige Jahre zurück. Wir wohnten auf dem linken Rheinufer, und bis zu meinem zehnten Lebensjahr hatten wir im Rheinland französische Besatzungstruppen. Die manchmal in unserem Hause einquartierten französischen Offiziere waren nett zu uns Kindern, aber ich betrachtete sie immer mit einer gewissen Scheu, hatte uns Vater doch erzählt, daß er drei Jahre als Reserveoffizier im ersten Weltkrieg in französischer Gefangenschaft verbracht hatte. Er war verwundet in Gefangenschaft geraten, man hatte ihn an einen Baum gebunden und wollte ihn erschießen. Ein jüdischer Sanitäter hatte sich vor ihn gestellt und ihm das Leben gerettet. In der Gefangenschaft wurde Vater krank und im Jahr 1918 gegen einen französischen Gefangenen ausgetauscht und in der Schweiz interniert. Mutter konnte damals in die Schweiz reisen, und unsere Eltern lebten ein halbes Jahr zusammen in Engelberg.

Das Ende des ersten Weltkrieges hatte den deutschen Nationalstolz nicht gebrochen, und wir wurden schon als Kinder national erzogen. Es wurde uns eingehämmert, der Versailler Vertrag sei ungerecht, der polnische Korridor, und alle anderen Gebiete, die man uns genommen hatte, seien deutsch. Im Rheinland war es damals verboten, die schwarz-weiß-rote Fahne, die Fahne des alten deutschen Reiches, zu hissen. Du gingst manchmal mit einigen Freunden und mir auf unseren Speicher, und wir sangen heimlich das Lied: »Stolz weht die Flagge schwarz-weiß-rot...« mit dem Refrain: »Dir woll'n wir treu ergeben sein, getreu bis in den Tod, dir woll'n wir unser Leben weih'n, dir Flagge schwarz-weiß-rot.«

Im Jahre 1931 wurde in Winningen der 60. Jahrestag der Reichsgründung gefeiert. Vater hatte ein Gedicht verfaßt, das öffentlich vorgetragen wurde. Ich kann mich nur noch an die Zeile erinnern: »Gott nur fürchten deutsche Helden, Gott und sonst nichts auf der Welt.«
Damals ahnten wir nicht, welch grauenhafte Folgen unser Nationalstolz eines Tages haben würde.
In der Nähe unseres Hauses befand sich das Arbeitsamt. Wenn Arbeitslosenunterstützung ausgezahlt wurde, stand eine lange Schlange von jungen und älteren Männern auf der Straße, die darauf warteten, an die Reihe zu kommen. Vor jeder Wahl hingen überall Plakate, es gab etwa 28 Parteien, und auf allen Plakaten wurden den Arbeitern Arbeit und Brot versprochen.
Zu jener Zeit war unser Vater Mitglied des »Stahlhelms« und des »Kyffhäuserbundes«, er wählte die deutsche Volkspartei, Mutter wählte »deutsch-national«. Bei jeder Wahl liefen wir zum Wahllokal und warteten auf der Straße bis die Ergebnisse bekanntgegeben wurden. Einmal stand eine Gruppe junger Mädchen, gekleidet in BDM*-Uniform, vor dem Wahllokal, und die Mädels sangen das alte Pfadfinderlied: »Wilde Gesellen . . .« mit dem Refrain: »Uns geht die Sonne nicht unter.« Als kleines Mädel von elf Jahren war ich fasziniert und bat unsere Eltern, diesem Bund beitreten zu dürfen. Doch Vater und Mutter wollten nichts von den Nazis wissen. Sie sagten damals, in dieser Partei seien hauptsächlich gescheiterte Existenzen und Arbeitslose, und den Versprechungen Hitlers könne man nicht trauen.
Dein Freund Egon, der einzige Deines Jahrgangs, der mit Dir zusammen das Gymnasium in Koblenz besuchte, war schon vor dem Jahr 1933 ein begeisterter Anhänger Hitlers. Zu jener Zeit spielten wir noch manchmal Kasperle-

---

* BDM = Bund deutscher Mädel (weibliche Hitlerjugend)

theater, und Egon ließ das Kasperle Reden halten, die regelmäßig mit dem Satz begannen: »Dreizehn Jahre der Schmach und der Schande . . .« So lautete oft der Anfang einer Hitlerrede, und gemeint waren die dreizehn Jahre, die seit dem Abschluß des Versailler Vertrages vergangen waren.
Du warst den Nazis gegenüber recht skeptisch und wolltest noch kurz vor der Machtergreifung Hitlers in Winningen einen »Jung-Stahlhelm« gründen. Aber da waren schon viele Kameraden in die Hitlerjugend eingetreten, und ab 1933 waren alle anderen Jugendorganisationen verboten.
Als wir einige Zeit nach der Machtergreifung Hitlers von der teuflisch eindringlichen und so plausibel erscheinenden Propaganda Goebbels und den Anfangserfolgen Hitlers gefangengenommen wurden, traten wir beide, Du und ich, der Hitlerjugend bei wie auch alle unsere Klassenkameraden und Kameradinnen bis auf jene, welche einen jüdischen Elternteil hatten.
Ich unterhielt mich manchmal mit Dir über Hitlers Rassenwahn, den wir beide nicht verstehen konnten. Die jüdischen Schulkameraden in Deiner und auch in meiner Schule waren völlig in die Klassengemeinschaft integriert und haben von keinem aus der Klasse jemals ein böses Wort gehört. Dies sind aber ganz persönliche Erfahrungen, die ich keineswegs verallgemeinern kann. Die Gedanken an Hitlers Rassenwahn schoben wir beiseite und ließen uns zu jener Zeit noch von der irrsinnig überzeugenden Nazipropaganda betören.
Nie werde ich den ersten und einzigen Aufmarsch der Hitlerjugend vergessen, an dem ich im Alter von zwölf Jahren teilgenommen habe.
Es war ein warmer Sommerabend. Wir standen diszipliniert, in Dreierreihen aufmarschiert, am deutschen Eck. Das Reiterstandbild Kaiser Wilhelms war mit Scheinwerfern angestrahlt und wirkte vor dem dunklen Nachthimmel fast lebendig. Das Ufer des Rheins war gesäumt

mit Hitlerjungen, die Pechfackeln in ihren Händen trugen. Der Schein der Fackeln spiegelte sich im Wasser, und die Wellen blitzten silbern.
Vor dem Denkmal stand ein HJ-Führer, der eine zündende Ansprache hielt. Es war die Rede von Vaterlandsliebe, vom Dienst am Volk, vom Führer, der uns in eine bessere Zukunft führen würde.
Ich wurde von einem wilden Begeisterungstaumel ergriffen, der jedes Verstandesdenken auslöschte.
Du warst unter den Hitlerjungen. Ob Du damals die gleichen Empfindungen hattest, weiß ich nicht?
Du warst vierzehn Jahre alt, schon vernünftiger und skeptischer als ich und vielleicht auch etwas nüchterner veranlagt.
Nach der Kundgebung zogen wir singend und brennende Pechfackeln tragend durch die Straßen der Koblenzer Altstadt. Die Worte eines Liedes drückten eine prophetische makabere Zukunftsvision aus. Wir sangen: »Und liegt vom Kampf in Trümmern die ganze Welt zu Hauf, das soll uns den Teufel kümmern, wir bauen sie wieder auf, wir werden weiter marschieren, wenn alles in Scherben fällt, denn heute, da hört uns Deutschland und morgen die ganze Welt.«

Deutschland lag nach dem Krieg in Trümmern und ist nie wieder das Deutschland geworden, das wir als junge Menschen unser Vaterland nannten.
Als Teufel in Menschengestalt hatte Hitler uns verführt und später in einen grausamen, bitteren Krieg hineingetrieben.
In der Hitlerjugend kümmerten wir uns nicht um politische Ziele, wir wanderten gemeinsam, trieben Sport und bastelten.
Und doch wurden wir unbewußt auf einen kommenden Krieg vorbereitet durch Sprüche, die man uns einhämmerte:

»Wer nicht kämpfen will in dieser Welt des ewigen Ringens, verdient das Leben nicht.«
»Du bist nichts, Dein Volk ist alles!«
»Gelobt sei, was da hart macht!«
»Gemeinnutz geht vor Eigennutz!«
»Nur der verdient die Freiheit und das Leben, der täglich sie erobern muß!«
(Der letzte Spruch stammt aus Goethes »Faust«.)
Mussolini hat mit ähnlichen Sprüchen versucht, die italienische Jugend zu Kämpfern zu erziehen. In einem italienischen Lehrbuch aus jener Zeit fand ich unter anderen folgende Sprüche Mussolinis:
»Libertà senza ordine e senza disciplina è una catastrofe.«
(Freiheit ohne Ordnung und ohne Disziplin ist eine Katastrophe.)
»La poltrona e le pantofole sono la rovina dell'uomo.«
(Der Sessel und die Pantoffel sind der Ruin des Menschen.)
Was die Politik betraf, so wies man uns sowohl in der Hitlerjugend als auch in der Schule darauf hin, daß es irgendwann einmal gelte, die deutschen Gebiete, die man uns durch den Versailler Vertrag genommen hatte, zurückzuerobern.
Von Dorfbewohnern, welche die Oberschule besuchten, wurde damals erwartet, daß sie in der Hitlerjugend führende Stellungen übernahmen. In dieser Hinsicht hattest Du keinen Ehrgeiz. Du warst nur für kurze Zeit »Kulturreferent« und mußtest für die HJ-Zeitung »Die Fanfare« Abonnenten werben. Deiner Natur widerstrebte es, zu Bekannten von Haus zu Haus zu gehen und um ein Abonnement zu bitten. So ging ich an Deiner statt und war ganz stolz, daß alle Bekannten, die ich besuchte, die Zeitung abonnierten. Wahrscheinlich habe ich selbst dieses Blatt nie gelesen, jedenfalls kann ich mich heute an keinen Artikel der »Fanfare« erinnern. Du weißt, daß ich nie gerne Zeitungen las, damals nicht und heute auch nicht. Hingegen war das Lesen von guten Büchern immer

eine meiner Lieblingsbeschäftigungen. Außer den damals in der Schule gelesenen Schriftstellern wie Wiechert und Carossa, las ich aber auch gerne die spannenden Novellen von Stefan Zweig, »Die Buddenbrooks« von Thomas Mann, von Franz Werfel: »Die Geschwister von Neapel« und »Der Abiturententag«. Unsere Eltern hatten diese Bücher nie aus ihrer Bibliothek verbannt.

Damals durfte man erst ab dem 22. Lebensjahr wählen, so daß wir beide, Du und ich, nie in die Verlegenheit kamen, wählen zu müssen. Aber hätten wir nicht auch »Ja« gewählt, als Österreich deutsch wurde? Zu der Zeit haben weder unsere Eltern, noch Freunde, Verwandte oder Lehrer in der Schule uns gegen Hitlers Außenpolitik beeinflußt. Ich unterhalte mich mit Dir über diese Zeiten, damit unsere Nachkommen unsere damalige Einstellung besser verstehen lernen.

Aber nun möchte ich Dich an erfreulichere Dinge erinnern. Weißt Du noch, wann Du Dich zum ersten Mal verliebtest? Du warst erst dreizehn Jahre alt, und Deine Liebe galt meiner Schulfreundin Hanna, die oft ein Wochenende bei uns verbrachte.

Hanna war groß und schlank, hatte strahlende dunkle Augen und ein feingeschnittenes Gesicht umrahmt von fast schwarzem Haar, das sie in lange Zöpfe geflochten trug. Du warst von Hannas anziehender Schönheit fasziniert, aber viel zu schüchtern, um ihr Deine Zuneigung zu gestehen. Du batest mich einmal, Hanna zu fragen, ob sie Dich nett fände. Leider erfüllte ich Deine Bitte so ungeschickt wie möglich. Ich fragte:» Hanna, welchen Jungen magst du am liebsten?«, und Hanna antwortete: »Meinen Vetter aus Düsseldorf.« Du warst nicht gerade begeistert von meinem Mangel an Diplomatie.

Denkst Du auch noch gerne zurück an den Winter 1935/36, als wir Tanzstunde hatten? Die Tanzstunde bedeutete für Dich der Beginn einer zunächst harmlosen und später tiefen Zuneigung zu Deiner Annemarie, einem blonden,

blauäugigen Mädel, klein von Gestalt mit einem lieben, sympathischen Antlitz. Sehr bescheiden und zurückhaltend, geistig interessiert, fleißig, gewissenhaft, pflichttreu und häuslich, entsprach sie der Vorstellung, die Du von einer zukünftigen Ehefrau hattest. Annemarie besuchte eine Klosterschule und wurde von Nonnen unterrichtet, deren Ideal absolute Keuschheit war, und wie mir Annemarie einmal erzählte, hatte sie und fast alle ihre Klassenkameradinnen zunächst vor, in ein Kloster zu gehen. In dieser Klosterschule ging es sehr streng zu. Mädels, deren Röcke nicht weit genug übers Knie reichten, wurden von der Schule wieder nach Hause geschickt. Die Turnanzüge hatten Hosenbeine, welche über die Knie reichten, und Ärmel, welche die Schulterpartien bedeckten. Zu Hause wurde Annemarie auch recht streng erzogen. Ihr Charakter war weitgehend vom Sinne des Gehorsams gegenüber der Kirche und den Eltern geprägt, und dieser Gehorsam bestimmte ihr ganzes weiteres Leben.
Du hast damals sicher bemerkt, daß für mich die Tanzstundenzeit eine tiefe Veränderung meiner Selbsteinschätzung bedeutete. Bis zu meinem 15. Lebensjahr fühlte ich mich wenig anziehend und unscheinbar, und ich hatte starke Minderwertigkeitskomplexe. Du warst der einzige Junge Deines Alters, der mich ernst nahm und mit dem ich mich über geistige Probleme unterhalten konnte. Meine Vettern, mit denen wir als Kinder zusammen gespielt hatten, behandelten mich weiterhin als kleines Mädchen, kritisierten meine Kleidung, meine Frisur und hielten mich keineswegs für »erwachsen«. Die älteren Brüder meiner Schulfreundin hatten Spaß daran, mich aufzuziehen und sprachen mit mir in herausforderndem, frozzelndem Ton. Zu schüchtern und zu wenig schlagfertig, fielen mir passende Antworten auf ihr provozierendes Gehabe immer erst ein, wenn es schon zu spät war.
Das änderte sich während der Tanzstundenzeit sehr bald. Zu meiner Freude und Verwunderung wurde ich von den

Tanzstundenherren durchaus ernst genommen, und während des Tanzens führten wir oft tiefgründige Gespräche. Einmal fragte unser Tanzlehrer: »Sind Sie hier, um tanzen zu lernen, oder um sich zu unterhalten?« und Du antwortetest: »Wir möchten beides«.
Wie kindlich und harmlos waren wir doch zu jener Zeit! Bei den privaten Tanztees, zu denen wir eingeladen wurden, oder die in unserem Hause stattfanden, gab es als Getränke verdünnte Bowle oder Fruchtsäfte, und Ihr Männer wagtet nicht einmal, Eurer Auserwählten einen harmlosen Kuß zu geben. Ich weiß, daß Du Deiner Annemarie erst viele Jahre später bei der offiziellen Verlobung den ersten Kuß geben durftest.
Bei einem Faschingsfest im Hause eines unserer Tanzstundenherren erschien einmal der Koblenzer »Prinz Karneval« zu einem kurzen Besuch. Er küßte mich in aller Öffentlichkeit, und Du machtest mir Vorwürfe, daß ich es geduldet hatte.
Die fröhliche Zeit der Tanztees und der gemeinsamen Wanderungen ging allzu schnell vorüber. Gegen Ende des Jahres bestimmten die Nazis, daß alle Schüler, aber zunächst nur die männlichen Schüler, bereits nach acht Jahren Oberschule das Abitur machen sollten. Da die Vorbereitungszeit für Euch, damals Unterprimaner, so kurz war, wurdest Du und Deine Kameraden nur mündlich geprüft.
An den Prüfungstag kann ich mich noch gut erinnern. Annemarie, deren Schwester Margret und ich gingen vor Eurem Gymnasium auf und ab, und aus einem Klassenfenster schaute immer abwechselnd einer Deiner Mitschüler heraus und meldete uns, wer gerade geprüft wurde.
Denk Dir, ich habe einen Notizkalender von Dir gefunden aus dem Jahr 1937. Unter dem Datum 16. März steht folgende Eintragung: »Abitur! Biologie (Verdauung) 1, Physik (Braunsche Röhre, Atomphysik) 1, Mathematik (Schallmeß) 2, Religion 1.«

Nur in diesen Fächern wurdest Du geprüft. Die 1 in Religion bedeutete nicht, daß Du einen festen Kirchenglauben hattest. Wir dachten beide recht liberal. Aber gerade weil Deine Annemarie so sehr an ihrem katholischen Kirchenglauben hing, hattest Du Dich mit Religionsphilosophie intensiv beschäftigt.

Nun wäre es Dein heißer Wunsch gewesen, Physik zu studieren. Du beschäftigtest Dich mit der Einsteinschen Relativitätstheorie, deine großen Vorbilder waren Planck und Heisenberg. Doch fühltest Du Dich unseren Eltern und unserer Familientradition gegenüber verpflichtet, den elterlichen Betrieb zu übernehmen und willigtest ein, in einer Weinhandlung in Stuttgart eine zweijährige Lehre zu absolvieren. Da Du erst 17 Jahre alt warst, und gesundheitlich wenig stabil, wurdest Du zunächst vom Arbeitsdienst zurückgestellt.

Für heutige Begriffe hatte es ein Lehrling in jener Zeit ganz und gar nicht leicht. Aber nicht wahr, Du hast es nicht schlimm empfunden, daß Du acht Stunden täglich und samstags vier Stunden abwechselnd im Büro, im Laden und im Keller arbeiten mußtest, und außerdem hattest Du noch in einer Berufsschule Buchführung, Stenographie und Maschinenschreiben zu lernen. Sonntags konntest Du Dich in der Familie unserer Cousine Agnes erholen, die in Stuttgart wohnte und Dich oft einlud. Du unterhieltest Dich gerne mit Agnes und deren Mann Günther und es machte Dir Spaß, Dich mit dem damals zweijährigen Sohn Hans-Günther zu beschäftigen. Bei dem zweiten Kind wurdest Du Pate. Die Patenschaft für die kleine Karin hast Du ernst genommen, denn ich fand eine Karte von Dir, während des Frankreichfeldzugs geschrieben, da fragst Du: »Wann hat mein Patenkind Karin Geburtstag? Ich habe ihr hier ein Paar Kinderschuhe gekauft.« Du hast Karin nie mehr gesehen, denn während des Krieges hattest Du keine Gelegenheit mehr, nach Stuttgart zu reisen.

Ach, Karl-Heinz, ich vergaß ganz, Dir zu sagen, wie schwer mir die Trennung von Dir gefallen war, damals im Frühjahr 1937. Bis zum Beginn Deiner Lehrzeit in Stuttgart war ja kaum ein Tag vergangen, den wir nicht zusammen verbracht hatten, und alles, was uns bewegte, hatten wir uns immer gegenseitig mitgeteilt. Von da an waren wir getrennt und sahen uns nur noch während einer Urlaubsreise im Sommer 1938, bei kurzen Urlauben in Winningen und bei Lazarettbesuchen.
Jetzt, nach mehr als fünfzig Jahren, begann ich, Deine Briefe, die ich in alten Mappen wiederfand, der Reihe nach zu lesen und habe daraufhin die Passagen, die mir für das Verständnis Deines Charakters, Deiner Begabungen und Deiner Gedanken wichtig erschienen, wörtlich abgeschrieben.
Sicher sind im Trubel der Kriegswirren und in den Zeiten nach dem Kriege bei der Beschlagnahme unseres Hauses durch die Besatzungstruppen und später bei unseren Umzügen einige Deiner Briefe verlorengegangen. Wie glücklich bin ich, daß ich doch noch so viele Deiner Gedanken für mich und meine Familie festhalten kann!
Ich lasse Dich nun in Briefen von Deiner Stuttgarter Lehrzeit erzählen.
Am 9. Mai 1937 schreibst Du an mich:

Hier gefällt es mir bisher recht gut. Wir haben einen weiblichen Lehrling, ein Mädel, das genauso ausschaut wie Marianne Hoppe, nur viel jünger. Sie versucht immer, mit mir zusammen zu arbeiten. Zum Beispiel: Herr Schwäbel, gange se mal mit, i will ihne zeige, wie ma d'Poscht macht... Ich habe oft Heimweh, aber hauptsächlich nach Koblenz...

Hier denkst Du an Annemarie. Dann erzählst Du von einer Fahrt mit Günther und Agnes nach Ludwigsburg zu einem Reitturnier, wörtlich weiter:

Von Ludwigsburg bis Obertürkheim habe ich den Mercedes gesteuert. Es war wunderbar. Als die Mercedeswerke in Untertürkheim geflaggt hatten, konnte ich mir schon denken, daß bei dem Autorennen in Tripolis Lang auf Mercedes gesiegt hatte. In Obertürkheim luden Agnes und Günther mich noch zu einem Spargelessen ein . . . Mein Dienst dauert samstags immer bis 13.30 Uhr, deshalb komme ich etwas später nach Heidelberg. Mutter hatte mir freigestellt, nach Winningen zu kommen, wenn ich nicht nach Koblenz fahren würde. Unter dieser Bedingung lehne ich natürlich ab, so gerne ich es auch täte . . .

In Heidelberg hatten wir uns zu einem Familientreffen verabredet, an das ich mich noch gut erinnere. Du warst damals in einer recht traurigen Stimmung, hättest Du doch viel lieber Deine kurzen Urlaubsstunden in Winningen verbracht und auch gerne Deine Annemarie in Koblenz besucht. Aber Mutter wollte jede Minute des Zusammenseins mit Dir auskosten, und diese mütterliche Eifersucht auf Annemarie, und der Konflikt, der daraus entstand und Dir so großen Kummer bereitete, sollte sich noch jahrelang hinziehen.
In einem Brief vom 24. Mai bewegt Dich wieder dieses Problem:

Doris, ich habe an Mutter einen Brief geschrieben, aber nun zweifle ich daran, ob das richtig war. Ich habe etwas diplomatisch vorbereitet für folgenden Plan, für dessen Durchführung ich Mutter erst von ihrer Eifersucht befreien muß. Ich möchte gerne mit Annemarie, Margret, Klaus und Dir zum Eifelrennen fahren. Ich möchte aber nicht, daß Mutter deshalb böse wird. Schreibe mir bitte, was Du meinst. Ich muß es bald wissen, weil ich dann hier gleich mit Überstunden anfange, um den Montag frei zu bekommen. Bitte teile mir immer die Stimmung von zu Hause mit. Ich möchte nämlich eine Versöhnungspolitik zwischen

Annemarie und Mutter betreiben. Ich darf Mutter gegenüber nicht mehr so ablehnend sein, dann hat sie nämlich ganz recht, wenn sie eifersüchtig wird...
29. Mai: In dieser Woche habe ich freiwillig sechs Überstunden gemacht, heute 3½ und sonst jeden Tag eine halbe Stunde. Das ist an sich sehr anstrengend, aber heute habe ich mit Herrn Hamm gesprochen, und er war damit einverstanden, daß ich jetzt Überstunden mache und dann Montag, den 14. Juni, frei habe. Ich treffe also am 14. Juni gegen 18 Uhr in Koblenz ein, möchte aber nicht gleich von der ganzen Familie begrüßt werden, sondern erst um 19.30 Uhr nach Winningen kommen und vorher noch einige Schritte mit Annemarie spazierengehen. Hältst Du das für möglich? Nimm bitte vorsichtig Fühlung, aber mit größter Diplomatie!...

An Mutter schreibst Du ungefähr um die gleiche Zeit:

... Ich schätze mein Elternhaus bestimmt noch genauso wie vor meiner Freundschaft mit Annemarie, ich bitte Dich daher, mir nicht übelzunehmen, wenn ich auch einmal nach Koblenz fahre bei einem kurzen Urlaub...

Ach, Karl-Heinz, wie sehr haben sich die Zeiten seit damals geändert und wie unheimlich gerade die Beziehungen der Generationen zueinander! Du hast immer unter der Bevormundung unserer Eltern gelitten, und Du hast sie doch so geliebt, daß Du ihnen nicht wehtun konntest.
Heute wird ein junger Mensch mit 18 Jahren mündig und lebt so, wie es ihm gefällt. Auf Freundschaften und die Wahl der Ehepartner haben Eltern kaum noch Einfluß.

Zu Deinem nächsten Brief, den Du Ende Mai 1937 schriebst, möchte ich folgende Gedanken vorausschicken: Es hat mir immer unsagbar leid getan, daß Du als Lehrling zu einer sturen Tätigkeit verdammt warst und so wenig

Gelegenheit hattest, Deine grauen Zellen in Schwung zu halten. Ich kann mich noch heute gut in Dich hineindenken und verstehen, wie Dir zumute war, als Du schriebst:

Heute ist es hier fast unerträglich heiß. Ich suche krampfhaft nach einer Beschäftigung, die mich ganz ausfüllt; denn obwohl ich nach der Arbeit immer totmüde bin, habe ich abends das Gefühl, nichts geleistet zu haben. Ich müßte eine Denkarbeit haben, die mich auch bei der langweiligen Büroarbeit beschäftigt, so wie es bisher die Entwürfe für meine Basteleien gewesen sind, denn der Stumpfsinn hier füllt mich geistig keineswegs aus. Zu Abendkursen bin ich aber viel zu müde und zu wenig aufnahmefähig. Es ist so, wenn ich arbeite, brauche ich einfach den eigenen Antrieb und ein greifbares Ziel. Als ich für das Abitur lernte, hatte ich ein Ziel, aber als ich es erreicht hatte, war ich tiefunglücklich, weil es hinter mir lag. Das Ziel, ein guter Kaufmann zu werden, ist mir zu weit und zu verschwommen, es ist nicht real genug, und ich arbeite ja nicht selbständig . . . Ich habe einen Fotokurs begonnen, weiß aber nicht, ob ich noch einmal hingehe, da ich dort keine neue Anregung bekomme. Alles ist dummes Gequatsche, ich mache meine Erfahrungen auf diesem Gebiet lieber alleine und nicht unter Anleitung gemeinsam mit zwanzig Mann . . .

Diesen Kurs hattest Du wirklich nicht nötig, denn Du hast doch während der Tanzstundenzeit und auch schon vorher ausgezeichnete Fotoaufnahmen gemacht.
Den nächsten Brief schriebst Du, als man Dich zur Kellerarbeit eingeteilt hatte. (Ein Datum fehlt).

. . . Ich bin sehr froh, jetzt im Keller zu arbeiten, da ich das fürchterlich langweilige Leben im Versand beinahe nicht mehr ausgehalten hätte. Ich hätte diese Rechnungsschreiberei bestimmt auch gegen die Arbeit der Müllabfuhr

getauscht. Im Keller kann ich viel Neues lernen. Ich halte die kaufmännische Tätigkeit überhaupt für vollkommen sinnlos, solange sie nicht nur das Mittel zum Absatz der selbst geleisteten Produktion ist. Reiner Handel ist für mich etwas Sinnloses. Ich will deshalb auch versuchen, möglichst lange im Keller zu arbeiten, wenn die Arbeit auch manchmal nicht ganz leicht ist. Vorläufig macht es mir Spaß und befriedigt mich mehr als der kaufmännische Stumpfsinn.

Trotz der harten Arbeit im Keller hast Du Deine geistigen Interessen nicht völlig vernachlässigt. Du berichtest Vater darüber:

... Ich habe mir in den Kopf gesetzt, die verlorene Oberprima wenigstens in Deutsch und Geschichte nachzuholen und habe neulich auch einen Vortrag von Pastor Le Seur gehört. Die Ansicht von Planck ist mir durchaus nichts Neues mehr, sondern höchstens eine Bestätigung. Beim Studium der modernen Physik kommt man automatisch dazu, wenn man einigermaßen folgerichtig denken kann. Planck wurde auch von Le Seur erwähnt... Zur Weiterbildung bitte ich, mir meine Literaturgeschichte und Knaurs Weltgeschichte zu senden.

Wahrscheinlich hast Du damals mit Vater über physikalische Theorien diskutiert. Den Namen »Le Seur« fand ich leider nicht im Lexikon, und ich weiß auch nicht, welche Ansicht Plancks Du in diesem Brief gemeint hast. Vater kann ich nicht mehr fragen. Wenn er noch lebte, wäre er heute 109 Jahre alt.
Einige Zeit später schreibst Du an mich:

... Montag habe ich einen Vortrag von Professor Heisenberg über die Physik des Atomkerns besucht. Der Vortrag war hochinteressant, und wie ich glaube, habe ich viel

mehr davon verstanden, als die Studenten, die dort waren, jedenfalls entnahm ich das den Gesprächen, die diese nachher darüber führten. Über Heisenberg stehen auch in meinem Physikbuch einige Seiten. Er stellt neue Theorien auf und ist heute in Deutschland neben Planck wohl der bedeutendste Physiker.

Eine willkommene Abwechslung in dem täglichen Einerlei war für Dich auch ein Betriebsabend Deiner Firma, zu dem Du eine Reportage verfaßt hattest. Ich freue mich immer wieder, wenn ich diese lustige und gleichzeitig informative Reportage lese.
Ich erinnere Dich jetzt an einige Passagen:

Wettervorhersage für morgen, Sonntag, den 7. November 1937: Infolge einer feuchtfröhlichen und heiteren Witterungslage in der Nacht von Samstag auf Sonntag, wird für Sonntag eine tiefe Depression und teilweise sogar unfreundliches Wetter vorhergesagt. Für Montag, den 8. November wird noch unbestimmtes, aber auf jeden Fall stark bläuliches Wetter gemeldet.

Besonders lustig ist die Meldung aus dem Verkehrsministerium. Deine Firma hatte damals noch Wagen und Pferde, und ein Pferd hatte einmal ein Autoverdeck angebissen.

Aus dem Verkehrsministerium wird gemeldet, daß es vor kurzem ein Vertreter der vierbeinigen Zugtiere gewagt hat, tätlich gegen ein Automobil vorzugehen, indem es dasselbe aufzufressen drohte und es dabei schwer verletzte. Verkehrsminister August sagt dazu folgendes: In der Tat des Pferdes sehe ich nur den Ausdruck eines berechtigten Hasses der Vierbeiner auf die immer fortschreitende Motorisierung des Verkehrs, und ich will auf der Stelle sechs Glas Bier hinunterstürzen, wenn es nicht in kurzer Zeit zu einer Revolution der Pferde gegen den Motor kommt. Ich ermahne daher alle Autos, vorsichtig zu sein und sich nicht durch Uneinigkeit untereinander an den Straßenkreuzungen selbst zu zerfleischen, wie es leider noch täglich geschieht.

Die Art, wie Du den Erfolg Deiner Reportage schilderst, zeigt, daß Du keineswegs ein Mensch warst, der sich gerne im Licht des öffentlichen Lobes sonnt. Du schreibst:

... Die Reportage hatte einen großen Erfolg, und als dann Herr H. vortrat und verkündete, daß ich den Nachrichtendienst verfaßt hatte, waren alle Betriebsmitglieder zunächst baß erstaunt. Dann ging es los. Ich habe mich noch nie im Leben so geniert. Herr Benz war ganz aus dem Häuschen und sagte, ich dürfe kein Weinhändler werden, meine Begabung läge auf anderem Gebiet. Alle wollten mit mir anstoßen. Ich wußte nicht mehr was ich machen sollte und habe mich, wie ich glaube, sehr dumm benommen. Gegen Schluß des Abends dankte Herr Benz in einer Rede allen, die zur Ausschmückung des Abends beigetragen hatten, wobei er besonders betonte, daß er eine solch feine Beobachtungsgabe bei einem Stift, der erst ein halbes Jahr in der Firma sei, nie erwartet hätte. Ich wäre schon in die kleinsten Feinheiten des Betriebes eingedrungen usw. ... Am Montag nach dem Betriebsabend wurden auf Wunsch des Betriebes sofort hundert Abzüge des Nachrichtendienstes hergestellt. Vorgestern schrieb Herr Benz einen Brief an unseren ehemaligen Stift aus Freiburg mit der Bemerkung, wenn er etwas von dem jetzigen Stand der verschiedenen Abteilungen wissen wolle, brauche er nur den beiliegenden Nachrichtendienst zu lesen.

Aus einigen Briefen geht hervor, wie sehr damals alle Betriebe unter staatlicher Kontrolle standen und wie machtlos die Betriebsleiter waren.

12. November 1937 . . . Herr H. und ich sprechen jetzt öfter über die Preiskontrollen und schimpfen gemeinsam auf den Reichsnährstand. Herr H. hat heute erklärt, er würde sich sehr überlegen, ob er nicht das Geschäft verkaufen solle. Er hätte keine Lust, Staatsbeamter im eigenen Betrieb zu werden. Ich sagte dazu, wir hätten im Produktionsgebiet viel mehr Grund, uns über die neuen Bestimmungen zu ärgern. Herr H. wundert sich, daß wir unseren Betrieb in Winningen überhaupt noch aufrecht erhalten können . . .

Bei dem Besuch eines Abgesandten des nationalsozialistischen Weinbauwirtschaftsverbandes beschreibst Du das selbstherrliche Gehabe dieses Herrn:

Er benimmt sich furchtbar schnöselhaft und tut so, als ob alle Weinhandlungen Verbrecherhöhlen seien. Zur Begrüßung sagt er schon: »Ich komme mit dem größten Mißtrauen.« Er brüllt unsere Arbeiter an und behandelt sie wie Schuljungen. Herr H. sagte ihm, man käme sich im eigenen Betrieb wie ein Beamter vor, worauf der Mann erwiderte, es kämen noch Verfügungen heraus, über die sich der Weinhandel wundern würde. Unsere Chefs werden behandelt, als ob sie in Untersuchungshaft wären. Er erklärte, der ganze Betrieb müsse anders organisiert werden. Und das jetzt vor Weihnachten!
Ich habe heute bis 21.30 Uhr durchgearbeitet.

Beim Lesen Deiner Briefe vom 26. November 1937 und 2. Dezember 1937 erinnere ich mich an folgende Episoden – ich war damals 16 Jahre alt –: Ich sitze auf der Schulbank, vor mir ein Mathematikklassenarbeitsheft. Ich brüte gerade darüber nach, ob ich bei einer schwierigen Gleichung mit zwei Unbekannten die Vorzeichen richtig gesetzt habe, da ertönt die Sirene – Probealarm –! Erleichtert klappen wir alle unsere Hefte zu und sausen in den

Keller. Erst streiten wir uns über die Ergebnisse der einzelnen Matheaufgaben, da erscheint der Direktor unserer Schule, den wir alle sehr schätzen. Er erzählt uns Scherzgeschichten, und wir lachen fröhlich.
In diesem Augenblick knipst uns ein Reporter der Koblenzer Tageszeitung. Am nächsten Tag erscheint das Foto mit der Unterschrift: »So lustig war es in einem Sammelraum, hoffentlich läßt diese Stimmung im Ernstfall nicht nach!«
Keine von uns dachte an diesem Tag an einen eventuellen Ernstfall. Einige Zeit später haben sich alle fünfhundert Schülerinnen in der Aula versammelt, und wir schauen zu, wie ein Luftschutzwart auf der Bühne der Aula das Löschen einer Brandbombe demonstriert. Die Bombe fällt zu Boden, Flammen zucken auf, der Luftschutzwart schüttet eine Schaufel Sand darauf, das Feuer ist erloschen.
Dann fragt er, welche Schülerin sich freiwillig meldete, um ein bestimmtes Gas einzuatmen. Sie sollte uns später von der Wirkung des Gases berichten. Wir beobachten, wie sie kreidebleich aus dem Saal geführt wird.
Du weißt ja, wie gerne ich als Kind mutig gewesen wäre und kannst Dir gut vorstellen, wie sehr ich mich dann abends im Bett geärgert habe, daß ich mich nicht zu diesem Experiment gemeldet hatte.
Kennst Du noch den Refrain des Scherzliedes?: »Mit 'ner halben Schippe Sand rettet er das Vaterland – der Luftschutz! . . .«
Du hast die Luftschutzübungen in Stuttgart ja auch recht lustig beschrieben:

26. November 1937
Nächste Woche wird Stuttgart drei Tage lang verdunkelt, so als ob ein Fliegerangriff bevorstünde. Bei Alarm müssen alle Menschen in den Keller. Auch soll man sich jetzt Gasmasken kaufen. Herr H. ist schon in heller Aufregung, daß in unseren Kellern der Wein von Passanten ausgetrun-

ken wird, die man ja bei Alarm aufnehmen muß. Heute hat er extra deswegen einen Appell des gesamten Betriebes abgehalten.

2. Dezember 1937
Zur Zeit findet hier die Verdunklungsübung statt, und ich schreibe bei feenhafter Beleuchtung. Der Stehlampe habe ich meinen Trainingsanzug angezogen. Jetzt fällt durch den Bauchstrupp dieses Anzugs nur noch ein kreisrundes Lichtbündel nach außen, das ich wie bei einem Scheinwerfer überall hin ins Zimmer werfen kann. Es ist jetzt genauso groß wie die Schreibmaschine. Sonst ist alles dunkel. Auf den Straßen ist es so stockdunkel, daß man sich nur durch Schreien Platz schaffen kann wie Schiffe im Nebel. Gestern bin ich aus einer fahrenden Straßenbahn ausgestiegen, weil ich meinte, sie stünde noch am Schloßplatz, den ich nicht erkennen konnte. Dann kam ich aus Versehen in einen Haufen kreischender Weiber. Sie erkannten mich natürlich nicht und hielten sich an mir fest. Plötzlich rief eine: »Hilfe, das ist ja ein Mann!«
Im Geschäft ist Hochbetrieb. Abends geht der Dienst bis 19.30 Uhr, auch samstags. Der nächste Sonntag ist der letzte, den wir frei haben, dann müssen wir bis Weihnachten auch sonntags dableiben.

Die nächsten Zeilen stammen aus einem Brief an mich, am 22. Januar 1938 geschrieben:

... Für den am 13. Februar steigenden Schaufensterwettbewerb werde ich mich mit einem Moselweinfenster melden. Die Aufgabe, die ich mir gestellt habe, ist sehr schwer, da wir für Moselwein, außer den Flaschen selbst, keinerlei Ausstellungsobjekte haben ...

Im Februar 1938 besuchte ich Dich in Stuttgart und schaute mir Dein Schaufenster an. Du hattest Deine Auf-

gabe wirklich großartig gelöst. In der Mitte des Fensters stand eine kleine, aus Holz gebastelte Kelter mit Öffnungen an den Wänden, in denen Dias befestigt waren. In der Kelter befand sich eine elektrische Birne, welche die Dias beleuchtete, Farbdias, die Du bei einer Weinlese in Winningen aufgenommen hattest. Eine Landkarte von der Mosel mit den Namen der bekannten Weinorte schmückte künstlerisch die rechte Seite des Fensters. Links quollen aus einem riesigen goldenen Füllhorn Etiketten mit den bekannten Moselweinnamen.
Für die Gestaltung des Schaufensters bekamst Du einen Preis. Diese Arbeit hatte Dir mehr Freude gemacht, als Rechnungen zu schreiben oder Kunden im Laden zu bedienen.
Von Deiner Tätigkeit im Laden erzählst Du:

Gestern weigerte sich eine Dame, von mir bedient zu werden. Sie sagte, ich sähe ja noch so jung aus, als ob ich gerade erst konfirmiert worden sei.

Daraufhin habe ich mir eben einmal Fotos aus Deiner Stuttgarter Zeit angesehen. Du schautest mit Deinen 18 Jahren wirklich noch recht jung aus. Ja, wenn man noch sehr jung ist, möchte man älter aussehen, und wie schnell hat man seine Meinung dann geändert.
Als Kind hatte ich einen Gerechtigkeitsfimmel. Als Du einmal mit den Eltern verreistest und ich bei meiner Oma war, wollte ich abends nicht früh ins Bett gehen. Ich sagte: »Ich bleibe so lange auf wie Karl-Heinz, er fährt jetzt noch in der Eisenbahn und muß erst um 11 Uhr schlafen gehen!«
Ich bildete mir ein, da Du eineinhalb Jahre älter warst als ich, würde ich auch genau eineinhalb Jahre länger leben als Du. Und nun sind schon sechsundvierzig Jahre vergangen, seit Du diese Erde verlassen mußtest und ich mich nur noch im Geiste mit Dir unterhalten kann.

Manchmal schwirren meine Gedanken ab, aber nun will ich Dich wieder aus Deiner Stuttgarter Zeit erzählen lassen.
Politisch hast Du Dich damals nicht betätigt und Dich auch nicht für die Nazis engagiert. Nur einmal besuchtest Du interessehalber den Vortrag eines Gauschulungsleiters.
Du schreibst:

Am Montag hörte ich einen Vortrag über den Nationalsozialismus und die religiösen Bekenntnisse. Nachdem der Gauschulungsleiter den Vortrag beendet hatte, meldete ich mich zur Diskussion, kam aber nicht zu Wort. Als er den Saal verlassen wollte, trat ich ihm in den Weg, und inmitten eines Menschenauflaufs sagte ich zu ihm, ich habe gelesen, daß nach Hitlers Ansicht alle Menschen, die das Dogma der Kirche angriffen, Narren oder Verbrecher seien, er habe aber eben die Dogmen angegriffen. Der Redner nahm mich beim Rock, zog mich aus dem Saal bis in die Kleiderablage, damit niemand uns hören konnte. Ich begründete ihm das von Hitler Behauptete genau, und er sagte, davon nichts zu wissen, im übrigen hätte er keine Zeit mehr, ich solle meine Einwände schriftlich vorbringen. Noch am selben Tag schrieb ich ihm einen Brief . . .

Wie aus einem Schreiben vom 15. Juli 1938 hervorgeht, hast Du eine Kopie dieses Briefes einem Juristen vorgelegt, einem Freund unseres Vaters, der damals Ministerialrat beim Oberlandesgericht in Stuttgart war und bei dessen Familie Du oft eingeladen warst.
Du schreibst:

Bei Familie Closs habe ich einen wirklich schönen Sonntag bei interessanten Gesprächen verlebt.
Der Kirchensteuerstreit wurde vom Oberlandesgericht gegen den Ministerpräsidenten und gegen den Kultusminister für die Kirche entschieden. Ich glaube, daß sich Closs

damit sehr verhaßt gemacht hat. Manchmal meine ich, daß er es darauf anlegt, pensioniert zu werden, da er keine rechte Lust mehr zu haben scheint, bei den jetzt so verworrenen Rechtsverhältnissen weiterzuarbeiten. Die Verhandlung hat einen ganzen Tag gedauert. Closs mußte stundenlang reden und behauptet, keinen trockenen Faden mehr am Leib gehabt zu haben. Auf den von mir an den Gauamtsleiter gesandten Brief, in welchem ich auf eine Stelle in Hitlers »Mein Kampf« hingewiesen habe, hat er in der Urteilsbegründung auch verwiesen. Da kann der Ministerpräsident nachlesen, daß Hitler ihn für einen Verbrecher hält, weil er gegen das Dogma vorgehen will.

Damals stand Deine Musterung bevor, und Du mußtest Dich entscheiden, bei welcher Waffengattung Du zu dienen wünschtest.
Vater, als Reserveoffizier der Artillerie, wollte, daß auch Du als Artillerist dienen solltest und hat Dir wohl dementsprechend geschrieben. Ich fand folgendes Antwortschreiben, datiert am 18. März 1938:

. . . Da ich beruflich meinen Weg nicht selbst zu gehen und zu erkämpfen habe wie andere junge Menschen, sondern mir mein Ziel klar vor Augen gestellt ist und ich in ein gemachtes Bett komme, ist es natürlich klar, daß ich in allen anderen Dingen, darunter auch in denen der Wehrmacht, nach eigenen Entschlüssen handeln möchte. Spätere Reserveübungen sind für mich die einzige Möglichkeit, mich mit technischen Dingen zu befassen und mich von meinem Beruf, der mir nur Pflicht sein wird und mich nicht ausfüllt, zu erholen. Ich lege großen Wert darauf, daß der Truppenteil, zu dem ich komme, motorisiert ist . . .
Ich muß in letzter Zeit die Beobachtung machen, daß das bloße Äußern einer eigenen Meinung meinerseits schon als batziger Angriff von mir gedeutet wird, entstanden aus

reinem Widerspruchsgeist. Wenn man von mir hier in Stuttgart ein sicheres Auftreten verlangt, muß man mir dies auch sonst gestatten.
Jemand, den man zu Hause wie ein kleines Kind behandelt, wird, wenn er in die Welt kommt, sich auch wie ein solches benehmen und einen schweren Stand haben, wenigstens habe ich dies erfahren müssen.

Das hört sich so an, als ob Du ständig um Deine Selbständigkeit hättest kämpfen müssen. So schlimm war es aber nicht. Vater hat damals gleich eingesehen, daß Du in der Angelegenheit »Wehrmacht« nach Deinen eigenen Wünschen handeln mußtest.
Am 26. Juli 1938 erzählst Du mir von Deiner Musterung:

Am Montag war ich bei der Musterung, es ging dabei ganz gemütlich zu. Die Hauptsache bestand aus Langeweile und Hunger, da die Geschichte bis halb zwei Uhr dauerte. Die Kameraden, die ich näher kennenlernte, waren ein Gärtner, ein Küfer und ein Friseur. Nachdem wir gefragt wurden, ob wir vorbestraft seien usw., mußten wir uns ausziehen und in der Badehose an dem Arzt vorbeimarschieren. Nachdem unsere Größe und unser Gewicht festgestellt worden waren, wurden unsere Augen untersucht mit der Dir bekannten Buchstabentafel. Da ich zu den Beobachtern möchte, strengte ich mich sehr an und lernte die Zeile der Buchstaben, die gefragt wurden, vorher auswendig, solange meine Vorgänger an der Reihe waren. Es war mein Glück, denn trotzdem ich nachher nichts richtig lesen konnte, machte ich beim Lesen keinen Fehler. Zum Schluß hieß es: Tauglich, Ersatzreserve 1 für B-Abteilung und Nachrichtentruppe.
Nachher kauften sich die Kameraden die bekannten bunten Bänder und zogen ab wie die leibhaftigen Pfingstochsen. Ich verzichtete darauf und feierte auch nicht, sondern langweilte mich.

Mutter drängt mich dauernd wegen des Urlaubs. Ich soll mit Euch nach Österreich fahren, was mir gar nicht behagt, weil ich die Abwesenheit von zu Hause und den Hotelfraß endgültig satt habe. Ich möchte meinen kurzen Urlaub zu Hause verbringen, besonders auch deshalb, weil ich schon zwei Tage nach Beendigung meiner Lehrzeit zum Arbeitsdienst einrücken muß. Ich verstehe nicht, daß die Eltern in dieser Hinsicht so wenig Verständnis für mich haben. Am Ende muß ich ihnen für diese Reise auch noch dankbar sein. Ich hatte mich schon so sehr auf das Drehen des Moselfilms gefreut, das fällt nun ganz ins Wasser. Fürchterlich finde ich es, eine Zeit, die man sich durch Überstunden und durch ein Jahr lang »Schuften« erworben hat, nutzlos zu vertun und sich im Gebirge zu langweilen.

Weißt Du, Mutter, die Dich so sehr liebte, wünschte wenigstens während Deines Urlaubs ständig mit Dir zusammenzusein, und die Eltern glaubten bestimmt, Dir mit dieser Reise eine Freude zu machen. Und gelangweilt hast Du Dich bei dieser Reise keineswegs.
Sicher wirst Du die eindrucksvollen Bergwanderungen, die wir beide vormittags unternahmen, dabei gleichzeitig die zauberhaft schöne Natur genossen und ausgiebig alle möglichen Probleme diskutierten, noch so deutlich in Erinnerung haben wie ich. Nachmittags fuhren wir mit den Eltern in die weitere Umgebung von Nauders. Du lenktest unseren Wagen über die damals ganz neue Stilfser-Joch-Straße zum Dreiländereck, wir lernten Bozen und Meran kennen, und so erlebten wir wirklich herrliche Ferien. Du drehtest während der Reise einen Bergfilm, der für damalige Verhältnisse ganz ausgezeichnet gelungen war und den Du mir in einem späteren Brief ausführlich beschreibst.
Vom August 1938 fand ich noch einen Brief, aus dem hervorgeht, daß Du Hanna, Deine erste Liebe, nie ganz vergessen hast.

Du schreibst:

Als ich am Mittwoch aus dem Keller kam, sah ich ein Auto die Charlottenstraße hinabkommen, das mir bekannt erschien. Ich schaute auf die Nummer, die ich noch in Erinnerung hatte (I Z 40131) und erkannte in dem Wagen Familie Poensgen. Ich rief so laut ich konnte: »Hannaaa...«, aber das Auto fuhr weiter bis zur Danziger Freiheit, wo eine Verkehrsstockung es zum Halten zwang. Ich hätte bequem hingehen können, aber ich dachte plötzlich an meine von der Kellerarbeit schmutzigen Finger und an meine Stiefel unter der langen Hose, und ich ging heim. Dort gelang es mir nicht, meine Hände gänzlich zu säubern. Dann holte ich meine Bilder ab und setzte mich auf eine Bank am Schloßplatz, um die Fotos zu betrachten. Plötzlich kam Familie Poensgen unmittelbar an der Bank vorbei. Ich glaube, Hanna erkannte mich, aber ich tat wegen meiner noch schmutzigen Finger so, als ob ich sie nicht sähe und blieb sitzen. Hanna und ihre Eltern standen noch eine Weile in zwanzig Meter Entfernung an einer Säule und warteten scheinbar auf mich. Als sie sich interessiert die Plakate anschauten, schlich ich mich schnell davon.
Daß ich mich immer so genieren und blamieren muß! Denn mein Weggehen war doch sicher eine Blamage! Ich ging dann heim, zog meine besten Sachen an, rasierte mich, gab Reinhard, der mich gerade besuchte, einen anderen Anzug von mir, und dann durchsuchten wir gemeinsam alle größeren Lokale Stuttgarts, die von Durchreisenden meistens besucht werden: Marquardt, Schloßgartenhotel, Hindenburgbau usw. Während der Theaterpause suchten wir sogar im Schauspielhaus. Um Mitternacht gaben wir auf.

Ich kann gut verstehen, Karl-Heinz, wie Dir damals zumute war. Im Alter von neunzehn Jahren fehlte auch mir

noch jegliches Selbstbewußtsein, und ich war außerordentlich schüchtern.
Nun Dein letzter Brief aus dem Jahr 1938:

Heute fand ich in meinem Zimmer folgendes Schreiben vor: »*Sie werden hiermit als Freiwilliger zum aktiven Wehrdienst ab 1. Oktober bei der Beobachtungsabteilung 34 in Koblenz angenommen.*«

Das Schicksal hatte es anders für Dich bestimmt.
Du schreibst weiter:

Ich habe gerade meine letzte Mittagspause vor Weihnachten. Von morgen an muß ich von 7.30 bis 23 oder 24 Uhr durcharbeiten und habe nur eine Viertelstunde Zeit zum Mittagessen.
Deine Mitteilung, daß Annemarie schon am 26. Dezember mit ihren Eltern verreisen wird, ist für mich eine bittere Enttäuschung. Am liebsten würde ich gar nicht auf Urlaub fahren, aber dann sind die Eltern zu sehr enttäuscht. Vielleicht könnte ich doch schon am 24. kommen und zwischen 4 und 6 Uhr am Nachmittag mit Annemarie spazierengehen . . .

Im Januar 1939 schreibst Du mir Glückwünsche zu meinem Geburtstag. Dann lauten die nächsten Zeilen:

Wenn Du noch die Absicht hast, den Führerschein zu machen, steht Dir mein hiesiges Sparguthaben jederzeit mit RM 100,– zur Verfügung. Ich gebe Dir diesen Kredit, ohne dafür von Dir eine Sicherheit zu verlangen, möchte Dich aber bitten, als kleine Gegenleistung für mich folgendes zu beachten:
Sei beim Fahrenlernen vorsichtig, besonders aber, wenn Du die Prüfung hinter Dir hast. Erfahrungsgemäß fährt man dann im Gefühl seiner Freiheit zu schnell, auch aus

Opposition gegen die Kriecherei beim Lehrer. Es ist aber klar, daß man aus Mangel an Erfahrung irgendwelchen gefährlichen Situationen noch nicht so gewachsen sein kann wie ein guter Fahrer. Man hat noch kein Gefühl für die eigene Reaktionsgeschwindigkeit und reagiert in solchen Situationen falsch. Im übrigen ist zu bedenken, daß man selbst an gefährlichen Situationen keine Schuld haben muß, sondern auch durch andere hineingebracht werden kann. Ich gebe in diesem Zusammenhang zu, daß ich damals in Metternich leichtsinnigerweise viel zu schnell gefahren bin, ganz abgesehen von dem Glatteis.
Direkt schuldig waren ja vielleicht die Radfahrer, aber bei langsamer Fahrt wäre nichts passiert. Das Schnellfahren als Anfänger ist meistens Angeberei und im Interesse der anderen Verkehrsteilnehmer zu vermeiden. So, und jetzt halte mich für feige, wenn Du willst!!! Aber ich glaube, daß Du vernünftiger sein wirst, als ich es vor zwei Jahren gewesen bin.

Ja, Du hattest damals gerade erst zwei Tage lang den Führerschein und kamst bei Glatteis mit unserem Wagen ins Schleudern, als Du entgegenkommenden Radfahrern ausweichen wolltest. Du pralltest mit dem Wagen gegen einen Pfeiler, der leicht beschädigt wurde. Auch an unserem Wagen entstand nur ein geringfügiger Blechschaden. Aber dieser Unfall war eine gute Lehre für Dich und ist der einzige Unfall geblieben, den Du als Autofahrer hattest.
Nun glaubtest Du, es sei an der Zeit, daß auch ich den Führerschein machte. Die Eltern dagegen wollten, daß ich erst nach dem Abitur mit Fahrstunden beginnen sollte, und das akzeptierte ich auch ohne Murren.
Aber dann kam der Krieg, alle Privatwagen wurden sofort beschlagnahmt, und stell' Dir vor, die Zeitverhältnisse brachten es mit sich, daß es mir erst achtzehn Jahre später, im Alter von 36 Jahren, möglich war, den Führerschein zu erwerben. Zu der Zeit hatte ich schon fünf Kinder, und

mein Mann hatte kurz zuvor unseren ersten Wagen, einen gebrauchten VW Käfer, gekauft. Deine Ratschläge von damals habe ich beherzigt.
Unmittelbar nach Deiner Lehrzeit in Stuttgart wurdest Du zum Reichsarbeitsdienst eingezogen. Das Arbeitslager befand sich in Wanderath, einem kleinen Eifeldorf.
Aus Deinen Briefen geht hervor, daß diese Zeit für Dich recht hart war. Aber Du hast immer versucht, alle Unbequemlichkeiten optimistisch und mit Humor zu ertragen, und deshalb hast Du auch alle Anstrengungen ausgehalten, ohne schlapp zu machen. Jetzt lasse ich Dich selbst aus Deinem Leben als Arbeitsmann erzählen.

7. April 1939
Heute, am Feiertag, will ich einmal versuchen, einen Osterbrief zu schreiben. Den Verhältnissen entsprechend kann ich noch nicht klagen. Wir bekommen die Hammelbeine zwar ziemlich kräftig langgezogen und werden dauernd angekotzt, aber das gehört ja dazu. Das schlimmste ist, daß wir zu wenig Zeit haben. Man muß immer rasiert sein und saubere Stiefel haben, hat aber keine Zeit, dafür zu sorgen. Gestern abend habe ich mich gründlich rasiert, und heute morgen wurde ich wegen zu langen Bartes angekotzt und vom Frühstück weggeschickt. Eben wurde ich wieder für einige Stunden unterbrochen, ich mußte unser Eßzimmer sauber machen. Hier ist alles andere als Karfreitagsstimmung. Wir haben eine Ziehharmonika und amüsieren uns ganz köstlich. Ich habe kaum Lust zu schreiben, da es hier so lustig ist. Ihr seht, der für den RAD unentbehrliche Humor ist vorhanden. Das Schlimmste, die Kürze der Zeit, wird wohl auch zur Gewohnheit werden. Heute kam ich zum ersten Mal im RAD dazu, mir die Zähne zu putzen.
Gerade wird hier Lambeth walk und Swing getanzt.
Die Wasserknappheit gilt hier nicht als Entschuldigung für ungespültes Geschirr oder für einen Bart. Ganz verzweifelt

Karl-Heinz 1939

habe ich mich vor einigen Tagen mit meinem Frühstückskaffee rasiert, was ich wohl öfters machen muß. In den letzten Tagen sind wir schon in Parademarsch gebimst worden. Die Zeit geht ungeheuer schnell 'rum. Es ist sehr gut, daß wir mal zu richtigen fixen, strammen Menschen erzogen werden. Wenn es nicht viel schlimmer wird, dann läßt es sich hier gut ein halbes Jahr aushalten. Frohe Ostern!

14. April 1939
... An die Aufgabe aller persönlichen Freiheit und aller Bequemlichkeit des zivilen Lebens muß man sich natürlich gewöhnen. Aber das gehört ja dazu. Heute haben wir unsere Spaten empfangen. Morgen wird nach der Arbeit (Schipp, schipp, hurra), wohl die Bimserei in Spatengriffen losgehen.
Gestern habe ich den ganzen Morgen zehn bis zwanzig Zentimeter im Wasser gestanden in einem selbst gegrabenen Graben von 2,50 Meter Tiefe, wo ich feuchten Lehm rausschaufeln und die darunterliegende Kanalisation reinigen mußte. Ich stank nachher saumäßig, aber das tut nichts, da ich hier das Amt habe, die Latrine zu reinigen, und zum Glück habe ich auch noch schweren Schnupfen.

17. April 1939
... Mutter wird sich freuen, folgendes zu erfahren: Wir müssen immer glattrasiert sein wie ein Kinderpopo. Wir müssen in unserem Spind peinliche Ordnung und Sauberkeit halten. Wir haben reichlich genug zu essen. Wir müssen um fünf Uhr aufstehen und haben schon um 21 Uhr Zapfenstreich, liegen aber meistens schon um halb neun auf dem Strohsack. Das sind also Dinge, die man mir bisher nicht beibringen konnte. Ich muß über mich selbst lachen, wie genau ich alle Vorschriften befolge. Übrigens habe ich hier 35 Mark in der Schreibstube abgeben

müssen, da wir nicht mehr als 5 Mark in Besitz haben dürfen. Um von meinem Guthaben wieder 5 Mark zu bekommen, muß ich erst einen Antrag stellen, was nur mittwochs geschehen kann. Das Geld bekommt man dann erst am Samstag. Ich würde mich freuen, wenn ich den ganzen Humbug dadurch umgehen könnte, daß ich mein Geld in Briefmarken anlege und bitte Dich, mir 12er und 6er Marken zu senden, die in der Kantine in Zahlung genommen werden.

19. Mai 1939
... Das schönste an Euren Briefen, zu deren Lektüre man meistens erst nachts im Bett kommt, ist, daran erinnert zu werden, daß man, bevor man Arbeitsmann wurde, auch mal ein Mensch gewesen ist und daß man als solcher noch Bindungen hat, die den über alles stehenden Dienst nichts angehen.
Heute hatte ich das Glück, mit einem Lastauto zum Abladen von Steinen an den Nürburgring fahren zu müssen. Ich konnte an verschiedenen Stellen der Rennstrecke das Training sämtlicher Wagen und Motorräder mit ansehen.

4. Juni 1939
Gestern haben wir mit Drainage angefangen, wobei ich das Pech hatte, einen Graben mit tiefem Wasser zu bekommen. Die Gummistiefel waren mir zu klein, weshalb ich mit meinen normalen Stiefeln im Wasser stehen mußte.

13. Juni 1939
So wie der Dienst die letzte Woche gewesen ist, könnte man den RAD beinahe mit einer schönen Sommerfrische vergleichen. Natürlich war es stramm wie immer, und auch all' die niedlichen Kleinigkeiten passierten, aber daran ist man ja gewöhnt. Wunderbar ist unsere neue Baustelle. Wir müssen zwar schwer arbeiten, aber werden nicht so dreckig

dabei. *Gestern habe ich den ganzen Tag Steine geschleppt und Packlage gestickt. Die Aussicht von unserer Baustelle aus ist ganz herrlich. Man hat von der Höhe aus nach allen Seiten einen ungeheuer weiten Blick, ähnlich wie der Blick von der Hornisgrinde. Man sieht die Hocheifel, die Nürburg, die Hohe Acht, die Rennstrecke und liebliche Tälchen mit Dörfern. Den Weg legen wir mit Omnibussen zurück, wobei man prima essen oder schlafen kann. Hoffentlich dauert dieser Dienst noch eine Weile.*

20. Juni 1939
Da wir hier in nächster Zeit einige Besuche hoher Offiziere und RAD-Führer erwarten, will unser Oberfeldmeister nicht mehr jeden Arbeitsmann Wache stehen lassen, sondern hat sich dazu einige, ihm zuverlässig erscheinende Leute ausgesucht. Durch einen Zufall war ich der erste und muß jetzt mindestens alle 14 Tage auf Wache, was ich sonst während der ganzen RAD-Zeit nur zweimal gemußt hätte. Ich tue das aber gerne. Überhaupt muß ich sagen, daß mir der Arbeitsdienst von Tag zu Tag besser gefällt. Man merkt richtig, daß man ein anderer Kerl wird. Gerade das, was einem an dem ganzen Betrieb vorher das Übelste war, macht einem allmählich selbst Spaß. Ich bin hier im allgemeinen immer in einer fabelhaft guten Laune, auch wird meine körperliche Verfassung immer besser. Eine miese Stimmung habe ich äußerst selten, und dann immer nur für sehr kurze Zeit, denn die wird durch die lustigen Kameraden und unseren guten Humor gleich wieder weggefegt. Ich bin froh, in ein Lager gekommen zu sein, wo Humor herrscht. Da können der Dienst und die Führer doppelt so schlimm sein, es kommt immer auf die Stimmung an . . . Nach dem Urlaub ist in unserem Lager ein großer Wurstigkeitsstandpunkt unseren Führern gegenüber, große Faulheit überall, ja geradezu eine Meuterstimmung eingerissen. J. griff zu den schärfsten Strafen, aber ihm entglitten trotzdem die Zügel und damit die Führung

wegen unseres Dickkopfes immer mehr. Es war im Interesse der Disziplin höchste Zeit, daß J. als Abteilungsführer abgesetzt wurde. Der neue Abteilungsführer scheint ganz in Ordnung zu sein. Der Dienst ist wohl wesentlich strenger und die Faulenzerei hört auf, aber wir freuen uns besonders darüber, daß unsere Unterführer jetzt hochgenommen werden . . . so, jetzt ist Mitternacht, ich muß auf Posten . . .

26. Juni 1939
Unser neuer Lagerführer ist ein furchtbarer Abiturientenfresser, und seine erste Maßnahme hier war, sich die Abiturienten vorstellen zu lassen und uns zu sagen, er verlange von uns beim Exerzieren, beim Sport, bei der Arbeit und überall zehnmal so viel wie von den anderen Arbeitsmännern . . .
Vorhin soll einer von uns Selbstmord verübt haben, wurde jedoch gerettet. Er hat ungeheuer viel Morphium gefressen und bekam den Magen ausgepumpt. Zum Glück scheint er durchzukommen . . .

2. Juli 1939
Heute, am Sonntag, machten wir vor dem Frühstück einen Waldlauf von 12 Kilometern, immer im Laufschritt bergauf, bergab durch Wiesen und Wald bei strömendem Regen, erst bis in die Gegend der Hohen Acht, dann nach Sielenbach, Gerosbach und Oberbar. Es war sehr schön und hat mir gefallen. Ich habe nicht schlapp gemacht und bin immer bei der Spitzengruppe geblieben.

Im August hattest Du Urlaub, und wir waren zur Hochzeit unserer Cousine Erika eingeladen. Bei dem Hochzeitsessen saß ich zusammen mit zwei Freunden Günthers, Erikas Mann. Beide, ein Deutscher und ein Engländer, waren Germanisten wie Günther und hatten schon ihr Studium beendet. Ich, als Schülerin der Oberprima, hatte Freude

daran, mich mit ihnen zu unterhalten, und fast hatte ich vergessen, daß Du nur einen kurzen Urlaub hattest und sicher viel mit mir besprechen wolltest.
Ein wenig verärgert kamst Du zu mir und batest mich, Dich auf einen kurzen Spaziergang zu begleiten. So verließen wir die Hochzeitsgesellschaft.
Verschwommen schien der Mond durch die Nebel der Nacht, und es wehte vom Rhein her ein kühler Wind. In meinem schulterfreien Abendkleid begann ich zu frösteln. So setzten wir uns in unseren »Wanderer«.
Du warst oft Stimmungen unterworfen. In Hochstimmung, in dieser Phase schriebst Du meistens Deine Briefe, betrachtetest Du alle Probleme optimistisch. Aber nicht selten warst Du ausgesprochen depressiv gestimmt, dann sprachst Du Dich bei mir aus, so wie an jenem Abend. Du erzähltest mir von Deinem Lagerleben, und diese Erzählungen klangen durchaus nicht so positiv wie Deine Briefe. Du hattest das Pech, in einem Lager dienen zu müssen, in welches Arbeitsdienstführer, die sich woanders schlecht benommen hatten, strafversetzt wurden. Dementsprechend kam es manchmal zu harten Schikanen, und drei Deiner Kameraden hatten schon Selbstmordversuche unternommen. Deine Freundin Annemarie war für ein Jahr zu Verwandten nach Japan gereist. Du hattest lange Zeit keinen Brief von ihr erhalten und fürchtetest, sie hätte Dich vergessen. So gut es ging, versuchte ich, Dir Mut zuzusprechen.
In jener Nacht, die gespenstisch und fast unwirklich in meinem Gedächtnis wieder auflebt, sprachen wir auch über die aufregende, von Kriegsangst erfüllte Zeit.
Ich erzählte Dir, daß ich von einem Krieg geträumt hatte, so schreckerfüllt und grauenerregend, daß ich mit rasendem Herzklopfen und Atemnot aus diesem Alptraum erwacht war. Ich hatte mich in einer Großstadt befunden, hatte kreuz und quer laufend nach einem Keller gesucht, nirgends eine Tür offen gefunden, und dann waren Gas-

bomben gefallen, und ich war nahe daran gewesen, zu ersticken, bis ein Luftzug aus dem offenen Fenster mich aus diesem Traum erlöst hatte.
Du beruhigtest mich, Du glaubtest nicht daran, daß ein Krieg ausbrechen könnte, waren doch die Aktionen Österreich und Sudetenland friedlich verlaufen.
Im April 1939 hatte Hitler Polen ein Ultimatum gestellt und einen freien Zugang zu unserer Provinz Ostpreußen gefordert. Seit unserer Reise durch die zauberhafte Landschaft dieser Provinz liebtest Du Ostpreußen, und Du sagtest: »Wenn die Polen Hitlers Forderung ablehnen und es deswegen zu einem Kampf kommen wird, dann ist dies ein gerechter Kampf, und ich werde mitkämpfen.«
Ich wandte ein, daß Deutschland doch die Verantwortung für einen Krieg nicht übernehmen könne.
Nun versuche ich, Deine Gegenargumente möglichst wörtlich zu bringen: »Doris, haben wir nicht im Geschichtsunterricht gelernt, daß Staatsmänner, die Kriege geführt haben, mit dem Beinamen ›Der Große‹ in die Geschichte eingegangen sind? Ich denke an Alexander den Großen, Friedrich den Großen und andere. Haben nicht die Franzosen ihren Ludwig XIV. und Napoleon heute noch in stolzer Erinnerung?« Ich wurde sehr nachdenklich, und die widerstreitendsten Gefühle betäubten mir so die Sinne, daß ich alle diese Gedanken versuchte zu verbannen, ich wollte einfach nur dem Augenblick leben. Wenige Wochen nach diesem Gespräch brach der Krieg aus.
Wie wenig wir auf einen Krieg gefaßt waren, geht schon daraus hervor, daß ich die Sommerferien 1939 in einem Töchterpensionat am Genfer See verbrachte. Ich wollte dort kurz vor dem Abitur meine französischen Sprachkenntnisse erweitern. Mit den deutschen Jüdinnen, den Engländerinnen, Amerikanerinnen, Italienerinnen und Ungarinnen, die auch in diesem Pensionat die Sommerferien verbrachten, vertrug ich mich blendend. Unsere Umgangssprache war französisch, und die Vorsteherin des

Pensionats hatte uns eindringlich verboten, in unseren Gesprächen politische Themen zu berühren. Zeitungen oder politische Nachrichten gab es für uns nicht. So hatte ich keine Ahnung, welche Ereignisse dem deutschen Einmarsch in Polen vorausgegangen waren. Da damals alle deutschen Zeitungen der Nazipropaganda dienten und die Ereignisse der jeweiligen Lage entsprechend verfälscht wurden, hätte man zu Hause auch kein wahres Bild der Tatsachen gewinnen können.

Am 1. September 1939 erhielt ich ein Telegramm der Eltern: »Sofort nach Hause kommen.« Die Vorsteherin des Pensionats entließ mich, ohne mir zu sagen, daß der Krieg ausgebrochen war. Zu meiner Verwunderung sah ich an allen Schweizer Bahnhöfen Soldaten in Uniform. Die Schweiz hatte schon mobil gemacht. In Basel fuhr nur noch ein Zug mit drei Wagen über die Grenze hinüber nach Deutschland, und ich hatte Mühe, mich noch in diesen Zug hineinzudrängen. Mir gegenüber saß ein Herr, der eine Tageszeitung las. Beim Umblättern fiel mir die Überschrift der ersten Seite in die Augen: »Der erste Tagesbefehl des Führers.« Auf diese Weise hatte ich den Beginn des Krieges erfahren.

Du konntest Deinen Gestellungsbefehl zur Beobachtungsabteilung nach Koblenz nicht wahrnehmen, sondern mußtest vorerst weiter im RAD Dienst tun. Ihr erhieltet damals lediglich eine gelbe Armbinde mit der Aufschrift: »Deutsche Wehrmacht« und ward für die Verteidigung des Westwalls vorgesehen.

Deine ersten Briefe nach Kriegsausbruch klingen recht sorglos:

5. September 1939
Ich hätte Dir ungeheuer viel zu erzählen, aber das geht brieflich nicht gut. Ich spare mir alle Erzählungen bis zum hoffentlich baldigen Sieg auf. Ich habe mir schon überlegt, ob ich mir jetzt einen Bart wachsen lassen soll, aber wir

müssen uns leider noch rasieren. Dafür bin ich aber ein starker Zigarettenraucher geworden, denn wir bekommen jetzt pro Tag sechs Zigaretten.

14. September 1939
Wir haben hier ein sehr nettes Quartier in einem Bauernhof an einem Bach gelegen, wo wir auch schwimmen können. Wir liegen in einem Zimmer zu sechs Mann auf Stroh. Ich lebe hier wie ein Kind in den Tag hinein und freue mich über jeden Dreck. Es ist ja beschämend, wenn wir unser Leben mit dem der Osttruppen vergleichen, aber man kann ja nie wissen, was kommt, ich persönlich bin selten in einer so guten Stimmung gewesen wie in den letzten acht Tagen. Vom Krieg merken wir hier sehr wenig, und unser Feldzug hat eine verzweifelte Ähnlichkeit mit einer KdF-Reise. Außer dem Regen, der zum Schluß die Stiefel hart machte und zusammenschrumpfen ließ, war der Marsch herrlich und richtig romantisch. Wir marschierten zwei Nächte hindurch. Die Marschkolonne halb im Nebel mit Feldküchen und Bagagewagen war ein wundervoller Anblick, wenn man sie gegen das Morgenrot betrachtete. Zwischen den beiden Nächten hatten wir einen sehr schönen Rasttag und konnten zweimal richtig zum Schwimmen gehen. Stell' Dir mal vor, welche Wohltat! In Ermangelung einer Badehose nahm ich ein großes Pflanzenblatt, das ich aber bald verlor. Als ich aus dem Wasser stieg, stand ich da wie Adam zum größten Gaudium aller direkt an der Stelle vorbeikommenden Truppentransporte und Flüchtlingsautos. Ich geniere mich doch ein wenig, als auch einige Mädels vorbeikamen, aber c'est la guerre! Das Wasser hatte übrigens nur 13 Grad. In den Nächten marschierten wir jeweils 50 Kilometer.

16. September 1939
Ich kann mir beim besten Willen noch kein Bild von dem Gefühl machen, das man beim ersten ernstlichen Einsatz

haben wird. Mir ist es auch noch kaum zum Bewußtsein gekommen, daß es auch für uns ernst werden könnte. So leben wir leicht und sorglos dahin, ohne viel zu denken. Ich unterhalte mich hier gerne mit den Reservisten, die den ersten Weltkrieg mitgemacht haben und die unglaublichsten Dinge erzählen. Ich glaube, es sind Leute dabei, die zwanzig Jahre lang geschwiegen haben, und die jetzt die Zeit für gekommen halten, einmal auszupacken, um uns, die unerfahrenen Neulinge, schon in Gedanken an das Kriegshandwerk zu gewöhnen. Von mir selbst und meiner Stimmung kann ich nur sagen, daß ich quietschvergnügt und sehr optimistisch bin. Allerdings bin ich gleichzeitig etwas verbittert darüber, bei dem Kampf nicht dabei sein zu können, sondern mich hier in der Etappe herumdrücken zu müssen, während sich die anderen Kameraden einsetzen. Ich hoffe, sobald wie möglich, zur richtigen Wehrmacht zu kommen und nicht länger Soldat zweiter Klasse in einem Schipperbataillon zu sein.

21. September 1939
Vorgestern traf ich Herrn S. aus Winningen. Sage seiner Frau bitte, er sei wohlauf und es ginge ihm gut, besonders aber möchte ich Dich bitten, seine Frau dahingehend zu beeinflussen, daß sie ihrem Mann möglichst aufmunternde und optimistische Post sendet. Der Mann war ungeheuer deprimiert und sah sehr niedergeschlagen aus. Kein Wunder, wenn seine Frau ihm in ihren Briefen vorjammert, sie und die kleine Tochter würden fast nicht mehr schlafen, und die Kleine würde immer nach ihrem Papa verlangen. Warum er denn nicht mal nach Hause kommen könne? Was anderen gelänge, das müßte ihm doch auch möglich sein! Sage ihr, daß auf Entfernung von der Truppe, wenn sie länger als 24 Stunden dauert, die Todesstrafe steht. Frage mal Vater, wie schnell ein deprimierter Soldat in einer solchen Stimmung bei solcher Post Dummheiten machen kann! Es ist ja klar, daß den alten Knöppen das

Leben hier, z. B. das Schlafen in der Scheune und die eintönige Kost, nicht leicht fällt. Aber in Wirklichkeit ist es nicht ungesund, man muß sich nur daran gewöhnen.

Habe ich es von Dir erfahren oder in Winningen, jedenfalls wurde Herr S. aus Altersgründen als Soldat bald entlassen. Dem nächsten Brief muß ich Tatsachen vorausschicken, die mich persönlich betreffen. Als ich nach den Sommerferien 1939 wieder zur Schule ging, wurde uns Schülerinnen der Oberprima eröffnet, wir müßten sofort in den Arbeitsdienst einrücken oder einen anderen Kriegshilfsdienst leisten. Nach Ableisten dieses Dienstes würde uns dann das Reifezeugnis ausgehändigt, das uns zu einem Universitätsstudium berechtigte.
Auf diese Nachricht hin schriebst Du:

22. September 1939
Meine allerherzlichsten Glückwünsche zum Abitur, das man Euch ja im vollen Vertrauen auf Eure so großen Kenntnisse und Fähigkeiten erlassen hat. Tröste Dich mit dem Satz: »C'est la guerre«, der mich hier auch immer trösten muß. Ich kann verstehen, daß Dir das plötzliche Verlassen der »geliebten« Schule mit allen Freundinnen etwas leid tut. Mir ist es ja ähnlich ergangen.

Wenige Tage, nachdem Du diese Zeilen geschrieben hattest, erhieltest Du die Nachricht, daß unser Vetter Hans aus Potsdam im Polenfeldzug gefallen sei. Deine Reaktion auf diese erschütternde Tatsache war typisch für die Erziehung unserer Generation. Der Satz: »Dulce et decorum est pro patria mori« (Süß und ehrenvoll ist es, für das Vaterland zu sterben) hatte für uns eine tiefe Bedeutung. In unserer Dorfkirche in Winningen waren die Seitenwände mit Stahlhelmen aus Stuck geschmückt, um die sich gemaltes Eichenlaub rankte. In jedem Stahlhelm

stand der Name eines Gefallenen aus dem ersten Weltkrieg, und darüber war der Spruch aus der Bibel gemalt: »Niemand hat größere Liebe, als daß er sein Leben lässet für seine Freunde.« Du würdest das Innere unserer alten Kirche heute nicht wiedererkennen. Nach dem zweiten Weltkrieg wurde der Stuck von den Innenwänden der Kirche entfernt, und die Wände wurden weiß übertüncht.
Du schriebst mir am 30. September 1939:

Du kannst Dir sicher denken, daß mich die Todesnachricht von Hans erschüttert hat. Aber Mutters Aufmunterung, ich solle deswegen den Kopf nicht lange hängen lassen, ist für einen Soldaten heute überflüssig. Auf mich hat gerade diese schlimme Nachricht als Aufmunterung gewirkt. Die erste Folge bei mir war ein erneuter Wutanfall über die Lächerlichkeit meines Einsatzes hier. Ich war, ehrlich gesagt, neidisch auf Hans, denn ich glaube nicht, daß das Leben eine schönere Erfüllung haben kann, als es das seine hatte. Natürlich tun mir seine Eltern und Brüder leid . . .
Ich habe nur noch den einzigen Gedanken, möglichst schnell militärisch ausgebildet und im Kampf eingesetzt zu werden, ganz egal wie es für mich ausgeht.
Im Augenblick beschäftigen wir uns mit dem Einstudieren eines Krippenspiels, ich mache die Pläne für die Krippe . . .

Am 1. Oktober 1939 wurdest Du aus dem Arbeitsdienst entlassen und wartetest nun zu Hause ungeduldig auf Deine Einberufung zur Wehrmacht.
Ich erinnere mich daran, daß mich unser Zusammensein damals mit wehmütiger Freude erfüllt hatte. Mit Freude, weil wir endlich einmal wieder Zeit hatten, lange Gespräche miteinander zu führen, und mit Wehmut, weil die Zukunft im Kriege für uns alle so unsicher vor uns lag und Du Deinen Gestellungsbefehl kaum erwarten konntest.
Wie ein Blitzstrahl fällt nun ein Gespräch in mein Gedächtnis, das mich mit grausigen Vorahnungen erfüllte.

Ich saß auf der Fensterbank in Deinem Zimmer, wo die Sonne hineinschien und man so schön in den Garten hinunterblicken konnte. Du gingst im Zimmer auf und ab und sagtest: »Es müßte nun einen Knall geben und ich hätte meine Einberufung zur Wehrmacht, dann müßte es wieder einen Knall geben und ich könnte Annemarie heiraten, dann möchte ich ein Kind von ihr haben und dann könnte meinetwegen der Knall kommen, der mir den Tod bringt.«
Die letzten Worte hatten mich damals sehr erregt, aber an meine Antwort kann ich mich nicht mehr erinnern.
Seltsamerweise berührten wir damals keine politischen Probleme. Aber wie schon während Deines letzten Schuljahres beschäftigtest Du Dich eingehend mit religiösen Fragen, besonders mit solchen, die den katholischen Glauben betrafen. Du wünschtest, eines Tages Annemarie zu heiraten, wolltest ihr aber ihren unerschütterlichen katholischen Glauben nicht nehmen und wußtest, Du müßtest im Falle der Heirat in eine katholische Erziehung Eurer Kinder einwilligen. So versuchtest Du, ihren Glauben kennenzulernen und zu verstehen.
Du rietest mir damals, das Buch »Der Großinquisitor« von Dostojewski zu lesen. In dieser Erzählung wird berichtet, wie Jesus wieder auf die Erde kommt und der Großinquisitor ihn gefangen nimmt, obgleich er ihn erkennt. Der Großinquisitor wirft Jesus vor, er habe den Menschen Freiheit bringen wollen, aber absolute Freiheit mache die Menschen nur unglücklich, denn die Menschen vertrügen die Freiheit nicht, sondern wollten geführt werden.
Du meintest dazu, tatsächlich habe sich ja die katholische Kirche aufgrund ihres Totalitätsanspruchs im Laufe der Geschichte gegen alle Widerstände halten können und wäre ihren Gläubigen immer ein Trost und Halt gewesen, während die protestantische Kirche, der wir angehörten, ihren Gläubigen sehr viel mehr Freiheit ließe, weshalb die Protestanten dazu neigten, an ihrem Glauben zu zweifeln.

Ich konnte Deinen Gedankengängen folgen und habe dann immer Deine Partei ergriffen, wenn Du mit den Eltern über Deine Heiratspläne diskutiertest.

Als wir dieses Gespräch führten, hatte ich bereits meinen Kriegshilfsdienst als Kindergärtnerin im Winninger Kindergarten, »Verwahrschul« genannt, angetreten. Zusammen mit einer Gemeindeschwester betreute ich etwa 65 Kinder.

Du hast Dich immer gerne mit Kindern beschäftigt. Weißt Du noch, wie Du während Deines Urlaubs zwischen Arbeitsdienst und Wehrmacht einmal an einem Sonntag Deine elektrische Eisenbahn aufgebaut hast? Ich hatte einige Kinder aus dem Kindergarten eingeladen, und wir haben mit ihnen gespielt.

Im Dezember kam dann Deine Einberufung zur Wehrmacht.

Ich lasse Dich nun von Deinen Erlebnissen als einfacher Rekrut erzählen.

Posen, 19. Dezember 1939
Bei der galgenhumoristischen Musik meiner Kameraden, wir sind alle noch in Zivil, werde ich Dir jetzt von der Fahrt erzählen. Nach einigen, in Mainz im Wartesaal verbrachten Stunden, ging es mit einem fahrplanmäßigen Bummelzug weiter mit vielen Aufenthalten bis Ludwigshafen. Anschließend zu Fuß und per Straßenbahn zur Artilleriekaserne, wo wir gegen Mitternacht ankamen und uns aufs Stroh lagerten. Die Kaserne war verblüffend komfortabel, überall Parkett, Waschraum mit Spiegeln, Zentralheizung, alles wunderbar sauber, Kantine usw. vorbildlich. Es war ein guter Einfall, daß man uns vor unserer Polenfahrt auch mal eine deutsche Luxuskaserne zeigte. Am Sonntag um 13 Uhr marschierten wir mit den Koffern über eine Stunde zu unserer Verladestelle, wo wir den Polenzug bestiegen. Ich hatte Pech, denn ich erwischte einen alten Vierter-Klasse-Wagen, der als Sitze

Bretter hatte. Um 16 Uhr ging die Reise los, die bis Montag 23¼ Uhr dauerte. Wir saßen also 31¼ Stunden im Zug, was sehr gemütlich war. Auf den Bahnhöfen reichten uns Rote-Kreuz-Schwestern Kaffee, Tee und Erbsensuppe mit Fleisch. In Mannheim hatte jeder noch ein ganzes Kommißbrot, zwei riesige, dicke, lange Würste, ein großes Paket Butter, ein gigantisches Stück Speck und ein Stück Schweizer Käse bekommen. Für unser leibliches Wohl war also bestens gesorgt. Im Wagen wurde ein Kamerad verulkt, der aussah wie ein Pastor und auch in seinen Gebärden so wirkte. Er war aber ein durchaus lustiger Junge, der mit uns boxte und über alle Witze lachte. Von einem anderen erfuhr ich dann, daß der fröhliche Kamerad wirklich ein evangelischer Pastor war. Mit einem anderen, etwas älteren Kameraden belustigte ich mich über Pastöre im allgemeinen, und am nächsten Tag erst erzählte man mir, daß dieser ein katholischer Theologe sei. Ist das nicht zum Lachen? Durch ihn lernte ich auch einen sehr netten Wirtschaftslehrer kennen, der kurz vor der Promotion stand, als er seinen Stellungsbefehl bekam. Hoffentlich kann ich mit einem dieser netten Menschen zusammenbleiben. Eben erfuhr ich, daß in meinem Abteil außer den schon genannten noch zwei Theologen waren. Unsere Seelen sind also gesichert.

20. Dezember 1939
Vorerst meine neue Anschrift: Deutsche Dienstpost Osten, Feldpost Funker Karl-Heinz Schwebel 1. Nachr. Ers. Abtlg. 33 Posen. Wenn ich meinen Reiterschein angegeben hätte, wäre ich in den Stall gekommen, bei Angabe des Führerscheins hätte man mich als Kraftfahrer eingeteilt. Da ich mich aber als perfekter Funker meldete, kam ich zur gewünschten Kompanie. Auf meiner Stube, wo 12 Mann liegen, sind u. a. Studenten, Assessoren, Physiker, Mathematiker und auch der Wirtschaftslehrer. Wir beide haben

bei der Einteilung, die nach der Größe erfolgte, treu zusammengehalten, dadurch, daß abwechselnd sich der eine auf die Zehen stellte und der andere die Knie krumm machte. Es klappte fabelhaft. Der Leutnant mußte immer, wenn er einen von uns rauf oder runter stellte, den anderen gleich danach auch umrangieren, da er inzwischen kleiner oder größer geworden war. Seit einigen Stunden bin ich in Uniform. Das einzige zivile Kleidungsstück ist meine Uhr. Die Unterkunft ist »polnisch«, aber ohne Tierchen, da alle Räume mit Blausäure vergast wurden. Unser Unteroffizier ist ein netter, freundlicher Kerl, der gut für uns sorgt. Wir haben einen Spieß, so wie man ihn in Witzblättern beschreibt. Er ist im Grunde gutmütig und mir außerordentlich sympathisch, aber er brüllt, daß man glaubt, die Decke müsse einstürzen. Der Spieß hat mir befohlen, mich innerhalb ganz kurzer Zeit, mit Militärschnitt bei ihm zu melden. Da kein Friseur hier ist, bat ich den Handelslehrer, mir die Haare mit meiner Nagelschere zu schneiden, was auch geschah. Der Spieß freute sich sichtlich darüber.

1. Januar 1940
Heute war ich im Feldgottesdienst. Ich hatte mit einem Katholiken getauscht, um einmal einen anderen Stadtteil zu sehen. Die Kirche war hochinteressant. Natürlich betrachtete ich mir auch die Menschen, die anscheinend hier ziemlich fromm sind, viele Baltendeutsche darunter. Die Polinnen sind sehr zugänglich und werfen sich den deutschen Soldaten geradezu an den Hals. Sie sind meistens hübsch und haben stechende, fixierende und brennende Augen, die sie beängstigend verdrehen können.
Vorläufig gefällt mir der Betrieb hier recht gut. Der Unteroffizier sagte, man sei bisher mit uns Rekruten sehr zufrieden, was sich natürlich auf die Behandlung auswirkt. Ich bin sehr froh, Soldat zu sein und durchweg, ohne Unterbrechung weit besser gelaunt als zu Hause, wo ich mir im Krieg sehr überflüssig vorkam.

Während der Schulzeit hattest Du nie Ehrgeiz entwickelt, aber nun warst Du von der Idee gepackt, Dir möglichst rasch die Kenntnisse anzueignen, die für einen eventuellen Einsatz notwendig waren.
So schreibst Du am 4. Januar 1940 an Vater:

Hier geht der Dienst in großem Tempo weiter. Wie behauptet wird, sollen wir bis zum 1. Februar 1940 frontverwendungsfähig sein. Zuerst war ich beim Aufnehmen von Funksignalen bei den besten. Seit gestern ist es plötzlich aus. Ich höre nichts mehr und nehme an, daß es sich um eine Überreizung der Gehörnerven handelt, was hoffentlich in einigen Tagen behoben sein wird. Wenn es allerdings so bleibt, bin ich in dieser Kompanie falsch am Platz und kann nur noch als Kraftfahrer Verwendung finden. Diese Krise ist jetzt meine größte Sorge. Ich merke jetzt doch stark, daß ich meinen Geist in den letzten Jahren nicht weiter geschult habe. Abends bin ich so müde, daß ich keine Zeitung mehr lesen kann, während ich körperlich noch ganz frisch bin. Im RAD war es umgekehrt, aber gesünder. Die besten Hörer kommen zuerst an die Front. Ich möchte so gerne bei diesen ersten sein, habe es aber selbstverständlich schwer, mit denen zu konkurrieren, die schon früher Amateurfunker waren. Ich habe hier einen ganz schlimmen Ehrgeiz. Das ist wahrscheinlich nicht gut, weil ich dadurch Enttäuschungen erleben kann, und es könnte auch die Kameradschaft darunter leiden.

7. Januar 1940
Heute war die feierliche Vereidigung. Wenn Ihr mich dabei sehen wollt, schaut Euch die nächste Wochenschau an. Ich wurde gefilmt, als mir der Kommandierende General beim Abschreiten der Front in die Augen sah und später, als ich den Schwur sprach.
Heute ist der erste Ausgang, und meine Kameraden sind in der Stadt. Ich selbst habe Ausgangssperre, weil ich meinen

Spind, den ich mit einem anderen teile, nicht abgeschlossen hatte, denn der andere hatte den Schlüssel verloren. Na ja, Pech muß der Mensch haben ...

Posen, 17. Januar 1940, an Vater:
Wir haben neuerdings täglich irgendeinen Appell und fallen immer auf, was uns aber nicht weiter erschüttert. Ich habe mir im RAD ein wundervoll dickes Fell anerzogen, was mir hier sehr zustatten kommt. Ich denke eben immer: »Götz von Berlichingen« oder wie es in der Funkersprache heißt · — ·· — — · — (l m a).
Wir haben jetzt einen neuen Unteroffizier, der uns alle restlos begeistert. Er ist der beste von uns allen, mehr Freund als Vorgesetzter. Seinen Vorgesetzten gegenüber steht er auf dem oben zitierten Standpunkt und bezeichnet unseren Spieß als äußerst stur. Er sorgt rührend für uns, eben war er außer Dienst wieder lange bei uns. Er fühlt sich hier wohl etwas verlassen und sucht, sich bei uns anzuschließen. Trotzdem ist er ein durchaus zackiger Soldat, beim Exerzieren sehr stramm und wirft dabei mit den üblichen Ausdrücken um sich. Aber das habe ich gern, weil es soldatisch ist. Unser Gefreiter dagegen war auf dem besten Wege, uns hier die Freude durch seine Schikanen zu verderben. Eben teilte er uns jedoch mit, er sei versetzt, worauf wir vor Freude tanzten. Als echte Funker haben wir uns einen Detektor besorgt, eine Leitung hinter den Betten verlegt und hören nachts mit unseren Kopfhörern, wenn das Licht nicht mehr brennt und der Gefreite nichts merkt, was in der Welt vorgeht. Da wir hier in Polen liegen, bekommen wir keinen Wein, sondern Wodka und polnische Zigaretten. Ich habe meinen Koffer mit den Zivilsachen nach Hause geschickt. Darin wirst Du 60 Zigaretten und zwei Flaschen Wodka für Dich finden.
Morgen ist Prüfung im »Hören«. Ich werde auf Tempo 60 geprüft, das ist für mich sehr wichtig, da das Hörtempo der

Maßstab dafür ist, wie früh man an die Front kommt, und das wollen wir hier alle. Der technische Unterricht ist für mich hier recht langweilig. Es werden 10 oder mehr Stunden gebraucht, um die Einstellung der Rückkoppelung zu zeigen, was meiner Ansicht nach zur Allgemeinbildung gehören sollte.

Nun folgt ein Brief an Mutter, die Dir wohl im Januar 1940 einen Fragebrief geschrieben hat, ob Du nicht hungern und frieren müßtest. Du weißt ja, Mütter sind auch um schon erwachsene Kinder immerzu besorgt.
Du antwortest ihr am 21. Januar:

. . . Anbei sende ich Dir die Lebensmittelkarten zurück, die Du mir vorsorglich geschickt hast. Erstens bin ich nicht damit einverstanden, daß Ihr Euch die Marken vom Munde abspart, und zweitens kann man hier Lebensmittel kaufen so viel man will.
An diesem Wochenende haben wir anstatt Ausgang »Feuerwache«, das bedeutet, jede Stunde Antreten im großen Dienstanzug. Dann mußte ich in der Kantine Flaschen tragen, Ofen anzünden, Kohlen schleppen usw. Das erwähne ich nur, weil Du Dich über mangelnde Beantwortung Eurer Briefe beschwerst. An die Kälte hier haben wir uns gewöhnt, da wir oft bei 30 Grad Kälte drei oder mehr Stunden im Freien Gefechtsdienst machen. Während der größten Kälteperiode war unser Ofen drei Wochen lang ohne Feuer, da er defekt war. Nach dem Revierreinigen konnten wir auf den Fluren Schlittschuhlaufen. Das Essen ist gut, die Abwechslung besteht darin, daß wir einen Tag Kartoffeln mit Kraut bekommen und am anderen Tag Kraut mit Kartoffeln. Doch das sind ja alles furchtbare Nebensächlichkeiten, die ich deswegen auch zu antworten vergaß. Bei der Prüfung gestern bestand ich beide geprüften Tempos gut. Danach mußten sich die Leute mit Führerschein melden. Man wollte mich zum Kraftfahrer

machen, aber ich wandte mich mit dem Prüfungsergebnis an den Hauptmann, der mich sofort wieder den Funkern zuwies. Ich habe übrigens die Prüfung als einziger meiner Hörklasse bestanden. In drei Wochen etwa werden wir wohl auf das Feldheer verteilt werden.

Nun war Deine Ausbildungszeit als Funker vorbei, und zum ersten Mal wurde Dir Verantwortung übertragen. Am 26. Januar 1940 schreibst Du:

Inzwischen liegt Posen hinter mir. Dort war es in den letzten Tagen recht interessant. Nun bin ich Transportführer und habe eine ganze Anzahl von Leuten irgendwo hin zu führen, was nicht ganz leicht ist. Erstens fällt es mir schwer, Leuten zu befehlen, die älter sind als ich und zum Teil auch schon wesentlich länger gedient haben, zweitens habe ich die Verantwortung, daß immer alle zusammenbleiben. Ich werde an den Film »Urlaub auf Ehrenwort« erinnert. Meinen Leuten habe ich auch schon oft Urlaub auf Ehrenwort gegeben. Wir befinden uns hier untätig in einer anderen Stadt, und meine Aufgabe besteht darin, dafür zu sorgen, daß meine Leute Verpflegung und Ausgang bekommen.
Soeben komme ich vom Spieß, dem ich bisher verheimlicht habe, daß ich erst seit 5 Wochen Soldat bin. Er hat mir Ausgang für meine Soldaten genehmigt unter der Bedingung, daß ich auch Dienst mit den Leuten mache.
Ich setzte also Unterricht an über die physikalischen Grundlagen der Funkerei, in fünf Minuten geht es los.
Der Unterricht ist in Form einer gemütlichen Plauderei vorbei. Ich bin mal gespannt, welche Reise ich mit meinen Leuten noch zu machen habe, ehe ich sie alle wohlbehalten abliefern kann.
Bei meinen Soldaten ist ein besonders netter katholischer Theologe, der kurz vor der Priesterweihe stand, ehe er eingezogen wurde, er ist einer der besten.

Ob dieser Theologe wohl Hans Lamott war, der Dir später
ein so guter Freund wurde?
Am 31. Januar 1940 schreibst Du noch einmal aus jener
Stadt, wo mag das wohl gewesen sein, an die Eltern und am
4. Februar 1940 an mich.

31. Januar 1940
*. . . Acht Tage liegen wir nun schon ohne Befehl hier und
warten. Heute erfuhr ich vom Spieß, zu welcher Division
wir kommen. Über deren Standort gehen hier die tollsten
Gerüchte, die ich nicht wiedergebe, weil sie ja doch kaum
stimmen. Jetzt muß ich mich um die Abendportionen der
Kameraden kümmern und noch einiges wegen der morgen
stattfindenden Löhnung erledigen.*

4. Februar 1940
*Es ist Sonntag, und ich bin heute mal nicht in die Kirche
gegangen, weil ich Dir schreiben möchte. Wir liegen noch
immer hier am selben Standort als Gäste der Infanterie,
machen aber keinen Dienst mit. Vor einigen Tagen bekam
ich allerdings den Befehl, einen Waggon Kohlen zu entladen. Es war ziemlich schwierig, ohne Unteroffizier die
Kameraden zum Arbeiten anzuhalten. Doch nachdem wir
mit drei Fuhrwerken zwölfmal hin- und hergefahren
waren, hatten alle Kompanien ihre Kohlen. Am nächsten
Morgen ging ich zum Spieß und setzte ihm auseinander,
daß wir unbedingt noch Unterricht machen müßten, was
er schließlich einsah. Du kannst Dir denken, daß mir das
Unterrichten Spaß macht. Als ich in Posen den Befehl
bekommen hatte, die 22 Mann zu führen, freute ich mich
schon auf den Abend, wenn ich die Kameraden wieder
abgeliefert haben würde. Statt dessen eröffnete man mir
hier, ich sei weiterhin der Vorgesetzte dieser Leute und für
alles, was sie machten, verantwortlich. Naja, Befehl ist
Befehl. Nun sind es schon 14 Tage, und ich bin gespannt,
wann ich den Posten wieder loswerde.*

Augenblicklich läuft hier der Film »Annemarie«. Hast Du ihn schon gesehen? Wir waren alle begeistert, weißt Du, der Film war so romantisch und für mich erinnerungsträchtig. Kurz der Inhalt: Ein Primaner flirtet mit einem Mädel, das Annemarie heißt. Sie wandern zusammen, schwimmen und rudern, meistens ist ein Hund dabei wie bei uns der Fips. Dann verreist Annemarie für ein Jahr. An seinem Geburtstag bekommt er den Stellungsbefehl. Sie ist wieder zu Hause, und er sagt ihr, dies sei sein schönstes Geburtstagsgeschenk. Vorher hatte er immer geäußert, es sei ihm schrecklich, zu Hause zu sitzen, während die Kameraden an der Front seien. Der Schluß ist einfach, nach ganz kurzer Ausbildungszeit meldet er sich zur Front und fällt.

Als ich ganz begeistert aus dem Film kam und zu unserem Stammtisch ins Kasino ging, zogen mich die Kameraden stundenlang auf, besonders der katholische Theologe amüsierte sich königlich. Ich war ganz erledigt, und aus Rache lud ich sie alle ein. Die Eltern hatten mir gerade 20 Mark geschickt.

Eben habe ich einen netten Sonntagsnachmittagsspaziergang im Volkspark gemacht und den schlittschuhlaufenden und rodelnden Polinnen zugesehen.
Am Dienstag bekam ich einen argen Schrecken, als ich in der Zeitung las, daß die Vorstadtbahn von Osaka sich überschlagen hat und daß es dabei 221 Tote gab. Du weißt ja, daß Annemarie eine Monatskarte bei dieser Bahn hat und täglich damit zum Kindergarten fährt. Schlimm, daß ich nicht nach Japan schreiben darf. Bitte schreibe doch einmal in meinem Namen an Annemarie, teile ihr mit, ich sei sehr vergnügt und froh, Soldat zu sein, der Dienst mache mir Freude und es täte mir sehr leid, ihr nicht schreiben zu können.
Gerade sind wir in eine heftige Diskussion geraten über die Friedensbedingungen, die wir England stellen werden . . .

Dies war Dein letzter Brief aus Polen. Am 6. Februar 1940 schreibst Du an die Eltern:

... *Wir befinden uns auf der Fahrt ins Blaue zwischen Weimar und Erfurt, das Ziel ist unbekannt, wir werden heute wohl noch über den Rhein kommen zur 79. Division.*

Wenige Tage später schreibst Du an mich (ein Datum fehlt)

Einen Tag, nachdem wir den romantischen Film angesehen hatten, wurden wir verladen zur großen Fahrt ins Blaue. Die Heizung im Zug funktionierte nicht, und es war so bitter kalt, daß ich Handschuhe und Kopfschützer anziehen mußte. Trotzdem war die Fahrt recht romantisch. Wir fuhren durch Städte, die oft im Wehrmachtsbericht erwähnt werden, und immer weiter ging die Fahrt. Endlich waren wir nach 36 Stunden am Ziel, wurden ausgeladen und verteilt, und zu unserer Enttäuschung fanden wir uns bei einer Infanterieeinheit wieder. Wir hatten uns fabelhafte Funkautos bei interessanten Divisions- oder Regimentsstäben vorgestellt und können jetzt zu Fuß mit dem schweren Apparat auf dem Buckel bei der Kompanie oder beim Bataillon Dienst tun. Wir haben auch nicht mehr den Namen »Funker«, auf den wir so stolz waren, sondern heißen »Schütze«. Für mich gibt es hier auch kaum eine Beförderungsmöglichkeit. Aber es kommt ja nicht auf unseren Vorteil an, sondern darauf, wie wir uns einsetzen. Beim Einsatz brauchen wir hier bestimmt mehr persönlichen Mut als woanders, besonders wenn wir demnächst ins Vorfeld auf Vorposten kommen. Wir werden hier auch Gelegenheit haben, Indianer zu spielen, d. h. Spähtrupps mitzumachen. Es ist nur dumm, daß wir in bezug auf infanteristische Ausbildung völlige Greenhorns sind. Eigentlich freue ich mich doch, bei dieser Einsatztruppe zu sein und habe vor, mich gelegentlich einmal zu

einem Spähtrupp zu melden, obwohl ich dies nicht brauche. Augenblicklich schreibe ich in unserem gemütlichen Bunker, den ich mit drei Kameraden, die auch mit mir zusammen in Posen waren, bewohne, zwei netten Kaufleuten und dem katholischen Theologen, der schon 10 Semester Studium hinter sich hat. Das merkt man ihm aber nicht im geringsten an, denn er macht mit Begeisterung jeden Blödsinn mit und ist überhaupt ein prima Kerl. Gestern haben wir einen ganz romantischen Abendspaziergang gemacht zu den anderen Bunkern. Nachher waren die Sterne wunderbar zu sehen, und meine Kameraden erteilten mir Unterricht in den einzelnen Sternbildern. Ein Kamerad hat mir Goethes »Faust« geliehen und Gedichte von Goethe. Ich lese viel, und vor dem Schlafengehen lerne ich ein Gedicht auswendig. So wird mein Geist hoffentlich nicht einrosten.
Der Bunker erinnert mich übrigens sehr stark (Du wirst lachen) an Festung »Stachelschwein«, die Bauart ist tatsächlich sehr ähnlich.

Natürlich erinnere ich mich noch an die Festung »Stachelschwein«. In einer Lagerhalle in unserem Winninger Haus befanden sich Flaschenhülsen aus Stroh, fest in runde Ballen zusammengebunden. Aus diesen Ballen bauten wir uns eine Festung, und mit einigen Freunden und Freundinnen spielten wir dort. Zwei Parteien wurden gebildet, eine Partei stürmte die Festung, die andere wurde zur Verteidigung eingesetzt. Das Stroh der Flaschenhülsen war recht kratzig und stachelig, daher der Name »Festung Stachelschwein«.
Am 10. Februar schreibst Du an Mutter:

Hier in unserem Bunker ist es urgemütlich und schön warm. Die Betten sind gut, das Essen ist prima. Von dem Bunker hat man den Eindruck, daß er in jedem Fall unzerstörbar und für seine Besatzung ein absolut sicherer

Schutz ist. Zu Deiner Beruhigung kann ich Dir auch sagen, daß der Feind noch weit weg ist von hier und daß wir vorläufig noch ziemlich weit hinter der Front liegen.

Am 11. Februar 1940 an Vater:

Du hättest wohl kaum gedacht, daß aus mir einmal ein »Sandhase« werden könnte. Bei den Nachrichten hatte ich mir schon eine schöne Laufbahn prophezeit, habe aber jetzt außer dem »Gefreiten« oder dem »Unteroffizier« kaum eine Beförderungsmöglichkeit. Trotzdem freue ich mich, hierhergekommen zu sein, denn als Nachrichtenfunker wäre ich wohl nie in die Hauptkampflinie gekommen, sondern hätte mich immer bei Stäben herumgedrückt. Jetzt werde ich bei der Kompanie oder bei den Vorposten eingesetzt und werde auch Gelegenheit haben, mich an Spähtrupps zu beteiligen, wenn ich möchte. Es ist nur schade, daß ich so gar keine infanteristische Ausbildung habe. Ich bin mal gespannt, wie es uns »Jungen« zumute sein wird, wenn wir demnächst ins Vorfeld kommen. Hoffentlich gewöhnen wir uns ziemlich bald an den Krieg. Wir haben uns vorgenommen, die Ohren steif zu halten, so wie es uns von den Kommandeuren in Posen und hier geraten wurde. Im Augenblick ist an der Front nicht viel los.
Mein Freund, Hans Lamott, katholischer Theologe und Subdiakon, würde heute zum Priester geweiht, wenn er nicht den Stellungbefehl erhalten hätte. Er ist ein sehr natürlicher und netter Junge, dem man seinen Beruf nie anmerken würde, er ist jetzt Truppführer geworden, was ich eigentlich wollte, aber er ist älter, und ich bin der jüngste, so hat er gesiegt und wird bald Gefreiter. Lamott und ich sind im Dienst nahezu gleich. Ich habe bessere technische Kenntnisse, er hört ein etwas höheres Tempo beim Morsen. Wenn er nicht zufällig bei der Verteilung mit hierhin gekommen wäre, hätte ich die Aussicht gehabt, im

*April Gefreiter zu werden. So dauert es natürlich länger. Trotzdem freue ich mich, daß er hier ist, denn wir können uns großartig unterhalten und stundenlang diskutieren, wobei sich Unteroffizier Specht eifrig beteiligt.
Ich will mich auf keinen Fall von hier wegmelden, im Gegenteil, ich bin froh, endlich vorne zu sein und freue mich auf den demnächst kommenden Einsatz im Vorfeld. Es wäre ja Wahnsinn, sich in dem Augenblick wegzumelden, wenn man das heute schon beinahe seltene Glück hat, bei einer wirklich eingesetzten Truppe zu sein. Ich betrachte das wirklich als Glück und habe nicht den Wunsch, wieder zur Nachrichtentruppe zurückzukommen. Betreffs Beförderung stehe ich auf dem Standpunkt: Lieber Gefreiter an der Front, als Leutnant in der Etappe . . .*

Du wolltest immer vermeiden, Mutter unnötig aufzuregen. Deshalb hast Du folgenden Brief an mich einem Freund gesandt, der ihn mir aushändigte:

. . . Eigentlich sollte ich jetzt in Winningen sein, denn schon seit 14 Tagen waren mir 8 Tage Erholungsurlaub versprochen, die Kameraden hatten alle schon Urlaub, aber als Jüngster mußte ich am längsten warten, und nun ist für mich der Urlaub ins Wasser gefallen, was mir aber nicht leid tut. Was soll ich in den 8 Tagen zu Hause anfangen? Hier leben wir dauernd in der Spannung, ins Vorfeld zu kommen, betäuben unsere Ungeduld durch Dienst, und zu Hause hätte ich wahrscheinlich nur dumme Reden geführt. Es wurde mir in Aussicht gestellt, vom Vorfeld aus zu Euch zu fahren, aber das will ich nur dann machen, wenn wir vorne auch so untätig mit Kartoffelschälen, Motorradputzen, Fuhrwerkkutschieren usw. beschäftigt werden wie hier. Sollte vorne etwas los sein, werde ich meinen Urlaub ablehnen oder besser verschieben. In einigen Tagen geht es wahrscheinlich los. Zu

meiner großen Freude hörte ich eben, daß ich zur Besetzung der vordersten Funkstelle bei den Gefechtsvorposten in Aussicht genommen bin. Wir wären dann da vorne nur zwei Mann vom Bataillon, mein Kamerad Hans (der Theologe) als Funktruppführer und ich als Funker. Wir wären dann ganz selbständig. Bitte halte doch Däumchen, daß es klappt, denn das ist mir tausendmal wichtiger als Urlaub.

Ich glaube kaum, daß ich Dir damals Däumchen gehalten habe, denn ich hätte mich doch so sehr gefreut, Dich zu Hause wiederzusehen, und für uns daheim war es ja auch kein angenehmer Gedanke, Dich in Gefahr zu wissen. Weiter schreibst Du:

Übrigens kommen wir einige Kilometer in Feindesland und besetzen die zerstörten französischen Dörfer. Eigentlich ist es ja ein Witz, daß ich zu den Vorposten komme, ich habe noch nie eine Handgranate gesehen, die wir dort doch haben müssen und habe vom Infanteriedienst wenig Ahnung, aber das lernt sich in der Praxis wohl ganz schnell. Mit einem Gewehr habe ich auch noch nie geschossen, aber es wird im Ernstfall schon klappen. Ich kann mir ja nicht gut vorstellen, daß ich auf Menschen schießen könnte, aber es wird dann ja wohl meine Pflicht sein. Vor wenigen Tagen noch lief mir eine Maus so unter den Stiefel, daß sie festsaß. Ich spielte mit ihr, konnte sie aber nicht kaputtmachen, sondern ließ sie nachher wieder laufen. Es ist ganz merkwürdig, wie frei man innerlich vor einem Einsatz wird. Es ist ein Gefühl, das ich nur mit »Freiheit« ausdrücken kann, ein ganz herrliches Gefühl! Alles Alltägliche fällt von einem ab, alle Probleme, mit denen man sich sonst dauernd herumschlug, erscheinen einem gelöst, weil sie ganz klein und unwichtig geworden sind. Man ist in einer Art Adventsstimmung, das heißt, man ist voll froher Erwartung, weil die Stunde der Bewährung (die vielleicht

nachher sehr bitter und gar nicht froh sein kann) nicht mehr fern ist, denn die Bewährung ist es ja gerade, auf die sich ein junger Mensch freut. Man ist so gespannt darauf, sich selbst kennenzulernen, man weiß ja noch gar nicht, wie man sich im Ernstfall verhalten wird, ob man ein Feigling ist oder standhält, das ist alles noch ungewiß. Diese Mischung von Gefühlen bringt es mit sich, daß man sich in Wirklichkeit sehr wenig Gedanken macht und sorglos wie ein Kind in den Tag hineinlebt.
Kennst Du das Lied: »Wohlauf Kameraden . . .?« Der Text ist wunderbar, die richtige Beschreibung für das Freiheitsgefühl, von dem ich schrieb und gipfelt so treffend in dem Satz: »Der dem Tod ins Angesicht schauen kann, der Soldat allein ist der freie Mann.«
Die Losung des Bataillons, mit der uns der Kommandeur hier in einer kurzen Ansprache begrüßt hat, als wir aus Polen kamen, heißt: »Es lebe der Tod!« Das liegt also auch ganz im Sinne dessen, was das Lied ausdrückt und was wir fühlen (leider nicht alle).
Wie man sich im wirklichen Kampf tatsächlich verhalten wird, ist nun die große Frage. Wenn es für mich ein Gebet geben könnte, dann nur das eine: »Laß mich nie feige sein!«

Die Gedanken, die Dich damals bewegten, mögen einem heutigen jungen Menschen absurd erscheinen. Jedoch spricht aus keinem Deiner Briefe irgendein Haßgefühl gegen den Feind, so wie sich heute vielleicht mancher Jugendliche die Gefühle der damals kämpfenden deutschen Soldaten vorstellen mag.
Du wolltest Dich bewähren, Du wolltest Dich der Gefahr stellen, und in Deinem Unterbewußtsein sprach vielleicht sogar eine gewisse Todessehnsucht mit. Wie viele junge Menschen, suchtest Du nach dem Sinn des Lebens, und es dünkte dich der tiefste Sinn, Dein Leben für Dein Vaterland hinzugeben. Natürlich sprach dabei auch mit, daß die

Zukunftsaussichten für Dich persönlich so ungewiß und so wenig erstrebenswert waren. Dich erwartete ein ungeliebter Beruf, und Du wußtest, Du würdest bei den Eltern um die Zustimmung kämpfen müssen, Deine Annemarie zu heiraten.
Den nächsten Brief an mich schreibst Du am 8. März 1940:

. . . Ich wurde ausgelacht, weil ich zu den Vorposten wollte. Ein Unteroffizier erklärte mich für verrückt, denn es sei Wahnsinn, im Krieg etwas freiwillig zu machen. Ich erwiderte, er müsse schon gestatten, daß ich anderer Ansicht sei. Als wir dann verteilt wurden, kam ich in die am weitesten hinten liegende Stellung und zwar nicht als Funker, sondern als Bediener des Telefons. Ausgerechnet der Unteroffizier, der nicht nach vorne wollte, kam zu den Vorposten. Er war verärgert und ich enttäuscht. Auf die Frage, ob wir nicht tauschen könnten, bekam ich zur Antwort, da vorne könne man nur Leute brauchen, die nicht gleich in den Keller liefen, wenn einmal ein Schuß fiele. Du kannst Dir sicher meine Wut vorstellen!
Am Sonntag ließ der Kommandeur das ganze Bataillon antreten und hielt eine zündende Ansprache. Sein kleiner brauner Dackel stand dabei vor ihm und stellte sein Schwänzchen wie zur Bekräftigung senkrecht in die Luft. Beim Abschreiten der Front, wobei man kaum zu atmen wagt, sauste uns das respektlose Vieh dauernd zwischen den so wohl ausgerichteten Beinen umher. Bei dem anschließend stattfindenden Platzkonzert der Regimentsmusik ging ich auf Fotojagd. Ich dachte, ich könne auch mit der Hälfte der scharfen Patronen in meiner Patronentasche genug böse Feinde erschrecken und füllte die Patronentasche zur Hälfte mit Munition für meinen Fotoapparat, denn die Filme passen gerade so schön hinein.
Seit einigen Tagen liege ich nun mit zwei Kameraden in einer fabelhaften Villa. Wir haben hier drei Villen, »Rosemarie«, »Irmgard« und »Elfriede«. Unsere »Rosemarie« ist

Die Villen Elfriede und Rosemarie, fotografiert von Karl-Heinz im März 1940

großartig eingerichtet. Wir haben sogar so viel Platz, daß wir alle drei gleichzeitig sitzen können, was in den Stollenlöchern oder Unterständen des Vorfeldes großer Luxus ist. Als ich heute zum Beispiel im »indischen Grabmal« zu Besuch war, sah ich, daß die dort einquartierten drei Mann nur hineinpassen, wenn sich zwei ins Bett legen, und dann ist es noch schwer, die Tür zu schließen.
Hier ist es äußerst romantisch. Stell' Dir vor, Du liest im Karl May von einer engen, dunklen Schlucht, in die nie ein Sonnenstrahl dringt, und in der deshalb noch Schnee liegt, der sonst überall aufgetaut ist. Wenn Du diese Schlucht aufwärts, westwärts wanderst, ist nach einiger Zeit die Welt mit Brettern zugenagelt. Du rufst: »Sesam tu dich auf.« Der Berg öffnet sich und Du betrittst sein Inneres und damit Villa »Rosemarie«. Nachdem sich Deine Augen allmählich an das Dunkel gewöhnt hätten und vor Qualm übergelaufen wären, würdest Du so langsam denken, in

eine Räuberhöhle geraten zu sein. Drei unrasierte Räubergestalten in tollstem Räuberzivil würden Dir zur Begrüßung einen dampfenden Grog servieren, den sie auf ihrem Sorgenkind, dem Ofen, gebraut haben. Mit dem Ofen ist es nämlich so: Entweder er brennt, dann kann man Kaffee kochen, Bratkartoffeln oder wie heute sogar geröstete Nudeln bereiten, oder er brennt nicht, dann ist es kalt und man friert.
Im ersteren Fall entwickelt er aber solch einen Qualm, daß man keine Luft mehr bekommt. Man hat also die Wahl zwischen warmem Qualm oder kaltem Ozon. Ich habe das Problem kurzerhand gelöst, indem ich hier innen die Gasmaske benutze, wenn es zu toll wird und dann tatsächlich warmen Ozon habe. Nur schade, daß man mit der Maske nicht essen kann. Unser Brennmaterial müssen wir uns selbst im Wald suchen. Vor einigen Tagen habe ich in einem verlassenen Haus ein Ofenrohr organisiert, aber leider hat es nichts genützt.
Gestern ging ich mit einem Kameraden ohne Gewehr und ohne Stahlhelm auf Fotojagd. Als wir einige Wälder durchstreift hatten, ein Fuchs war uns dabei über den Weg gelaufen, fanden wir einen tiefen Trichter im Wald, umgestürzte Bäume und die gänzlich demolierten Trümmer eines amerikanischen Jagdflugzeuges, mit dem ein französischer Flieger abgeschossen worden war. Sogar Uniformfetzen flogen noch herum. Ich habe ein Stückchen von dem Flugzeug mitgebracht.
Heute mußte ich mit einem Kameraden eine Leitung nach vorne kontrollieren. Nach einem wundervollen Spaziergang von einigen Stunden kamen wir zu einem hohen Berg, den die Franzosen bei Kriegsanfang beherrscht hatten und der nach heftigen Kämpfen von uns genommen wurde. Dieser Berg ist sehr wichtig, weil man von dort aus sehr weit nach Westen und Osten blicken kann. Wir hatten eine wundervolle Aussicht auf der einen Seite bis zum Hunsrück, auf der anderen Seite bis weit in Feindesland.

Unseren Auftrag hatten wir ausgeführt, aber nun reizte es uns, einmal unsere Vorposten zu besuchen, besonders den bewußten Unteroffizier. Da wir keinen Führer hatten, gingen wir einfach nach dem Kompaß in Richtung Westen über freies Feld und merkten dabei kaum, daß wir die Grenze schon überschritten hatten. Zum Glück trafen wir einen Posten, der uns vor den unmittelbar vor uns liegenden Minen warnte. Man sah keinen Menschen, das Wetter war herrlich, und mir schien, es gäbe kaum ein friedlicheres Bild. Man vergaß den Krieg. Wir gingen über eine Wiese aufrecht auf ein Dorf zu und wußten nicht, daß am Waldrand die französischen Vorposten lagen. Sie mußten uns eigentlich gesehen haben, aber die Franzosen sind so nett, nur dann zu schießen, wenn es unbedingt sein muß, sie tun es scheinbar nicht gern. Wir waren nachher erstaunt zu erfahren, daß wir die deutschen Linien schon hinter uns gelassen hatten. Unsere einzige Waffe war mein Fotoapparat, mit dem ich einen Schuß nach dem anderen abgab. Natürlich ist es hier streng verboten, ohne Gewehr und ohne Stahlhelm herumzuspazieren, aber wir wurden nicht erwischt.
Nach Überwindung einiger Stacheldraht- und sonstiger Hindernisse erreichten wir das französische Dorf, in dem unsere Vorposten liegen. Wir schauten uns die tollen Verwüstungen an, von denen Ihr wohl in den Zeitungen gelesen habt und durchstöberten die Häuser, nahmen aber natürlich nichts mit. Ich suchte nun den Unteroffizier auf, der mich so beleidigt hatte und bat ihn höflich, mir die Sehenswürdigkeiten des Vorpostendorfs zu zeigen und mich auch einmal zu unseren vordersten Sicherungsposten zu führen. Er tat es, und wir vertrugen uns gut. Obwohl hell die Mittagssonne schien, schossen die Franzosen nicht, auch als wir ganz aus der Deckung heraustraten, und so konnte ich ungestört viele Fotos knipsen. Die Vorposten, die keinen Dienst hatten, lagen in Klubsesseln auf der Straße und sonnten sich, es war alles so ruhig und friedlich,

daß mir der ganze Krieg höchst unwahrscheinlich vorkam. Bei unserer Rückkehr abends konnten wir dann endlich zu Mittag essen und jetzt muß ich wie jede Nacht bis 3 Uhr das Telefon bewachen.

Was hätte da alles passieren können! Du warst damals wirklich recht leichtsinnig.
Am 17. März 1940 schreibst Du an mich, daß sich Dein Wunsch, nach vorne zu kommen, endlich erfüllt hatte.

*. . . Ich durfte hier vorne ablösen und bin jetzt bei den Vorposten. Von der ersten Räuberhöhle kam ich schon sehr schnell weg und machte beim Bataillonsgefechtsstand Dienst als Meldegänger zu Fuß, als Strippenzieher, Kaffeekocher usw. Ich tat dies alles gerne aus Dankbarkeit, weil ich hier nach vorne sollte. Nach einigen Tagen klappte es, und gestern zog ich hier mit Sack und Pack ein. In der Zeit, als ich beim Bataillon war, ging hier ein tolles Unwetter nieder. Die meisten Unterstände und alle Gräben standen voll Wasser, alle Telefonverbindungen waren zerrissen und die Straßen nach hinten unbefahrbar, weil ganze Waldteile durch den Orkan entwurzelt waren und die Bäume quer über der Straße lagen. Bei Schneesturm und Hagel zog ich mit zwei Kameraden und mit einer Stallaterne bewaffnet los, um wenigstens eine Verbindung nach hinten wieder herzustellen. Ich hatte eine große Rolle Kabel auf dem Rücken, und mit der Laterne suchten wir im Wald unser Kabel. Wir fanden natürlich dauernd verkehrte Drähte, und wenn wir anriefen, meldete sich die Artillerie. Endlich, nachts um ein Uhr, waren wir soweit, und ich kletterte mit dem neuen Kabel über die gestürzten Bäume. Es war wunderbar romantisch in der Nacht mit der Stallaterne und hat uns wirklich Spaß gemacht.
Gestern ging ich mit meinem Unteroffizier los. Zuerst durchstöberten wir einige zerstörte Häuser, aber unsere einzige noch brauchbare Beute war ein Fremdenführer für*

Paris! Dann gingen wir in die École des filles. Ich freute mich über das zerrissene Klassenbuch und sah mir die Klassenarbeitshefte an. Dann kletterten wir auf den Speicher, von wo wir durch das zerschossene Dach eine schöne Aussicht auf die feindliche Stellung am Waldrand hatten. Plötzlich hörte ich einen Ton, der mich an verschiedene Filme erinnerte, ungefähr so: iijjuuuh. Der Unteroffizier brüllte: »Deckung«, und unwillkürlich duckten wir uns. Aus der Länge des Pfeifens schloß ich, daß die Geschosse über uns hinweggingen. Dann hörten wir einen enormen Krach, und am Waldrand standen einige enorme Rauchfahnen, und Feuer blitzte auf. Die Geschosse hatten genau die französischen Stellungen getroffen, es waren also deutsche Geschosse. Ich nahm an, daß noch mehr folgten und stellte meinen Foto ein. Tatsächlich gelang es mir, die zweite Salve zu knipsen. Hoffentlich sind die Aufnahmen gelungen. Anschließend ging ich zu einem Scherenfernrohr und beobachtete die Stellungen. Es waren keine Franzosen mehr zu sehen, sie hatten sich verkrochen. Dann kam die Antwort der feindlichen Artillerie. Es pfiff ganz nett und krachte auch, aber in unserer Nähe passierte nichts.

Wir haben hier einen sehr netten Leutnant, der fast jede Nacht tolle Spähtrupps unternimmt, manchmal 5 Kilometer hinter die feindliche Stellung. Gerade während ich diesen Brief schrieb, ging ich einmal raus, um mich mit den Spähtruppfreiwilligen für heute nacht zu unterhalten, die nebenan gerade Nahkampf trainierten. Plötzlich trat Günther Löwenstein auf mich zu und begrüßte mich. Ja, wenn sich Winninger treffen wollen, brauchen sie nur zu den Westwallvorposten zu gehen, wo die Freiwilligen liegen. Er macht heute abend einen ganz tollen Spähtrupp mit. Bitte verrate seinen Angehörigen nicht, wo er steckt, ich mußte es ihm versprechen. Eben war ich dabei, wie er mit einem Kameraden gelost hat, wer heute mitgeht. Das Los fiel auf ihn. Mir als Nachrichtler ist es leider verboten,

mitzugehen. Vielleicht habe ich aber einmal Gelegenheit, bei einer normalen Patrouille mitzumachen. Jetzt muß ich für heute schließen, gerade zittern die Fensterscheiben von einem ziemlich nahen Einschlag, und das am Palmsonntag! Diese leichtsinnigen Franzosen treiben es mit ihrer Schießerei noch so weit bis wirklich einmal etwas passiert und ein Kamerad getroffen wird. Um die Spähtruppmänner zu entlasten, stehe ich als Funker freiwillig Vorposten und muß jetzt raus und mich zwei Stunden in den Regen stellen und auf die Franzosen aufpassen, damit der Leutnant nicht gestohlen wird. So, jetzt muß ich raus.
Jetzt bin ich wieder da. Eben ging der Spähtrupp unter Führung des Leutnants los. Ich bin gespannt, ob sie den wirklich schwierigen Auftrag ausführen können und ob sie heil zurückkommen ...

Am gleichen Tag schreibst Du an Vater:

... Das Konzert, von dem Du so treffend geschrieben hast, hat noch nicht begonnen. Mir kommt es so vor, als ob sich die Musikanten und die Zuschauer beinahe versammelt hätten. Man hört, wie die Instrumente gestimmt werden, kann sich nach dem Ton der einzelnen aber noch kein Bild davon machen, wie sie unter der Leitung des meisterhaften Dirigenten alle zusammenklingen werden. Übrigens freust Du Dich vielleicht zu hören, daß wir uns hier jetzt auch artilleristisch betätigen. Wir Vorposten haben heute unsere neueste Waffe eingeschossen. Das Geschützrohr besteht aus Preßmasse und die Granaten (mit Zeitzünder) aus Pappdeckel. Gefüllt sind sie mit den kleinen Heftchen, von denen ich Dir eines beilege. Das Ding funktioniert prächtig. Es macht einen solchen Krach, daß unsere eigenen Leute, auf die wir zuerst einmal schossen, Deckung nahmen. Diese Artillerie muß man nach dem Krieg dem Prinzen Karneval verkaufen zur Bewaffnung seiner »Funken«, man kann damit nämlich prima Bonbons ins Volk schießen mit lautem Knall, also »Knallbonbons«, wie wir unser Ding nennen.*

An dieses Propagandaheftchen kann ich mich noch erinnern. Ihr habt die Heftchen in die französischen Linien hinübergeschossen. Die Franzosen wurden darin aufgefordert, die Waffen niederzulegen. Die deutsche Führung hoffte, die Franzosen würden freiwillig darauf verzichten, weiterzukämpfen, natürlich hofften wir das damals alle, denn die Angst um Euch Soldaten »draußen« war grauenhaft.

Du schreibst in dem Brief noch ganz lustig:

Unser Kommandeur hat einen Dackel, der schon den ganzen Polenfeldzug mitgemacht hat und bei fast jedem Spähtrupp mitläuft, um Franzosen aufzuspüren. Er wurde von uns schon befördert und wird »Obergefreiter Schummel« gerufen.

Am 31. März 1940 schreibst Du an mich:

... Nachdem ich nun wieder »zu Hause« bin, allerdings in einem anderen Quartier, kann ich ohne Übertreibung behaupten, daß die letzten 14 Tage die schönsten gewesen sind, die ich je erlebt habe, trotzdem ich in den letzten fünf Nächten so gut wie nicht zum Schlafen gekommen bin und am Tage erst recht nicht. Es war eine großartige Zeit. Wir waren unter Führung des Leutnants Ziegler die unumstrittenen Herren des Niemandslandes und fühlten uns wie eine große Räuberbande. Nachher erfreute uns der Regimentskommandeur mit einem wahren Segen von Eisernen Kreuzen. Ich war leider nicht dabei, als Günther Löwenstein sich den Orden holte. Ihr könnt seinen Eltern gratulieren. Es war wirklich eine schöne, ereignisreiche Zeit in jeder

Beziehung. Unser Bataillon hat in allem, Schanzen, Spähtrupps usw. weit besser abgeschnitten, als je ein anderes der Division.

An Vater schreibst Du am 1. April 1940:

Nachdem ich durch einen meiner Streiche im Vorfeld, ich legte eine Telefonverbindung von uns aus bis mitten in einen, von den Franzosen besetzten Wald mit selbst geklautem französischem Feldkabel, die Aufmerksamkeit des Kommandeurs auf mich gezogen hatte (ich mußte mich danach bei ihm melden), wurde ich jetzt als Spezialist für Spähtrupps zu einer Schützenkompanie versetzt, da man im Stab nicht Reserveoffizieranwärter (ROA) werden kann und bin nun gewöhnlicher Schütze. Ich bin glücklich über diesen Erfolg. Der Stab hat mich schon lange angeekelt, und das Gewehr ist mir lieber als der Telefonhörer. Ich bin überzeugt, daß Du Dich mit mir freust . . .

Am 3. April 1940 an Mutter:

*. . . Ich hatte eingesehen, daß ich durch meinen Einsatz als Funker beim Stab in eine Sackgasse geraten war und habe jetzt den Willen, wieder von vorne anzufangen. Ich glaube, als ROA ganz gute Aussichten zu haben, da ich dem Kommandeur im Vorfeld aufgefallen bin. Jetzt heißt es natürlich, in den nächsten Wochen die Zähne zusammenbeißen, um all' das nachzuholen, was ich noch nicht kann. Da ich nun stundenlang Fußdienst machen muß, brauche ich die Fußlappen, die ich von Posen zurückgeschickt hatte.
Ich habe erreicht, zu einem Feldwebel in die Kompanie zu kommen, den ich vom Vorfeld aus gut kenne und der mir gestern bei einer nachträglichen »Begießung« unserer Vorfeldzeit (ich war als einziger Schütze eingeladen), gesagt hatte, ich müsse unbedingt in seinen Zug. Auch meinen*

neuen Unteroffizier kenne ich gut vom Vorfeld her. Ich sollte jetzt nach langem Vertrösten und Hinausschieben nächste Woche auf Urlaub fahren. Wegen der neuen Verwendung ist das jetzt natürlich für die nächste Zeit unmöglich, da ich viel lernen möchte. Ich bitte daher Vater, mir die »Infanteriefibel« zu besorgen. Schreiben werde ich auch nicht mehr oft können. Also denke nicht mehr an Urlaub!...

Am 12. April 1940 schreibst Du wieder an Mutter, die sich natürlich sehr um Dich sorgte:

... Nun möchte ich Dich um Verzeihung bitten, daß ich doch bei kleinen Spähtrupps mitgemacht habe. Ich konnte nicht anders. Erstens hatte mich vorher ein Unteroffizier, der selbst der größte Feigling ist, beleidigt, und ich war es mir schuldig, ihm und denen, die dabei gewesen waren, zu beweisen, daß er Unrecht hatte. Ausschlaggebend aber war, daß man das »Zu Hause bleiben« einfach nicht aushielt, wenn man mit den Spähtruppmännern zusammen schlief, wenn man sah, wie sie aufbrachen, und wenn man der erste war, der sie beglückwünschte, wenn sie zurückkamen und ihre Erlebnisse noch ganz frisch erzählten. Aus diesen Geschichten wurde mir die Gegend, die feindlichen Maschinengewehre usw. schon ganz bekannt. Niemand forderte mich auch nur mit der kleinsten Bemerkung auf, mal mitzumachen. Aber ich konnte einfach nicht zurückstehen. An irgendeine Auszeichnung, Beförderung usw. habe ich ebensowenig gedacht, wie daran, irgendwie meinen Vorgesetzten gut aufzufallen. Im übrigen hätten meine Vorgesetzten beim Stab mich nur für verrückt gehalten, außer dem sehr netten Funkunteroffizier. Bei meinem ersten Spähtrupp, den ich zusammen mit Günther Löwenstein unternahm, schlief der Funkunteroffizier die ganze Nacht nicht, rannte bei jedem Knall auf die Straße, und als ich durchnäßt und wie ein Schwein versaut

zurückkam, deckte er mich mit seinen sämtlichen Decken zu. Einige Tage später fing auch er an, sich an Unternehmungen zu beteiligen.

Mein Zugführer hier ist so alt wie ich, Feldwebel und Fahnenjunker. Ich möchte gerne zu ihm ein freundschaftliches Verhältnis haben. Das ist nicht so einfach, da er schon ein höherer Vorgesetzter ist. Er hat mir jetzt ein Buch über den Infanteriedienst geliehen, Ihr braucht mir daher keines mehr zu schicken.

Es ist ja direkt ein Witz, aber vielleicht ganz gut, daß ich acht Tage vor der Besichtigung durch den General hierher kam. Noch nie habe ich den Infanteriegriff gemacht. In Gefechtsausbildung habe ich wenig Ahnung und muß alles vor dem General mitmachen. Seit Posen habe ich nicht mehr exerziert, aber bei der Besichtigung darf ich die Kompanie nicht auffallen lassen. Auf diese Weise bin ich gezwungen, in der ersten Woche hier durch Zusammennehmen aller Kräfte vielleicht mehr zu lernen, als ich sonst in mehreren Wochen gelernt hätte. An sich macht mir der Dienst Spaß, aber wenig behagt es mir, daß man durch die dauernde »Erdkunde« die ganze freie Zeit mit dem Säubern seiner Sachen zu tun hat. Betreffs Gefahr kannst Du Dich ganz beruhigen. Unser Bataillon hatte seit seinem Bestehen noch keinen Verlust. Wenn wirklich bei anderen einmal etwas passiert, so liegt das meistens an schlechter Organisation, zum Beispiel wenn sich zwei deutsche Spähtrupps bekämpfen, weil jeder glaubt, Feind vor sich zu haben. Bei uns ist ein solcher Vorfall ausgeschlossen, weil wir besser geführt sind. Wir sind überall die besten, und bei der Vorbesichtigung heute war innerhalb dieses so guten Bataillons wieder meine Kompanie die beste. Ich freue mich, daß ich in den wenigen Tagen schon so weit bin, innerhalb dieser Truppe nicht aus dem Rahmen zu fallen, beim Gewehrgriff usw. Der Hauptmann kümmert sich ebenso wie der Zugführer sehr um meine Ausbildung und ist mir gegenüber mit Kritik nicht sparsam.

Anfang Mai schreibst Du in einigen Briefen an die Eltern und an mich, Du und Deine Posener Kameraden seien nur aus Versehen zur Infanterie versetzt worden, und die Nachrichtentruppe habe Euch zurückgefordert.

Zu diesem Zeitpunkt hattest Du Dein Schicksal in der Hand. Hättest Du Dich nicht dem Versetzungsbefehl widersetzt und von nun an wieder als Funker bei der Nachrichtentruppe gedient, Dein Leben wäre wohl ganz anders verlaufen. Aber Du warst wie von einem Dämon besessen und wolltest an der vordersten Front für Dein Vaterland kämpfen. Und das entsprach doch so gar nicht Deiner Natur, nicht wahr, Karl-Heinz, Du warst kein Ellbogenmensch, kein Draufgängertyp und nicht einmal sportlich veranlagt.
In einem Deiner Briefe gibst Du wörtlich ein Gespräch wieder, das Du mit Deinem Kommandeur in der Angelegenheit »Versetzung zur Nachrichtentruppe« geführt hast:

»Ich bitte Herrn Major während des Krieges bei der Infanterie bleiben zu dürfen. Im Frieden hätte ich lieber bei einer technischen Truppe gedient, aber jetzt möchte ich hier bleiben.« Major G.: »Das freut mich, ich werde dafür sorgen, daß Ihr Wunsch erfüllt wird. Melden Sie Hauptmann M. daß Sie von jetzt an Zugführerbesprechungen und Offiziersanwärterausbildung mitmachen.« . . . Inzwischen habe ich schon an Offiziersbesprechungen teilgenommen. Ich war dabei der einzige Schütze. In meiner ganzen Kompanie ist kein ROA, im ganzen Bataillon sind nur vier bis sechs. Nur einer ist Gefreiter, alle anderen Unteroffiziere. Ich fühle mich manchmal etwas fehl am Platze, da mir die richtige gründliche Infanterieausbildung doch sehr fehlt. Ich blamiere mich am laufenden Band bei den einfachsten Dingen und möchte deshalb, auch wegen meiner Kameraden, die doch alle mehr auf diesem Gebiet können als ich, nicht so bald Gefreiter werden. Jetzt muß

ich natürlich alles daran setzen, nicht zu enttäuschen. Rückschläge gibt es ja bestimmt bei meiner mangelhaften Ausbildung, aber ich muß mich halt anstrengen.

Am 11. Mai 1940 schreibst Du an Mutter:

. . . Da anzunehmen ist, daß die Post jetzt etwas länger dauert, will ich Dir heute schon zum Muttertag schreiben. Schenken kann ich Dir leider nichts, aber Du wirst Dich auch freuen, wenn ich Dir sage, daß es mir ausgezeichnet geht in jeder Beziehung. Gesundheitlich bin ich ganz groß in Form, und auch sonst bin ich quietschfidel und munter. Der Dienst, und überhaupt das Leben macht mir Freude. Ich erinnere Dich bei der Gelegenheit daran, daß ich jetzt schon dreieinhalb Jahre hintereinander nicht mehr krank gewesen bin! Vielleicht freut Dich auch die Mitteilung, daß ich heute mit Wirkung vom 1. Mai als einziger der Kompanie zum Gefreiten befördert wurde. Der Hauptmann sagte, ich solle meine Sache weiter so gut machen wie bisher . . .

Am 13. Mai 1940 an mich:

Stell Dir vor, was ich für ein Glück habe! Als ich befördert wurde, sagte man mir, ich solle jetzt im Einsatz beweisen, daß . . . usw. Die Gelegenheit ist verdammt schnell gekommen. In einigen Stunden haben wir eine englische Stellung zu stürmen. Meine Kompanie vorne und ganz zuerst meine Gruppe. Ist das nicht herrlich!? Du kannst Dir vorstellen, wie gespannt wir alle auf unsere Feuertaufe sind und wie froh, daß die ewige Warterei vorbei ist. Wie lange haben wir schon darauf gewartet, daß es endlich losgeht. Viele denken daran, daß ihnen etwas passieren kann, ich nicht, aber wenn einer von uns fallen sollte, dann hat er den schönsten, stolzesten und sinnvollsten Tod gehabt, den er sich nur wünschen kann, denn es gibt doch keine höhere Erfüllung des Lebens, als im Sturm beim Kampf für die gerechte Sache des Volkes zu fallen. »Und setzet ihr nicht das Leben ein, nie wird euch das Leben gewonnen sein!« *Wir sind alle in guter Stimmung, liegen bei dem herrlichen Maiwetter in der Sonne und lassen uns braten.*

Am 19. Mai 1940 schreibst Du an Vater:

... Von hier ist zu berichten, daß wir nach einem Angriff der Kompanie von Lt. Ziegler, bei der diese Kompanie 80 Engländer gefangennahm, bis zur Maginotlinie vorrücken konnten, wohin sich der Feind scheinbar zurückgezogen hat. Ab heute bin ich auf Gefechtsvorposten. Es ist vollkommen ruhig. Auf ihrer heillosen Flucht ließen die Engländer viel Munition und wertvolle Geräte zurück, auch Regenmäntel, Gummistiefel und ähnliches war dabei. Den Angriff sollten wir zuerst machen, doch im letzten Moment wurde leider die andere Kompanie beauftragt, schade, wir hatten uns schon so gefreut.

Am 21. Mai 1940 an Mutter:

... Ich habe übrigens das ganz sichere Gefühl, daß mir nichts passieren kann, trotzdem mir dieser Gedanke an sich durchaus nicht schrecklich ist, denn eine sinnvollere Erfüllung gibt es ja nicht, aber ich weiß, daß ich immer ein Glückskind gewesen bin und auch bleiben werde.

Es ist ganz friedlich hier. Wenn ich vom Schreiben aufblicke, kann ich den Feind sehen, und doch fällt weit und breit kein Schuß, die Vögel singen und die Maikäfer brummen ...

So hast Du immer wieder versucht, Mutter zu beruhigen, vielleicht auch, Dir selbst Mut zu machen. Alle diese Worte vom »sinnvollen Tod« und von der »Erfüllung des Lebens« waren ja dazu angetan, Euch Soldaten die Angst vor dem

Tod zu nehmen, denn im Grunde genommen wirst auch Du Angst gehabt haben. Am 6. Juni 1940 schreibst Du nach erlebnisreichen Tagen:

... 6. Juni 1940
... In den ersten Maitagen machten wir Tag und Nacht Übungen, und eines schönen Tages hatten wir nach einer durchübten Nacht Gefechtsschießen im Vorfeld. Als ich gerade 6 Schuß raus hatte, wurde plötzlich »Halt« gebla sen, und ein Melder brachte den Befehl, uns sofort marschfertig zu machen. Gleichzeitig kam die Nachricht vom Einmarsch im Norden. Im Eilmarsch gings zurück über die Saar und dann mit dem Affen auf dem Rücken wieder vor. Irgendwo im Wald wurde kampiert. Hier erfuhren wir dann, daß wir in den nächsten Tagen die feindliche Stellung stürmen sollten. Es war von unseren Fliegern erkundet worden, daß der Feind Tanks uns gegenüber zusammengezogen hatte.
Ich will jetzt noch etwas einfügen, was ich vergessen hatte. Am Tage nach meinem Urlaub in Trier wurden Freiwillige für Stoß- und Spähtrupps gesucht. Von uns meldeten sich nur wenige, ich auch sofort. Das war wohl auch ausschlaggebend für meine anderen Erfolge, denn als ich mit dem Kommandeur sprach, fragte er mich auch sofort, ob ich bei den Freiwilligen sei. Ich bejahte, und als er sich an Hand der Liste von der Richtigkeit überzeugt hatte, sagte er dann, daß ich für die O. A. Ausbildung vorgesehen sei. Wir Freiwillige des Btl. bekamen nun eine Stoßtruppausbildung von einigen Tagen, und weiter habe ich von der Sache nichts mehr gehört, denn am Feind machten wir die Spähtrupps unabhängig davon von der Kompanie aus.
Während wir im Wald lagen und uns innerlich und äußerlich auf den Angriff vorbereiteten, begann unser Nachbarregiment mit dem Sturm. Es wurde so eine Art Langemark, denn die vermeintlichen französischen Bretterbuden im Wald hatte der Feind nachts von innen ausbetoniert, so

daß unsere armen Landser ahnungslos und ohne entsprechende Bewaffnung gegen Bunker anrannten. Zu allem Unglück kamen dann noch feindliche Tanks, deren Feuer die Unsrigen schutzlos ausgesetzt waren. Wir hörten so langsam die Latrinenparolen, daß von einer unserer Kompanien nur 7, von einer anderen nur 13 und vom ganzen Bataillon nur 47 Mann zurückgekommen seien. Ihr könnt Euch denken, daß wir jetzt auf alles gefaßt waren, denn am nächsten Morgen in der Frühe sollte meine Kompanie den Heydwald von vorn nehmen, wo die selben Bretterbuden standen. Mein Unteroffizier und ich sollten den feindlichen Stacheldraht durchschneiden, damit die Kameraden nachkommen konnten. Der Vorabend unserer vermeintlichen Feuertaufe war also recht romantisch. Die ganze Kompanie schrieb Abschiedsbriefe und ähnlichen Mist. Lustig waren wir trotzdem. Es war übrigens gerade an Pfingsten. Durch die Erfahrungen beim Nachbarn wurde der Angriffsplan wieder umgeworfen und der Heydwald vom Kastenwäldchen her durch die Kompanie von Leutnant Ziegler aufgerollt, wobei diese Kompanie 80 Gefangene machte. Es waren Schotten. Der Feind ging kilometerweit stiften, und wir rückten nach. Nachdem mein Zug eine Zeit lang im Wald geschanzt hatte, kam ich mit 10 Mann auf Gefechtsvorposten in einen von den Franzosen zur Festung ausgebauten Bauernhof. Nach einigen Tagen gingen die Franzmänner weiter zurück. An diesem Tag war ich Melder beim Kommandeur. Als wir durch ein Dorf kamen, begegnete uns der General, der ganz allein war. Er gab meinem Kommandeur die Befehle für den Einsatz des Btl. und erklärte die Lage der Division. Es war sehr interessant für mich. Ich besuchte dann verschiedene Ari-B-Stellen und sah durchs Scherenfernrohr. Dann gab mir Gaudlitz den Befehl, sofort eine Leitung zu legen in ein Dorf, von dem noch nicht mal ganz bekannt war, ob es feindfrei war. Ich hatte weder Werkzeug noch Kabel noch Apparate, aber der Hauptmann hatte gesagt, wie Sie das machen, ist mir egal. In zwei Stunden sind Sie fertig, Sie waren doch bei den Nachrichten! Ich forderte von hinten sofort Kabel und Apparate an. Inzwischen sah ich nach französischen Leitungen, aber die waren alle zerschossen und unbenutzbar. Trotzdem suchte ich soviel ich fand, zusammen, ließ mir von einem Sanitäter Leukoplast geben, um damit die Drähte zu flicken, denn ich hatte kein Isolierband. Dabei wußte ich gar nicht, ob noch Franzmänner im Wald waren. Am selben Morgen war nämlich ca. 3 Stunden vorher der beste Unteroffizier meiner Kompanie, ein evangelischer Pfarrer, den wir furchtbar gern hatten, auf Spähtrupp gefallen. Na, ich führte den Befehl aus und legte noch nachher eine Verbindung bis zu meiner Kompanie, die auf Gefechtsvorposten kam, weil sie dem Feind bis in die Maginotlinie auf den Fersen geblieben war. Verschiedene feindliche Bunker fielen kampflos in unsere Hand. In einem sehr großen Wald machten wir Halt und erklärten eine Straße für unsere vorderste Linie. Wo jetzt der Feind seine Gefechtsvorposten hatte, war unbekannt. Wir waren zu faul, uns noch ein Zelt zu bauen, sondern legten uns einfach wie wir waren auf die Erde. Am nächsten Tag fragte ich beim Schanzen den Leutnant, ob er mich nicht auf Spähtrupp mitnehmen wollte. Schon eine Stunde später erhielt ich den Befehl, mitzumachen. Aufgabe war, bis 19 Uhr dem Btl. zu melden, wo der Feind war, in welcher Stärke, was für Leute (Engländer, Franzosen oder Farbige), womit er sich beschäftige und wie seine Stellungen seien. Da es diesmal nicht bei Nacht, sondern bei schönster Sonne losging, lud ich meinen Fotoapparat mit einem neuen Film. Wir durchkämmten also mit im ganzen 6 Mann den unbekannten Wald in Richtung Südwest und kamen, nachdem wir durch verschiedene Schluchten durch waren, ungefähr 5 Kilometer vor, ohne auf den Feind zu stoßen, da hörten wir Klopfen und andere Schanzgeräusche. Vorsichtig arbeiteten wir uns näher und hörten den Feind sprechen. Wir sahen vor uns hinter dem

Waldrand ein Tal (wie das Condertal), an dessen gegenüberliegenden Rand der Franzmann Drahtverhau usw. anlegte. Auch Bunker und sogar schwere Werke mit Panzerkuppeln konnte man sehen. Auf einer Wiese stand ganz naiv ein Franzose. Ich wollte ihn knipsen, aber im selben Moment, als ich hinter meiner Deckung hervortrat, rannte er, was er konnte, in den rettenden Wald. Er hat meinen Apparat vielleicht für eine Pistole gehalten. Ich fotografierte das ganze Gelände und der Leutnant zeichnete es. Dann gingen wir wieder und freuten uns schon, ohne feindliches Feuer davongekommen zu sein. Trotzdem glaubte der Leutnant, Feindberührung melden zu können. Er ermahnte uns gerade, wir sollten uns weiter kriegsmäßig benehmen, denn wir seien 5 Kilometer von den ersten Deutschen entfernt und es sei dem Franzmann ein leichtes, uns in dem dichten Wald zu umgehen und abzuschnappen. Er hatte das noch kaum ausgesprochen, als es aus nächster Nähe knallte. Zuerst Gewehrschüsse, dann Gewehrgranaten, die um uns krepierten. Es war unheimlich, weil wir in dem Wald nicht wußten, woher das Feuer kam und das Gefühl hatten, von allen Seiten beschossen zu werden. Deckungnehmen war daher sinnlos. Wir wollten uns nicht einkreisen lassen und liefen was wir konnten. Ein Unteroffizier ließ sogar seine Pistole zurück. Mit affenartiger Geschwindigkeit kletterten wir die Hänge rauf und runter. Eine wilde Flucht. So ähnlich müssen die Engländer zum Kanal gerannt sein, nur mit dem Unterschied, daß sie nach schwerer Niederlage kopflos stifteten, während wir nach erfüllter Aufgabe versuchten, die Ergebnisse zu den Unseren zu bringen. Als wir verschnaufen wollten und selbst über unser Rennen lachten und strahlten, daß wir so davongekommen waren, schossen die Lumpen noch mit schweren Granatwerfern nach uns. Trotzdem kamen wir gut zum Kompaniegefechtsstand, von wo mein Film dann gleich zur Division ging. Noch am selben Abend kam Befehl, daß da vorne, wo wir gewesen waren, ständig ein

Spähtrupp sein sollte, Tag und Nacht. Ich war natürlich wieder dabei, und so kam es, daß ich an meinem Geburtstag von aller Welt abgeschlossen im Wald lag, nachts ohne Zelt, was aber ganz romantisch war. Am 26. Mai wurden wir wieder mal entdeckt und beschossen. Diesmal gingen wir aber nicht laufen, sondern wichen nur ein wenig aus. Es waren eben Salutschüsse für mich. Der Spähtrupp links von uns wurde übrigens vom Feind ernstlich angegriffen, wobei ein Feldwebel meiner Kompanie fiel und drei andere verwundet wurden. Wir haben aber Schwein gehabt. Später machte ich noch bei Spähtrupps in anderen Abschnitten Aufnahmen, und gestern enthielt der Regimentsbefehl nach einer allgemeinen Anerkennung für die Leistung des Bataillons eine Anerkennung für den Gefreiten Schwebel, dem es gelungen sei, auf Spähtrupps wichtige Aufnahmen der Werke der Maginotlinie und der feindlichen Schanzarbeiten zu machen.
Welche Wohltat es für uns war, mal wieder ohne Hose und Stiefel zu schlafen und die Strümpfe auszuziehen, die wir vier Wochen ohne Unterbrechung angehabt hatten, könnt Ihr Euch nicht vorstellen. Ich werde nachher vielleicht nochmal ins Schwimmbad gehen und Kopfsprung trainieren. Neuerdings bin ich MG-Schütze 1, d. h., ich bediene das MG und habe es auch zu schleppen, aber ich will das auch mal lernen.

Auf einer am 27. Juni 1940 abgestempelten Feldpostkarte schreibst Du an Mutter:

An Deinem Geburtstag wurde mir das Eiserne Kreuz verliehen. So ist mein Geburtstagsgeschenk für Dich doch noch rechtzeitig eingetroffen, denn ich nehme an, daß Du Dich darüber freust.

Als der Waffenstillstand mit Frankreich geschlossen worden war, erhielt ich einen Brief von Dir ohne Datum-

angabe, mit Bleistift auf schlechtes Papier gekritzelt. Du mußt damals von den Kämpfen noch grenzenlos erschöpft, aber auch glücklich und stolz gewesen sein.
Der Brief lautet:

Wir führen ein Leben wie Gott in Frankreich. Stell' Dir vor, ich lebe von Gänseleber, Weißbrot, Wein und Sekt. Gestern aß ich zum Frühstück vier Rühreier. Ich muß nicht mehr marschieren, denn ich habe mir selbst ein Auto, einen Luxuswagen erbeutet und darf ihn vorläufig behalten. Ich spreche fabelhaft französisch und bin beim Organisieren für die Kompanie unentbehrlich. Ich habe auch ein Beutestück, das ich mit nach Hause nehmen darf. Als ich bei einem Gefecht nachts in einem brennenden Dorf, vor dem ich acht Stunden in schwerstem Feuer und sechs Stunden mit einem Schwerverwundeten im Straßengraben gelegen hatte, einen Leutnant und einen Unteroffizier gefangennehmen konnte, übergaben sie mir ihre Pistolen, Gläser usw. Das schönste Fernglas, ein ganz fabelhaftes 8fach vergrößerndes, durfte ich für mich behalten als Erinnerung daran, wie die beiden im Schein des brennenden Dorfes mit jämmerlich erhobenen Händen vor mir standen und mich baten, ihre Zigaretten behalten zu dürfen. Ich sah auch sehr furchterregend aus, war von oben bis unten voll Blut von dem Verwundeten, dem ich das zerschmetterte Bein abgebunden und alle halbe Stunde für einige Minuten wieder aufgebunden hatte, damit es nicht ganz abstarb, und muß nach den Erlebnissen des Tages wohl auch den entsprechenden Gesichtsausdruck gehabt haben. Der Verwundete war vorgesprungen und schwer getroffen in den Straßengraben gestürzt, dort rief er seine Leute um Hilfe. Als diese sich aber nicht mehr zu ihm hin wagten, sprang ich mit einem anderen Kameraden hin und band ihn ab mit einem Brotbeutelband und dem Seitengewehr als Knebel. Es war die vorderste Stelle der Front, und da die Kompanie nicht nachkam, weil der Angriff stecken

blieb, lag ich bei dem armen Kerl stundenlang im Artilleriefeuer. Ein Granatsplitter ging 10 Zentimeter neben mir in den Graben. Nachher, als es mir zu dumm wurde, brachte ich den Verwundeten mit noch zwei Kameraden einfach in das erste Haus des brennenden Dorfes, das noch vom Feind besetzt war. In dem Haus waren aber Zivilisten, die den Verwundeten so gut es ging, pflegten.
Ich habe viel mitgemacht und gesehen. Am nächsten Morgen, als ich bei einem Spähtrupp wieder ganz vorne wie immer in ein feindliches Dorf eindrang, fiel eine Frau mit ihrem Kind im Arm vor mir auf die Knie mit den heulenden Worten, ich solle doch wenigstens ihr Kind am Leben lassen: »Ne pas tuez ma petite, ne pas tuez!« Sie war wahrscheinlich sehr erstaunt, als ich sie nur um ein Stück Brot bat. Die Bevölkerung tut mir wirklich leid. Als mich eine andere Frau mit meinen blutverschmierten Fingern, Gesicht und Uniform sah, rannte sie laut schreiend davon. Ich muß sehr furchterregend ausgesehen haben, so unrasiert, zerrissen und voller Blut. So ging es tagelang, ich war immer ganz vorne und freue mich darüber.
Nachdem ich vorher im Gefecht dreimal vor Erschöpfung und mit Krämpfen in Armen und Beinen zusammengebrochen war, führte ich nach dieser Schlacht abends noch den ersten Spähtrupp gegen den Rhein-Marne-Kanal, und wir kamen nur durch ganz unerhörtes Glück lebendig zurück. Aus nur wenigen Metern Entfernung wurde wild auf uns geschossen, mit einem Krampf im Bein schleppte ich mich im Straßengraben zurück, den anderen erging es ähnlich. Das war nur ein kleiner Ausschnitt meiner Erlebnisse.
Als erste und einzige Mannschaften der Kompanie bekamen ein Gefreiter und ich das EK, worüber ich natürlich ganz toll bin vor Freude. Ich glaube, es verdient zu haben, aber andere haben es auch verdient, die es nicht erhielten. Ich habe den Krieg jetzt ein wenig kennengelernt. Einmal lag ich 8 Stunden lang mitten im Sperrfeuer, neben mir wurde der Funker, der als mein Nachfolger zum Stab

gekommen war, tödlich getroffen. Ein Granatsplitter, der aber abgeprallt sein mußte, flog mir in die Hand, ich habe ihn noch.
Am letzten Tag machte unser Hauptmann mit 24 Mann 3000 Gefangene. Ich war zur selben Zeit an einer anderen Stelle, die noch brenzliger war, unser General hatte meinen Zug dort eingesetzt. Wir kamen aber nur mit drei Mann bis nach vorne und mußten wegen Munitionsmangel wieder zurück, wobei ich drei Stunden lang mit dem schweren MG im tollsten Feuer robben mußte. Mein Leutnant und mein Unteroffizier, die nur Gewehre hatten, brachen dabei vor Erschöpfung zeitweilig zusammen. Trotzdem konnte ich noch an demselben Abend, nachdem ich drei Tage nichts gegessen und nicht geschlafen hatte, das Auto erbeuten, und vor Begeisterung war ich wieder ganz frisch.
Mittags war der Waffenstillstand geschlossen worden, und abends habe ich dann noch bis halb vier mit dem Hauptmann und dem Leutnant gefeiert.
Ich habe jetzt erfahren, was man mit Energie leisten kann, wenn es sein muß. Die Leistung beginnt erst, wenn es anfängt, unmöglich zu werden.
Da wir am ersten Angriffstag einen Fluß bis zur Brust im Wasser watend nahmen, werden mein Fotoapparat und die verknipsten Filme leider kaputt sein. Wir waren tagelang, auch nachts in den nassen Kleidern, und die Stiefel standen mir noch nach 24 Stunden bis oben voll Wasser. So mußten wir dann viele Kilometer weit im Sturmangriff mit der schweren MG-Munition und dem Gewehr durchs Gelände. Aber großartig war es doch.
Ich habe keine Zeit, alles ausführlich zu schreiben, weil das Auto einen Plattfuß hat und ich jetzt flicken muß. Heute habe ich den ganzen Tag repariert, zum Glück läuft es jetzt wieder.
Erzähle bitte nichts von dem Brief. Es sind Erlebnisse, die man nicht gerne weitergibt. Ich habe sie ja auch nur zum Teil gestreift, ich habe noch viel mehr erlebt.

Die Tage waren hart und großartig. Jetzt bin ich stolz, dabei gewesen zu sein und zwar immer in vorderster Linie. Mein Regiment soll am weitesten von der ganzen Front vorne gewesen sein und dadurch alle anderen mitgerissen haben und die Franzosen zum Fliehen gebracht. Wir waren Sturmdivision und innerhalb derselben Sturmbataillon.

Nachträglich scheint es mir einfach unfaßbar zu sein, was Du, ohne schwere Gesundheitsschäden davonzutragen, ausgehalten hast. Wärst Du ein besonders starker und sportlicher Typ gewesen, hätte man das noch verstehen können. Aber noch im Alter von 17 Jahren littest Du unter Herzmuskelschwäche und warst in der Schule zeitweise von Turnstunden befreit.
Am 9. Juli 1940 schreibst Du an die Eltern:

. . . Inzwischen sind wir wieder verzogen in Richtung Paris. In der Gegend von Troyes sollen wir als Besatzung bleiben. Denkt mal, gestern sah ich beim Durchmarsch mitten in Frankreich den feldgrauen Wanderer, der neben dem WH noch die Zivilnummer IZ 42740 trug. Ich hatte Spaß, so unser altes, treues Auto wiederzusehen, konnte mich aber leider aus Zeitmangel nicht weiter damit abgeben, sah nur, daß es bei einer Nachrichtenabteilung sein muß.

Ach ja, unser schöner Wanderer! Weißt Du noch, am Steuer dieses Wagens habe ich mit 15 Jahren unter Deiner Aufsicht, natürlich nur auf Seitenwegen, meine ersten Fahrversuche gemacht, und auf unserer letzten Ferienreise, im Sommer 1938, hast Du ihn gesteuert. Bei Kriegsbeginn wurde der Wanderer wie alle Privatwagen beschlagnahmt.
In diesem Brief schreibst Du weiter:

Meinen Beutewagen mußte ich inzwischen leider schon in Epinal bei der Beutesammelstelle abliefern.

Ihr braucht keine Angst zu haben, daß ich meine Erlebnisse vergesse. Tag und Nacht erlebt man sie in allen Einzelheiten wieder.

Am 15. Juli 1940 schreibst Du an mich:

Wir sind inzwischen 200 Kilometer weitermarschiert und liegen als Besatzung 180 Kilometer von Paris entfernt. Ich hielt den Marsch leider nur 100 Kilometer lang aus. Die Folgen der Überanstrengung und der Witterungseinflüsse während der Kämpfe machten sich bemerkbar. Mein rechtes Kniegelenk wurde mit jedem Schritt steifer, nach zwei Tagen konnte ich es nicht mehr bewegen und mußte mich verladen lassen. Seither habe ich schon eine Woche keinen Dienst mitgemacht, doch hat es sich noch nicht gebessert. Es ist doch Sch… mit 21 Jahren schon solche Beschwerden! »Mais, c'est la guerre!« Schade, daß ich jetzt nicht mehr für die Kameraden einkaufen kann. Sie bekommen von mir Zettelchen mit wie kleine Kinder, die man zum Kaufen schickt. Heute nahm einer aus Versehen den verkehrten Zettel mit und bekam natürlich das, was daraufstand. Er wehrte sich mit Händen und Füßen, doch die Französin drängte ihn mit Gewalt mit dem falschen Zeug zur Tür hinaus, denn sie kennt meine Unterschrift und gibt alles, was ich will. Bei den Franzosen bin ich »le camerade, qui parle francais bien«, oder »le camerade avec le ruban orange sur la veste«, womit sie mein EK-Band meinen.
Ich lache mich halbtot, wenn ich die Kameraden bei den Franzosen mit Händen und Füßen reden sehe. Wenn die Leute nichts verstehen, wird gebrüllt, immer lauter, bis es klappt. Den Satz: »Avez vous des œufs«? kann inzwischen schon die ganze Kompanie.
Wir sind bei einer jungen, 23jährigen Frau einquartiert. Ihr Mann ist vermißt, hat zuletzt als Soldat aus Belfort geschrieben. Mit der zweieinhalb Jahre alten Tochter

spielen wir oft. Sie weiß noch nichts vom Krieg, aber vielleicht hat ihr Vater uns gegenüber gestanden, c'est la guerre! Eben hat sie wieder ihre Puppe vor mir auf den Tisch gelegt, und ich werde mit ihr spielen.
Wir sind hier weit entfernt von aller Zivilisation, mein Füllfederhalter hat die Nässe am ersten Gefechtstag nicht vertragen und mein Foto ist verrostet. Er hat mich bisher immer treu begleitet. Bei meinen letzten Bildern sind einige, worauf bei einem zerschossenen Geschütz ein Offizier und zwei Damen zu sehen sind. Es handelt sich um meinen Kompaniechef mit seinen Quartierfranzösinnen, und ich hatte den Auftrag, ihn dort zu knipsen und bitte Dich, von diesen Aufnahmen schöne Vergrößerungen machen zu lassen. Das Foto von mir auf dem Auto als Pfingstochse hat Hans Lamott geknipst. Übrigens, Annemarie hat am 26. Juli Namenstag, schick ihr bitte ein nettes Bildchen von mir, aber nicht das pfingstochsige, aber mach Tempo! Wenn ich den Lump, der mich in die Zeitung gesetzt hat, kriege, trete ich ihm in den . . ., so ein Quatsch!

Im Jahr 1940 waren in der Koblenzer Zeitung unter einer bestimmten Rubrik alle Offiziere und Soldaten aufgeführt, die das EK erhalten hatten. Du hieltest das für »Angabe«, und »Angeberei« lag Dir ganz und gar nicht. Wenn Mutter während Deiner Schulzeit Verwandten von Deinen guten Schulnoten erzählte, ärgertest Du Dich so, daß Du später manche Eins in einer Klassenarbeit den Eltern verschwiegen hast. Ich bin auch davon überzeugt, daß Du in Deinen Briefen bei den Schilderungen der Kampftage nichts übertrieben hast. Das Foto, welches Du das pfingstochsige nennst, habe ich noch. Es wurde wohl an dem Tag aufgenommen, als Du das EK erhieltest. Du trägst es an der Brust, Deinem Gesicht sieht man noch die Anstrengungen der Kämpfe an, doch schaust Du glücklich aus.
Am 25. Juli 1940 erzählst Du Vater noch einige zusätzliche Erlebnisse aus den letzten Kampftagen. Am Tage, nach-

dem Du abends vorher in einem Straßengraben unter
feindlichem Feuer zurückgekrochen seist, hättet Ihr am
18. Juni in demselben Graben von halb drei Uhr morgens
bis halb elf ununterbrochen wieder in feindlichem Sperrfeuer gelegen und am 20. Juni noch einmal in ganz tollem
MG-Feuer.
Doch nun war der Waffenstillstand geschlossen worden,
und so kamen Deine persönlichen Sorgen und Nöte mit
doppelter Intensität in Dein Bewußtsein. Die Erregung des
Kampfes hatte alle diese Gedanken betäubt, nun lag die
ungewisse Zukunft wieder vor Dir.
In dem Brief schreibst Du wörtlich weiter:

*Ich mache mir Vorwürfe, daß ich mich bisher so wenig um
den Winninger Betrieb gekümmert und so gar kein Interesse daran gezeigt habe. Ich fürchte manchmal, daß ich
einen Beruf, an dem ich bisher so teilnahmslos vorbeigegangen bin, nie mit dem notwendigen Schwung und der
erforderlichen Tatkraft ausfüllen kann. Daß ich nicht
schon als Kind in den Betrieb hineingewachsen bin, ist ein
schwer wiedergutzumachendes Versäumnis, an dem ich
aber alleine die Schuld trage. Schreib mir doch bitte auch
einmal, wie Du zu Deinem Beruf stehst. Faßt Du ihn als
Pflicht auf oder befriedigt er Dich?*

Was Vater Dir auf diesen Brief geantwortet hat, weiß ich
leider nicht. Am 7. August 1940 schreibst Du wieder an
ihn:

*. . . Mein Leutnant ist bei allen Untergebenen sehr beliebt.
Er verzichtet auf alle Vorteile des Offiziers, marschiert
immer zu Fuß, trägt meistens sogar Landseruniform und
zeigt ziemlich deutlich, daß er mit einem bestimmten
Vorkriegsoffizierstyp nichts zu tun haben will.
Hauptmann Mann ist dagegen der Vertreter des Offiziers,
der nicht genug den Abstand von seinen Untergebenen*

betonen kann. Er verbietet den Unteroffizieren, bei den Mannschaften zu schlafen. Als mein Freund, der evangelische Pfarrer Velten, er ist der Kamerad, mit dem ich die Gefangenen gemacht hatte, vor einigen Tagen zum Unteroffizier befördert wurde, sagte der Hauptmann zu ihm, er habe lange mit der Beförderung gezögert, weil Velten zu kameradschaftlich mit den Leuten umgehe. Ich bin froh, daß ich hier so meine Erfahrungen machen kann. Was mich betrifft, so habe ich kein Interesse daran, mich von meinen Kameraden sehr zu distanzieren, um dadurch schneller Unteroffizier zu werden. Ich hoffe, nach dem Ausbilderkurs mit der Führung einer Gruppe beauftragt zu werden, dann werde ich erfahren, ob ich zum »Führen« geeignet bin.

Durch solche Gedanken machtest Du Dir damals das Leben nicht leicht. Mein Mann, der diesen Brief gelesen hat, versteht die Einstellung Deines Hauptmanns gut. Als Du später selbst Offizier wurdest, wirst Du zwangsläufig Deine Einstellung auch geändert haben.
An die Eltern schreibst Du am 10. August 1940

. . . Ich bitte, die Vorwürfe betr. Urlaub gegen mich einzustellen. Im übrigen interessiert es mich natürlich herzlich wenig, wer alles von den anderen in Urlaub ist. Mir bleibt eben nichts übrig, als mich mit dem ewigen Pech in der Beziehung abzufinden und stur, wie ich inzwischen geworden bin, meinen Dienst zu machen. Wenn ich nicht RO werden wollte, hätte ich mir diesen Krieg wesentlich gemütlicher machen können.
Nach einem 26stündigen Marsch 80 Kilometer weit, sind wir jetzt in Arc en Barrois ca. 25 Kilometer von Chaumont entfernt. Hier haben wir sehr gute Quartiere. Die Franzosen sind außerordentlich freundlich und liebenswürdig, kommen dauernd an und fragen, ob wir irgendwelche Wünsche hätten, kurz, sie behandeln uns so, als ob wir ihre

Soldaten seien. Ich liege im Quartier zusammen mit meinem Freund Ponil, der damals mit mir den Verwundeten verarztet hat. Zum ersten Mal in Frankreich haben wir hier eine Wasserleitung und müssen nicht den Ziehbrunnen benutzen. Unsere nette Wirtin hat mir meine Wäsche gewaschen und gebügelt, wir dürfen ihr Geschirr benutzen und können seit einem halben Jahr wieder einmal aus Tellern essen. Leider soll ich bald zu einem Ausbilderkurs abkommandiert werden und kann wieder nicht auf Urlaub fahren. Lt. Ziegler war es unfaßbar, daß ich noch nie Urlaub hatte . . .
Du, Mutter, fragst nach der Verpflegung. Madame macht mir heute abend drei bis vier Spiegeleier mit Salat. Gestern hatten wir Appell im Anzug. Ich brachte die Uniform kurz vorher zu Madame, die die Uniform bügelte und flickte, und ich erntete ein Lob vom Leutnant, das ich an Madame weitergab. Sie war ganz stolz. Morgen ist Appell im Drillichanzug. Ich brauche nichts daran zu machen, sondern verlasse mich ganz auf Madame . . .

Trotz einem für Dich wichtigen Ausbilderkurs, der Dir damals bevorstand, und trotz Deiner Erlebnisse mit der französischen Bevölkerung bist Du in einem Deiner nächsten Briefe an mich auf meine persönlichen Probleme eingegangen und hast Dir auch später über meine Zukunft Gedanken gemacht.
Ich werde nun die Briefe, die meinen Ausbildungsgang betrafen, hintereinander bringen, um Dir darauf zu antworten.
Im August 1940 schreibst Du:

Ich finde es gut, daß Du in Berlin Kurse besuchen willst. Ich nehme an, daß Du gründlich den Haushalt lernen möchtest, denn die Mode, zuerst einen Männerberuf zu lernen, um sich in 99 von 100 Fällen später doch dem natürlichen Beruf der Frau zuzuwenden, der eigentlich auch ihre

Pflicht ist, kommt mir höchst überflüssig und launig vor, denn Du gedenkst sicher nicht, einmal als alte Jungfer zu sterben. . . . Meiner Ansicht nach gibt es für eine Tochter, bevor sie heiratet, keinen vernünftigeren Beruf, als der Mutter zur Hand zu gehen. Wenn Du einmal anfingst, unseren Haushalt selbständig zu leiten, könntest Du dabei für Dein späteres Leben mehr und Nützlicheres lernen als Stenographie und Maschinenschreiben . . .

Nach einem kurzen Urlaub im März 1941, als wir uns endlich einmal wiedersahen, schreibst Du:

Heute bin ich wieder hier bei der Truppe angekommen und freue mich über Deinen Brief. Ich habe nie daran gezweifelt, daß Du nicht wegen des Studentenlebens nach Heidelberg möchtest, sondern um ernstlich zu arbeiten. Daß Du viel erreichst mit Deiner Energie, weiß ich auch, trotzdem halte ich es für richtiger, diese Energie an anderer Stelle einzusetzen . . .
Wenn Du doch in Heidelberg bleibst, ändert das nichts an unserem Verhältnis, und ich mache Dir keinen Vorwurf. Es ist wirklich sehr schade, daß wir in meinem Urlaub nicht öfter zusammen waren. So konnten wir unsere Ansichten nicht so wie früher in allem zur Übereinstimmung bringen. Schade, aber das wird wiederkommen . . .

Du schreibst in dem Sinne weiter, daß ich lernen müsse, einen Haushalt zu organisieren und daß Du sonst meinen späteren Ehemann bedauertest . . .
Nun erst ein kurzer Rückblick auf mein Leben in den Jahren 1940/41. Ich arbeitete bis zum Frühjahr 1940 in Winningen im Kindergarten und habe auch noch den Sommer zu Hause verbracht. Da mir damals als Zukunftsplan noch vorgeschwebt hatte, Medizin zu studieren und in unserer Schule Latein nicht unterrichtet worden war, nahm ich Privatstunden in Latein und besuchte beim

»Roten Kreuz« Kurse in »Erste Hilfe« und »Große Krankenpflege«. Nachdem ich im September das »Kleine Latinum« bestanden hatte, änderte ich meine Zukunftspläne und beschloß, Sprachen zu studieren. Die Eltern bestanden darauf, daß ich vor Beginn des Studiums den Haushalt erlernen sollte. Wir schlossen damals einen Kompromiß. Ich belegte am Lettehaus in Berlin Kurse in »Kochen« und »Backen«, aber auch Kurse in Stenographie, Maschinenschreiben, engl. Handelskorrespondenz und Literatur. Ein halbes Jahr später begann ich, am Dolmetscherinstitut der Universität Heidelberg Sprachen zu studieren.
Ich möchte nun versuchen, mir über Deine damaligen Ansichten klar zu werden. Für Deine gut gemeinten Ratschläge hattest Du verschiedene Gründe.
Mutter hätte mich gerne zu Hause behalten und hatte Dich sicher dringend gebeten, mir in ihrem Sinne zu schreiben. Ein wenig warst Du wohl auch von der Nazipropaganda beeinflußt, welche der Frau die Bestimmung gab, am häuslichen Herd zu wirken und Kinder zu bekommen.
Aber es gab noch einen anderen Grund. Für Dich gehörte ich einfach zu Winningen, und in Deinen kurzen Urlauben, die Du selbstverständlich in Winningen verbrachtest, wolltest Du meine Gesellschaft nicht vermissen.
Ich verstehe das heute sehr gut.
Aber nun laß mich nach meinem langen, erfahrungsreichen Leben auf Deine Ratschläge antworten.
Hätte ich damals wie unsere Mütter und Großmütter gelernt, einem Haushalt vorzustehen, die Hausarbeiten an das Personal zu delegieren, Feste zu organisieren, Speisenfolgen zusammenzustellen und dergleichen mehr, so hätte mir alles das in meinem späteren Leben nichts genützt. Personal, so wie früher, gibt es nicht mehr. Ich habe sehr bald gelernt, Hausarbeiten selbst zu erledigen. Unsere Kinder haben mir viel geholfen und auch mein Mann, als er nicht mehr berufstätig war. Außerdem habe ich als Hilfe

eine Wasch-, eine Puste- und eine Spülminna, das sind elektrische Geräte, die mir die Hausfrauenarbeit weitgehend erleichtern.
Als ich meinem Mann vorlas, daß Du ihn im voraus bedauertest, hat er schallend gelacht, jedenfalls fühlt er sich nicht bedauernswert. Dagegen haben mir meine Sprachkenntnisse viel Freude und Nutzen gebracht. Freude auf unseren Urlaubsreisen, jahrelang haben wir mit unseren Kindern in Frankreich und in Italien gezeltet, und Nutzen, weil ich zeitweilig als Übersetzerin und Sprachlehrerin berufstätig war.
Nun zurück zum August 1940.
Am 28. August 1940 schreibst Du an die Eltern:

Morgen beginnt nun endlich der Ausbilderkurs unter Leitung von Major Gaudlitz. Der Kurs dauert bis zum 7. September und dann werde ich wahrscheinlich Urlaub bekommen. Ich möchte bitte im Urlaub nicht verreisen. Ich reise hier genug durch die Gegend und habe lange genug in primitiven Unterkünften gehaust, so daß ich den begreiflichen Wunsch habe, mich einmal pflegen zu können, also Badezimmer usw. Auch möchte ich im Urlaub nicht Uniform tragen müssen. Meine Uniform habe ich in Polen schon gebraucht bekommen, sie ist absolut nicht mehr salonfähig...

1. September 1940
... Ich lerne in dem Kursus wie man Rekruten ausbildet, doppelt wertvoll für mich, weil ich bei der Infanterie gar keine Rekrutenausbildung genossen habe und jetzt alle Dinge, die ich unterrichten soll, erst einmal selbst lerne. Besonders wichtig ist natürlich das Auftreten vor der Front und das Behandeln von Untergebenen...

Nach dem Ausbilderkursus bekamst Du endlich den ersten Heimaturlaub. Du hast damals mit den Eltern über Deine

Absicht, Annemarie zu heiraten, gesprochen, und die Eltern hatten versucht, Dich davon zu überzeugen, daß Annemarie nicht die richtige Frau für Dich sei. Winningen war ein rein evangelisches Dorf, und nach Meinung der Eltern solltest Du der Familientradition folgend, eine evangelische Frau heiraten.
Wieder in Frankreich, schreibst Du an die Eltern:

3. Oktober 1940
. . . Wenn Ihr glaubt, daß ich unserem Betrieb und meiner Stellung in Winningen auch noch andere, rein persönliche Opfer zu bringen habe, daß ich ein Sklave der Tradition sein soll, dann will ich doch lieber studieren, was mir im Grunde genommen auch mehr liegt. Ich halte es aber für viel natürlicher, daß ich unser Familiengut weiterführe, und ich glaube, es liegt im Sinne der Tradition, daß wir nie sture Geschäfts- und Geldmenschen geworden sind, sondern Menschen, die auch nach geistigen Werten suchen. Aber ich kann keine Rücksichten nehmen auf die Gesellschaft und auf Vorurteile. Ich bin jung und habe das Leben vor mir. Dieses Leben gehört mir, und ich möchte es selbst gestalten.

Am 11. Oktober 1940 schreibst Du einen Brief an mich, aus dem tiefe Niedergeschlagenheit spricht:

Ich hatte geglaubt, nun nach dem Urlaub wieder frisch mit Begeisterung meinen Dienst anzutreten. Leider habe ich aber jetzt erst recht die Nase voll von der sturen Infanterie. Im Urlaub habe ich ein wenig daran gerochen, wie es ist, Mensch zu sein. Das Schlimme ist, daß ich so versturt bin, ohne es zu merken. Erst gegen Ende des Urlaubs habe ich überhaupt wieder gemerkt, daß es auch noch andere Dinge gibt als Infanterie, Dienst, Vorgesetzte, Beförderung und Sturheit. Ich bin einfach innerlich auch in der Freizeit beim Kommiß und denke immer nur an Militärisches. Sogar

wenn ich träume, was selten vorkommt, immer bin ich Soldat. Eigentlich ist es ja traurig, welche Werte ich dadurch verloren habe.
Stur und stumpfsinnig schuften wir hier in meiner Rekrutenkompanie den ganzen Tag, bauen Baracken und Latrinen und lassen uns dabei naßregnen. Ich bedaure die armen Kerle, die im Winter in diesen Holzbaracken hausen müssen, in denen wir es jetzt kaum aushalten vor Kälte.

In letzter Zeit habe ich oft mit französischen Gefangenen zusammenarbeiten müssen. Die schon älteren Männer sind sehr fleißig, intelligent und freundlich. Ich unterhalte mich stundenlang mit ihnen über alles mögliche, besonders natürlich über den Krieg und die Politik. Da sie keine Zeitungen haben, erzähle ich ihnen immer das Neueste, soweit ich es selber erfahre. Als letzte Neuigkeit erklärte ich ihnen den Pakt mit Italien und Japan. Sie hatten keine Ahnung und fragten mich gleich, was Rußland dazu sage. Die Kerle sind gar nicht so dumm. Sie sind etwas bedripst, denn sie glauben, daß durch diese Verträge der Krieg in die Länge gezogen wird, und sie wollen doch genauso gerne heim wie wir. Sie sagen, das Essen sei bei uns besser als in ihrer französischen Kompanie und auch die Behandlung sei gut. Sie haben recht, denn es geht ihnen besser als uns.
Mein Unteroffizier schrieb mir einen Brief, worin folgender Satz interessant ist: »Ich habe eigentlich immer Angst um Dich gehabt und nicht gedacht, daß Du noch einmal heil herauskommst«.
Es tut mir leid, Dir einen so doofen, inhaltslosen Brief geschrieben zu haben, aber wenn man ein doofes, inhaltsloses Leben führt, fehlt einem eben jede Anregung zu anderen Gedanken. Jetzt ist auch der letzte Rest meines militärischen Ehrgeizes futsch.

Auch der nächste Brief an mich klingt nicht gerade optimistisch:

17. Oktober 1940
Ich habe die Hoffnung schon aufgegeben, nochmal zu einem normalen Leben mit geistigen Anregungen zu kommen, denn nach den hier umlaufenden Gerüchten über die allgemeine Lage scheinen wir noch lange Soldat zu bleiben. Ich selbst beginne schon zu glauben, daß auch wir im nächsten Jahr wieder eingesetzt werden, allerdings wüßte ich nicht wo? Heute treffe ich mich mit Hans Lamott zu einem Fotospaziergang, freue mich sehr darauf, Hans ist hier mein bester Freund.

Die Reserveoffizieranwärterprüfung, von der Du Vater in Deinem Brief vom 29. Oktober 1940 erzählst, hat Dir sicher wieder Auftrieb gegeben:

Gestern wurden ganz unerwartet alle Reserveoffizieranwärter geprüft. Zuerst mußten wir eine Abteilung exerzieren lassen. Dann kam eine schriftliche Prüfung in Allgemeinbildung.

Folgende Fragen waren zu beantworten:
1. *Welche kulturellen und militärischen Großtaten Friedrichs des Großen kennen Sie? (Zeit 5 Min.)*
2. *Die Vorteile der Motorisierung gegenüber der Pferdebespannung im Feldzug. (Zeit 15 Min.)*
3. *a) Welche Schlachten 1806–1807 führten zur Niederlage Preußens?*
   b) In welcher dieser Schlachten zeigte es sich zuerst, daß die Kraft Preußens noch nicht ganz gebrochen war?
   c) Welche Festungen haben sich nicht schimpflich ergeben? (Zeit 5 Min.)
4. *Inwiefern ist Napoleon mittelbar oder unmittelbar an der Einigung Deutschlands beteiligt? (Zeit 5 Min.)*
5. *Welche Schlachten wurden 1813, -14 und -15 geschlagen? (Zeit 5 Min.)*

6. Welche Schlachten fanden 1864 und 1866 statt? *(Zeit 5 Min.)*
7. Welche Verdienste hatte Ludendorff für das deutsche Volk?
8. Nennen Sie die Hauptstädte folgender Länder: Portugal, Irland, Peru, Siam, Kanada, Finnland. *(Zeit 5 Min.)*
Hätte ich doch früher mehr in Geschichte und Geographie getan!

Am 30. Oktober 1940 schreibst Du an Mutter:

Anbei ein Schlafanzug für Doris zu Weihnachten. Bitte schickt ihn etwas schöner verpackt an Doris. Da ich von Kleidungsstücken wie Schlafanzug usw. nichts verstehe, habe ich Hans Lamott damit beauftragt, einen für Doris auszusuchen. Er hat diesen Stoff gewählt und auch die Maße angegeben. Ich war angenehm überrascht. Schlafanzüge sind hier die große Mode, aber von allen wird anerkannt, daß dieser der schönste ist.

Der Schlafanzug war wirklich außerordentlich hübsch, aus hellblauem, seidigem Stoff mit lila Blumen.
Am 3. Dezember 1940 schreibst Du an die Eltern:

Ich war mit vier Mann, die ich zu betreuen hatte, auf Wache an der Marne. Die Zeit war herrlich. Die Aussicht, Weihnachten wieder hier auf Wache zu sein, ist so verlokkend, daß ich gerne auf Urlaub verzichte. Als Junggeselle ohne Kinder ist es sowieso ausgeschlossen, Urlaub zu bekommen.
Stellt Euch vor, sonst ist man immer an den Dienst gebunden, muß aufstehen, wenn der Unteroffizier vom Dienst pfeift, muß antreten, muß auf Befehl essen, schlafen und Dienst tun. Als Wachhabender war ich selbständig, konnte aufstehen wann es mir paßte, konnte selbst den Dienst ansetzen, so wie ich es für gut hielt, konnte für

Patrouillenfahrt auf der Marne, fotografiert von Karl-Heinz während des Frankreichfeldzugs

meine Kameraden sorgen, daß sie zu essen bekamen, genug schliefen usw. Ich war für die umliegenden Ortschaften Vertreter der deutschen Gewalt, Ortskommandant im Kleinen. Meinen Posten habe ich das Rudern beigebracht, wir hatten zwei Boote und veranstalteten eine Regatta. Meine dienstlich mir vorgeschriebenen Patrouillen machte ich per Boot in schönster Sonne, schleuste mich selbst durch den Kanal, kurz, genoß die Tage sehr. Ein wenig habe ich auch mit einer netten Französin geflirtet, die aber ein durchaus anständiges Mädchen ist. Ihr Verlobter ist in deutscher Gefangenschaft.
Als wir von der Wache zurückkamen, wurde ich Gruppenführer und bin jetzt ins Unteroffizierskorps eingetreten. Am ersten Abend wurde gefeiert, und ich hielt bis drei Uhr aus, trotzdem ich an dem Abend nur für RM 0,35 verzehrte. Der Hauptmann beanstandete, daß ich mich nie

besaufen würde, das gehörte nun einmal dazu. Ich sagte, ich müsse von Berufswegen auf Nüchternheit trainieren, was er nicht einsah.
Ich habe jetzt sehr viel Arbeit und kann deshalb nur wenig schreiben.

Im Winter 1940/41, als Du diese Briefe schriebst, war ich in Berlin, ich erinnere mich, daß Du mir auch nach dort Briefe geschrieben hast, aber die sind leider verloren gegangen.
Die nächsten Briefe schreibst Du wieder an Vater und Mutter:

8. Dezember 1940
... Wie wunderbar wäre es nun für mich, darauf zu verzichten, Offizier zu werden und als einfacher Soldat weiter meine Pflicht zu tun. Wieviel Zigarren, Anstrengungen, Unfreiheiten usw. könnte ich mir dann ersparen! Ich wäre in dem Fall bis jetzt auch bestimmt schon viermal in Urlaub gewesen. Ich meine aber, man sollte sehen, überall weiterzukommen. Man sollte nach oben streben und führen wollen und nicht danach trachten, in der Masse zu verschwinden. Es gehört viel Energie und Härte gegen sich und andere dazu, hochzukommen. Man muß sich aus der Kameradschaft der Frontkameraden lösen.
Da ich seit 8 Tagen eine Gruppe führe, also eine Unteroffizierstelle habe, muß ich meine alten Kameraden, die mich noch mit angelernt haben, mit »Sie« anreden. Ja, ich muß sogar verlangen, daß sie mich in der dritten Person ansprechen. Wenn ich das einmal nicht verlange und werde erwischt, soll ich mindestens fünf Tage Arrest bekommen. Ich habe in meiner Gruppe Soldaten, von denen mehrere über 31 Jahre alt sind, verheiratet mit Kindern, und ich junger Schnösel soll deren »Erzieher«, nicht nur militärischer Vorgesetzter sein. Ich empfinde es schrecklich, jetzt beim Appell mit Notizbuch und strenger

Miene dazustehen und meine Kameraden aufzuschreiben. Als erste selbständige Diensthandlung habe ich mit meiner Gruppe gestern einen Kameradschaftsabend gehalten und sie alle zum Abendessen eingeladen, wobei wir fabelhaften roten Bordeaux tranken. Wenn das der Kommandeur wüßte!!
Ich glaube, meine Gruppe führen zu können, wenn die Kerle Freude an allem haben. Ich ordnete an, daß sie sich einen Adventskranz machten, und jetzt baumelt schon einer in ihrer Baracke. Auf meinen Befehl sangen sie gestern Weihnachtslieder, aber ich weiß nicht, ob das passend war?

21. Dezember 1940
Seit heute sind wir wieder auf Wache. Meine erste Aktion hier war die Absendung eines Spähtrupps mit der Aufgabe, einen Weihnachtsbaum zu besorgen. Die beiden Soldaten sind im Zivilberuf Forstgehilfe und Holzarbeiter, also denkbar gut vorgebildet. Leider kamen die beiden mit einem ganz unmöglichen Gestrüpp wieder. Sie behaupteten, an der Marne gäbe es keine Tanne. Ich hatte mir inzwischen vom Bürgermeister ein Fahrrad geliehen und wurde von ihm mit Schnaps bewirtet, außerdem versprach er mir, für mich und meine fünf Mann eine Weihnachtsgans und Brennholz zu besorgen. Dann ging ich selbst mit einem anderen Kameraden auf Spähtrupp nach einem Baum. Zuerst sah es schlecht aus, ich wollte mich schon für eine kleine Kiefer entschließen, da entdeckten wir am Horizont eine einzelne riesige Tanne. Durch dichtes Gestrüpp arbeiteten wir uns langsam heran, fällten den Baum, sägten die herrlich gewachsene Spitze ab und trugen sie triumphierend zum Wachlokal.
Also Programm für morgen: Weihnachtsgans besorgen und andere schöne Sachen und den Christbaum schmücken mit dem Schmuck, den Ihr mir aus Winningen geschickt habt. Eigentlich müßte ich mit den Leuten ja

Ausbildung machen, weil wir nächste Woche Besichtigung haben, aber ich nehme das nicht so genau. Wir fallen ja doch auf bei dem Affentheater, und bei dem jetzigen Kommandeur aufzufallen, ist mir direkt ein Vergnügen. Der ganze Kram kommt mir manchmal so lächerlich vor. Meine einzige Freude ist, den Leuten den sturen Dienst irgendwie schmackhaft zu machen und auch sonst für sie zu sorgen. In der Freizeit setze ich mich zu ihnen und nicht ins Unteroffiziers-Kasino, und es ist mir ganz wurst, wenn man mir das übelnimmt. Gestern erst bekam ich eine Zigarre, weil ich einen Kameraden nicht mit »Sie« angeredet habe. Offiziell hat der Major für dieses Vergehen 5 Tage geschärften Arrest festgesetzt. Ich eigne mich bestimmt mehr zum Landser als zum Unteroffizier. Im Kampf wird das natürlich anders sein.
Ich habe jedem von meiner Gruppe ein kleines Geschenk gemacht, sie haben sich alle schrecklich gefreut. Über Mangel an Diensteifer kann ich mich bei ihnen nicht beklagen. Die Leute benehmen sich eben so, wie sie behandelt werden.
Das nette Mädel ist leider nicht mehr hier, aber bei ihrer Mutter habe ich so lange in meinem fabelhaften Französisch gequatscht, bis sie sich bereiterklärt hat, für uns zu kochen.

26. Dezember 1940
Wir haben Weihnachten wunderbar gefeiert, und hatten Dank Eures Christbaumschmucks den schönsten Baum der ganzen Kompanie. Zur feierlichen Bescherung hatten wir den französischen Schleusenwärter mit seiner Frau eingeladen, auch zwei Kinder der ferme waren dabei, das älteste, ein 18jähriges Mädel, ist die Schwester der netten Yvette, von der ich schon erzählte. Annemarie hatte mir eine kleine Krippenfigur geschickt, für die wir eine nette Krippe aus Eichenrinde bauten. Mit den Franzosen feierten wir bis ein Uhr. Dann fuhr ich am Kanal entlang und

besuchte noch andere Wachen. Um vier Uhr kam ich ins Bett. Am ersten Weihnachtstag gab es noch von mir gekochten echten Bohnenkaffee und zwei Apfelkuchen, die uns die Bäuerin von der ferme gestiftet hatte.

So war das Jahr 1940 für Dich ganz befriedigend zu Ende gegangen. Im Januar 1941 erhielt ich folgenden Brief von Dir:

10. Januar 1941
... Heute morgen habe ich mich verschlafen und wurde wach, als mir der Leutnant höchstpersönlich die Decke fortzog. Ich sah ihn sehr dumm und verschlafen an, als er mir gratulierte. Noch dümmer fragte ich: »Wozu?« und erfuhr, daß ich am 1. Januar 1941 zum Unteroffizier befördert wurde. Also habe ich die Prüfungen in Chaumont, bei denen 30 Prozent durchgefallen sind, bestanden. Alle Parolen, ich sei durchgefallen, hat der Spieß nur erfunden, um mich einige Tage klein zu sehen. Er hat es heute selbst zugegeben. Jetzt wird wohl auch bald meine Ernennung zum ROA kommen. Dann wird es wohl mit meinem Urlaub nichts werden, weil ich hier wieder einen Kursus mitmachen muß. Das war eine seltene Beförderung: Erst erkämpft man sie in 2½tägiger Prüfung beim Oberst und General und dann wird man im Bett befördert.

Am selben Tag schreibst Du an Vater:

Von den Kameraden, die die letzte Prüfung bestanden haben, kamen nur zwei Mann, dabei ich zum Divisionsauswahllehrgang für ROA. Meine Konkurrenten waren alte, erfahrene Unteroffiziere, von der ganzen Division nur drei Gefreite. Wir wurden vom General, Oberst und zwei Oberstleutnanten geprüft, erst im Einzelexerzieren, dann Kommandogeben usw., Lehrprobe im Unterricht, Sport (freier Sprung übers Pferd mit Uniform und Stiefeln, 800-

Meter-Lauf in Uniform und Stiefeln im hohen Schnee, Klimmzüge), waffentechnische Ausbildung (MG). Ich bin aufgrund des Ergebnisses mit Wirkung vom 1. Januar 1941 zum Unteroffizier befördert und hoffe, meine Ernennung zum OA bald zu erfahren. Kannst Du mir bitte auf Umwegen Geld senden? Ich gebe Dir die Anschriften an. Die Aufnahme ins Unteroffizierkorps ist teuer und der Abschied von den Mannschaften auch. Augenblicklich säuft die ganze Kompanie schon sechs Stunden lang auf meine Kosten.

Der nächste Brief an die Eltern, der wie alle Deine Briefe durch die Feldpost befördert wurde, hätte für Dich sehr schlimme Folgen haben können, wäre er zufällig bei der Feldpostsammelstelle kontrolliert worden. Briefzensuren wurden immer mal wieder durchgeführt.

21. Januar 1941
. . . Von meinem Kamerad, Unteroffizier Velten, erfuhr ich von neuen Gesetzen, die gegen die Kirchen herauskommen sollen. Wenn das wahr ist, tut mir das deutsche Volk leid. Eine vollkommene Sittenverwilderung wäre nach meiner Ansicht die Folge, denn diese wird ja geradezu gewünscht. Nach dem, was man von den SS-Formationen hört, von ihrem Verhalten bei Einquartierung im Reich und in Feindesland, scheint es angestrebt zu sein, den deutschen Menschen vollkommen dem Tier gleichzumachen. Alles Körperliche wird überbetont, und der Mensch wird gezüchtet wie eine Herde. Wenn man sich das alles mit den Folgen richtig überlegt, graut einem vor dem kommenden Frieden. Ich fange schon an zu wünschen, daß der Krieg noch sehr lange dauert, dann ist man die ganzen Sorgen los und braucht sich nicht zu entscheiden. Daß es später eine Entscheidung, wenigstens für jeden jungen Deutschen geben muß, ist klar. Es ist nur bitter, jetzt für die zu kämpfen, die man später vielleicht mal bekämpfen muß,

aber ich kämpfe ja nicht für diese Leute, sondern für alle. Jedenfalls wird man wohl nie mehr so gerade und ehrlich vor sich selbst für ein Ideal leben können wie jetzt im Krieg.

Im Januar 1941 mußte ich mich in Berlin einer Operation unterziehen. Du schreibst mir am 9. Februar:

Inzwischen hast Du Deine Operation wohl schon hinter Dir. Da es in der Klinik sicher recht mopsig ist, will ich Dir nun ausführlich von unserem Maskenball erzählen. Du armes Wurm wirst jetzt Langeweile genug haben, um auch mal einen solchen Quatsch über Dich ergehen zu lassen. Also gestern war bei uns Fastnacht, und ich dichtete den ganzen Tag an der Büttenrede. Auf einer Rolle Papier geschrieben war sie drei Meter lang. Jeder wurde durch den Kakao gezogen, und da die Rede von einem anderen vorgelesen wurde, mußte ich sogar mich selbst durchkauen. Ich kann Dir nicht schreiben wie, Du würdest Dich totlachen, und das wäre schade. Also, gestern war es bei Strafe verboten, als Soldat zu erscheinen. Ich suchte nun im Dorf alle möglichen Leute auf, redete französisch wie geschmiert und trieb bei einer wasserstoffblonden, geschminkten älteren »Dame« schließlich einen viel zu kurzen, seidenen, weißen Morgenrock auf. Als Gürtel nahm ich mir eine Vorhangschnur mit riesigen Quasten. Dann stülpte ich meinen Kopfkissenbezug auf den Kopf und befestigte ihn mit den Bommeln einer anderen Vorhangschnur. Als Waffe hatte ich ein langes französisches Seitengewehr und auf der Brust aufgenähte Patronenstreifen. Eine Maske machte ich mir aus den Klebestreifen von Weinkisten. Das »Vorsicht Glas« sah sehr gut aus. Meine Unterhose steckte in knallroten Socken. Mit Ruß malte ich mir einen furchterweckenden Kriegerbart und sah wirklich fürchterlich aus. Als mich der erste Landser sah, fiel er um vor Schreck. Na, die anderen hatten auch die tollsten Phantasiekostüme aus Bettüchern und allem Möglichen

und Unmöglichen. Den Leutnant zum Beispiel habe ich nicht erkannt. Nach der erfolgreich vorgetragenen Büttenrede wurde getanzt, meistens Walzer auf dem Tisch, daß die Gläser flogen, ein toller Betrieb!
Hoffentlich kannst Du jetzt wieder lesen und bist Deine Schmerzen los. Ich wünsche Dir gute Besserung!

Du hast das Faschingsfest noch näher beschrieben, und ich freute mich, daß Du einmal fröhlich und ausgelassen warst. Du konntest alle schwarzen Gedanken beiseite schieben, den Prüfungsstreß vergessen und alle Probleme, die Dich bedrückten. Und mich hast Du durch Deine lustige Schilderung schön aufgemuntert, als ich in der Klinik lag. Wie gut, daß wir alle zu Beginn des Jahres 1941 noch nicht ahnten, was Dir und Deinen Kameraden in jenem schicksalsschweren Jahr noch bevorstand. Am 11. Februar 1941 schreibst Du wieder an mich:

. . . In den letzten Tagen habe ich sehr für die Beförderung einer meiner Männer gekämpft. Heute wurde er befördert und hat mich zum Feiern eingeladen. Sei also nicht böse, wenn ich schon schließe, ich würde mich lieber noch länger mit Dir unterhalten, aber ich kann den Leuten nicht abschlagen, mit ihnen zu feiern.
Jetzt schnell noch ein kleines Erlebnis von heute morgen. Ich exerzierte mit meinen Leuten hier im Dorf auf der Straße recht zackig, daß ich meine Freude an der Kerlen hatte. Trotz meiner Brüllerei machte es aber auch ihnen Spaß. Auf einmal schlurfte ein altes Mütterchen an uns vorbei in ihren Holzpantoffeln. Sie sagte anerkennend: »Ils sont bien disciplinés vos soldats.« Ich habe es meinen Leuten sofort verdeutscht, und wir waren stolz, aus Feindesmund eine solche Bemerkung zu hören. Das Exerzieren klappte danach nochmal so gut. Es wird uns immer mehr bewußt, daß der Geist und der Glaube uns hat siegen lassen.

Am 23. März 1941 schreibst Du an die Eltern:

... Wenn Ihr demnächst dieses Zeichen ╪ auf Fahrzeugen oder Güterzügen seht, müßt Ihr wissen, daß es das Zeichen unserer 79. Infanteriedivision ist. Es bedeutet T und T, tapfer und treu. Der General sagte, ein Kreuz sei für den evangelischen und ein Kreuz für den katholischen Divisionsgeistlichen, es ist das Wappen von Merzig, dorther stammt der General ...

An die politischen Ereignisse des Aprils 1941 kann ich mich nicht mehr genau erinnern. Jedenfalls schreibst Du mir in einem Brief vom 12. April 1941, daß Du mit Deiner Truppe in Marsch gesetzt wirst:

... Gestern ist unser Stab schon losgefahren. Wir folgen am zweiten Feiertag, wohin wirst Du Dir denken können. Vorläufig ziehe ich mit einer kleinen Gruppe in den Krieg. Ich habe nur einen stellvertretenden Gruppenführer und die MG-Bedienung, also nur vier Mann. Wir nennen uns die »Horst-Wessel-Gruppe«, weil die fünf Gewehrschützen im Geiste in unseren Reihen mitmarschieren. Zuerst habe ich mich sehr geärgert, aber beim letzten Schießen haben meine vier Mann so gut geschossen, daß es mir Spaß gemacht hat. Ich bin froh, wenn wir den Staub Frankreichs jetzt endlich von den Füßen schütteln können. Wir werden uns ja kaum verbessern, aber man sieht doch einmal etwas anderes und lernt auch einmal ein anderes Volk kennen. Es ist nur schade, daß wir überhaupt nichts von den dort üblichen Sprachen verstehen.

Am 21. April 1941 schreibst Du an die Eltern:

... Wir waren für Sarajevo bestimmt, sind aber zu spät gekommen, da die Serben bei Kriegsausbruch noch mit der Mobilmachung beschäftigt waren. Von deutschen Späh-

trupps wurden serbische Transportzüge mit Zivilisten angehalten, die sich in einer Garnison stellen sollten. Die Leute wurden gefangengenommen, und mit dem Zug fuhren dann deutsche Soldaten in die betreffende Garnison und nahmen sie meistens kampflos. Ich befinde mich jetzt ungefähr 50 Kilometer ostwärts Klagenfurt. Bei gutem Wetter sind die Karawanken zu sehen ...

Aus dem neuen Quartier schreibst Du an mich am 22. April 1941:

Gestern endlich kam der schon so lange erwartete Schokoladenkuchen von Dir an. Er hat glänzend geschmeckt, vielen herzlichen Dank! Ich hätte Dir eine solche Leistung auf dem Gebiet nie zugetraut.
Heute abend, am 23. habe ich endlich einmal Stoff, Dir etwas zu erzählen, das unser eintöniges Landserleben unterbrach. Wir haben heute eine tolle Bergtour gemacht. Piz Schmalazzo war ein Spaziergang dagegen.

Ja, unsere Wanderung auf den »Piz Schmalazzo« im Sommer 1938! Ich erinnere mich noch mit Freuden an die schöne Aussicht, die wir vom Gipfel aus hatten und an die problemreichen Gespräche, die wir unterwegs führten. Der richtige Name des Berges war »Schmalzkopf«. Das klang uns zu doof, so nannten wir ihn »Piz Schmalazzo«. Doch jetzt erzähle weiter:

In voller Uniform mit unseren Waffen und den schweren Stiefeln stiegen wir auf die Berge und waren den ganzen Tag unterwegs. In den Höhenlagen hätte man ganz fabelhaft skilaufen können, wir versanken tief im Schnee. Unser Quartier liegt nur 400 Meter hoch, und der Gipfel, den wir erstürmten, hatte eine Höhe von 2140 Metern. Die Aussicht war überwältigend. Zuerst im Nebel, befanden wir uns später über den Wolken in strahlendem Sonnenschein.

Uns gegenüber ragten majestätisch die Dir ja sicher noch bekannten Karawanken aus dem Wattemeer hervor, die Sonne brannte, und wir wurden wunderbar braun. Leider keuchten wir in einem Affentempo den Berg hinauf, weil jeder zuerst oben sein wollte. Zwischendurch mußten dann natürlich Pausen eingelegt werden. Deine Regeln, langsam, aber ohne Unterbrechung einen Berg zu besteigen, wurden nicht beachtet. Es ging auch so, nur war der Rückweg recht schwer und etwas gefährlich. Als wir abstiegen, kamen wir in steile Felswände mit Eis und Schnee. Ich weiß nicht mehr, wie oft ich dabei gefallen bin, nachher rutschte ich nach altem Rezept mehr auf dem Hosenboden, als daß ich ging. Das Rutschen war ziemlich gefährlich, da ich einmal beinahe in eine Felsspalte geriet, doch zum Glück ging alles gut. Jetzt stell' Dir vor, in den Felsen lauter unerfahrene Landser, einer neben dem anderen. Wenn einer einen Fehltritt gemacht hätte, wären alle mitgekegelt. Ich mußte dauernd an unsere Tour zum Piz Schmalazzo denken. Als wir unten ankamen, fehlten Zweidrittel der Soldaten der Kompanie. So nach und nach trudelten sie alle ein, und jeder einzelne Landser war von der Tour begeistert.

Es wäre ideal hier, wenn wir anständige Quartiere hätten. Heute konnten mehrere von uns an einer Fahrt nach Klagenfurt und um den Wörthersee teilnehmen. Da ich schon einmal dort war, ließ ich einen Kameraden für mich fahren, obwohl es mich sehr gereizt hätte, Erinnerungen aufzufrischen.

Entschuldige die Schrift, hier im Osten wird es so früh dunkel, daß ich fast nichts mehr sehe.

Gestern wollte ich die Eltern anrufen, aber das Telefon ins Altreich ist gesperrt.

Ich werde dauernd beim Schreiben gestört, da ich mich mit einem großen Wolfshund angefreundet habe, und jetzt will er dauernd Steine geworfen haben. Jetzt ist er schon wieder da. Zuerst mochte er mich nicht und hätte mich beinahe

gebissen, doch jetzt ist er ungemein zutraulich. Die Liebe der Hunde geht durch den Magen und wenn es nur Kommißbrot ist.
Hier in der Nähe ist weiblicher RAD, und morgen gehen wir dort ins Lager, um uns zu duschen. Die W.v.D. (Weib vom Dienst) soll dabei die Aufsicht haben. Ich bin doch ganz froh, daß Du nicht beim RAD bist.
Beinahe vergaß ich, Dir zu erzählen, daß wir auf unserer Bergtour eine Menge Gemsen sahen. Wir marschierten in einer endlos langen Reihe im Gänsemarsch, als plötzlich eine Gemse um uns herumsauste und unsere Reihe durchbrechen wollte. Nach einigem Hin und Her versuchte sie ausgerechnet bei mir den Durchbruch, was ihr auch gelang. Keinen Schritt von mir war sie entfernt, und ich hätte sie greifen können. Nachher sahen wir noch mehr Gemsen.

Damals hatte ich Dir wohl geschrieben, daß unsere Eltern mehrere Verwandte gebeten hatten, Dir von der Heirat mit einer katholischen Frau abzuraten. Du weißt ja, daß ich die einzige aus der Verwandtschaft war, die bei jeder Diskussion über Dein Heiratsproblem auf Deiner und Annemaries Seite stand. Annemarie war mir nicht nur eine liebe zukünftige Schwägerin, sondern auch eine Freundin, und ihr strenger katholischer Glaube hat mich nie gestört. In dieser Angelegenheit schreibst Du am 25. April 1941:

Heute kam Dein inhaltsschwerer Brief, den ich noch verdauen muß. Ich bewundere die Diplomatie, durch welche mir die Familienmeinung in die Hände gespielt wird. Zuerst muß ich den Inhalt noch verdauen, dann erst kann ich darüber schreiben. Es macht mir doch Kopfzerbrechen, ob ich jeder Familientradition wirklich so untreu werde wie Onkel Ernst meint.
... Bisher war mir der Aufenthalt hier durch unser schlechtes Quartier verdorben. Heute habe ich mir ein

andere Quartier gesucht und wohne nun ganz alleine bei Zivilisten mit Familienanschluß. Ich habe ein kleines Zimmer mit wunderbarer Aussicht auf die Schneeberge der Karawanken.
Gestern konnten wir zum ersten Mal seit einem Jahr baden. Weißt Du wo? In einem weiblichen RAD-Lager. Dabei konnte ich mir den Betrieb ansehen. So eine organisierte Weiberbande ist doch etwas Ekelhaftes. Mir gefiel das nicht, aber das Bad war herrlich.

2. Mai 1941 an die Eltern:

Leider muß ich mein wunderbares Quartier verlassen. Auf neuesten Befehl müssen die Gruppenführer bei ihren Gruppen auf Stroh schlafen. Vorher lautete der Befehl umgekehrt. Kommiß!
Die Zeit im Privatquartier war wie Urlaub. Die Leute waren ganz rührend zu mir und lasen mir jeden Wunsch von den Augen ab. Ich bekam Rauchfleisch, Eier, Bratkartoffeln und noch mehr.
Mein Wirt ist pensionierter Gendarmeriewachtmeister, seine beiden Söhne sind in Untertertia und wollen wahrscheinlich eine Napoli besuchen. Ich kann meinen Wirten nichts bezahlen, weil sie dann beleidigt wären. Sie sagten, beim nächsten Feldzug könne ich mir das wieder verdienen. Nun möchte ich Euch bitten, in meinem Auftrag den Kindern etwas zu schicken. Die kleine zehnjährige Hilde ist eine Leseratte, wie Doris früher war. Sie liest mit Begeisterung Bücher wie »Nesthäkchen« usw. Die Jungens sind eifrige HJ-Führer.
Während der sechs Tage, die ich bei ihnen verbrachte, bin ich richtig mal wieder Mensch geworden und fühlte mich wie ein Kind in der Familie. Jetzt verbringe ich auch meine Freizeit bei ihnen und esse dort.
Sonst gibt es nichts Neues. Unsere weitere Verwendung ist nicht bekannt, es kursieren immer wieder andere

Gerüchte, das AK (Armeekorps) haben wir schon wieder gewechselt. Unser Kommandierender ist jetzt General von Brisen, der als erster Ritterkreuzträger dem Führer in Polen mit zerschossenem Arm gemeldet hat und als erster in Paris einmarschiert ist.
Daß wir noch einmal irgendwo zum Einsatz kommen, ist sehr zu bezweifeln. Der ganze Betrieb hängt mir zum Hals heraus. Morgen gehts zu einer großen Übung in die Berge, um 2.30 Uhr ist Wecken, deshalb muß ich jetzt schließen.
16. Mai 1941
Wir liegen jetzt schon fast 14 Tage im ehemaligen Jugoslawien, aber unmittelbar an der alten Reichsgrenze, 26 Kilometer von Jackling entfernt, unserem alten Quartier. Meine Uhr hat mir der Sohn meines Wirtes, verpackt zwischen einer Menge Eier, mit dem Fahrrad gebracht.
Gestern machten wir einen 60-Kilometer-Marsch zum Andenken an die Erstürmung des Heydwaldes vor einem Jahr. Ich traf Hans Lamott, der mir schlimme Dinge erzählte. Von der 33. Division seien fünf Transporter torpediert worden. Von meinen alten Kameraden der Nachrichtenabteilung sei nur ein einziger gerettet worden. Er schrieb Hans aus einem Lazarett in Tripolis. Alles was er angehabt hatte, war ein Strumpf. Von der ganzen Nachrichtenabteilung 33 sollen zwei Feldwebel, zwei Unteroffiziere und zwei Mann noch leben. Ich hatte sehr große Unruhe um Friedrich, aber heute schreibt Ihr ja, daß Friedrich auf dem Luftweg nach Afrika unterwegs ist.

Karl-Heinz, ich weiß nicht, ob Du noch erfahren hast, daß unser Vetter Friedrich unter Rommel in Afrika gekämpft hat und schließlich in Ägypten in englische Gefangenschaft geriet. Er hat noch einige Jahre nach dem Krieg in einem englischen Gefangenenlager in Australien zugebracht, wir waren alle sehr glücklich, als er gesund wieder nach Hause kam.

In Deinem nächsten Brief erwähnst Du Deinen Schulfreund Erwin Widdau, den Du sehr schätztest und mit dem Du während des Krieges ständig Briefe gewechselt hast. Stell' Dir vor, im Sommer 1989 rief Erwin mich an. Er hatte auf Umwegen meine Adresse erfahren, und er erzählte mir, Euer jüdischer Schulkamerad Max Jacoby, der in den 30er Jahren nach Amerika ausgewandert war und dort Karriere gemacht hat, sei nach Deutschland zurückgekehrt und habe den Kulturpreis 1987 der Stadt Koblenz für besonders künstlerische Leistungen auf dem Gebiet der Fotografie erhalten. Zu der Preisverleihung im Oktober 1988 waren alle Überlebenden Deiner alten Schulklasse eingeladen.
Du schreibst also am 10. Juni 1941:

Es tut mit wirklich leid, daß Ihr Euch über zu wenig Post von mir beklagen müßt. Erwin schrieb heute aus Norwegen von ganz hoch oben. Er ist Führer einer Küstenbatterie, die er selbst aufgestellt hat. Die Post nach Westdeutschland geht von hier so schlecht, daß ich von Erwin nördlich des Polarkreises schneller Post bekomme, als von Euch.
Mein ehemaliger Kommandeur Gaudlitz wurde bei Sarajevo vom Feind eingeschlossen, hat sich aber mit seinem Bataillon an einer Stelle durchgeschlagen, ein kühnes Umgehungsmanöver ausgeführt und 15 000 Gefangene mit fünf Generälen eingebracht. Bei dem ganzen Unternehmen – und das ist typisch für Gaudlitz – hatte er keinen einzigen Toten im ganzen Bataillon. Ja, wenn wir diesen Kommandeur noch hätten!

Dies war der letzte Brief, den Du vor dem Beginn des Rußlandfeldzugs schriebst.
An den schicksalsschweren 22. Juni 1941 kann ich mich noch gut erinnern. Du weißt ja, Mutter hatte am 22. Juni Geburtstag, und an diesem Tag wurde sie 51 Jahre alt. Die

Eltern waren zu mir nach Heidelberg gekommen, um den Geburtstag mit mir zu feiern. Es war ein Schönwettersonntag, und schon am frühen Morgen schien die Sonne in mein kleines Mansardenzimmer. Ich schaltete das Kofferradio ein, das Du mir geschenkt hattest, und wollte die Sendung »Schatzkästlein« hören. Jeden Sonntagmorgen wurde in dieser Sendung eine Stunde lang klassische Musik ausgestrahlt.

Aber statt Klänge von Beethoven oder Mozart tönte aus dem Radio die harte Stimme von Goebbels oder die eines anderen Parteibonzen und verkündete den Einmarsch deutscher Truppen in Rußland. Damit hatte Hitler den Schritt zur endgültigen Vernichtung des Deutschen Reiches eingeleitet, aber das ahnte ich damals nicht. Auch die Eltern nahmen diese Nachricht gefaßt auf.

Wir machten nachmittags einen Ausflug, irgendwo fuhr uns ein alter Fährmann mit einem Nachen über den Neckar, die Landschaft war so friedlich, blau wölbte sich der Himmel über uns, die Bäume an den Ufern des Neckar strahlten im frischen Grün, und die Vögel sangen.

Ich erinnere mich, daß wir uns mit dem Fährmann darüber unterhielten, wie lange wohl der Rußlandfeldzug dauern würde. Gewohnt an die Blitzkriege in Polen und Frankreich, meinte der Fährmann, in spätestens drei Wochen hätten wir die Russen besiegt. Vater glaubte, der Krieg in Rußland würde doch wohl sechs bis acht Wochen dauern.

Ich habe ein kleines blaues Oktavheft von Dir gefunden, in welchem Du kurze Zeit lang zu Beginn des Rußlandfeldzugs Tagebuch geführt hast. Du schreibst:

VORMARSCH IN DER UKRAINE. DER ANMARSCH.
Nach unerhörten Marschleistungen bei nahezu unmöglichen Wegen durch tiefen Sand und Staub bei großer Hitze lösen wir am 12. Juli die 299. Division ab.
Schon der Anmarsch ist ganz anders als in Frankreich. Jede Berührung mit der Zivilbevölkerung ist unmöglich. Trotz

der unmenschlichen Hitze dürfen wir kein Wasser trinken und sind ganz auf unsere Feldflasche mit der täglichen Kaffeeration angewiesen. Das Betreten von Häusern ist verboten, also werden bei jeder Marschpause Zelte gebaut. So marschieren wir von Samos im Generalgouvernement über Sokal, Luck, Rowno bis zum Einsatzort. Als wir nach einem 40-Kilometer-Nachtmarsch 60 Kilometer vor Sokal Halt machen, gibt's Alarm. Versprengte Russen sollen bei Sokal ein Waldstück und verschiedene eroberte Bunker am Bug wieder besetzt haben. Sofort geht's im Gewaltmarsch nach Sokal. Es ist keine Zeit mehr, Verpflegung zu fassen. Erschöpft kommen wir in der Stadt an, da kommt der Befehl: »Ganzes Bataillon Brust abwaschen!« »In einer halben Stunde Antreten zum Angriff.« Es wird viel geschimpft, aber es wird angetreten und dann geht's los. Nochmal 10 Kilometer mit aller Munition durchs Gelände. Wir finden keinen einzigen Russen, aber beim Rückmarsch nach Sokal wird eine Kompanie von hinten aus einem Haus angeschossen. Das Nest wird ausgehoben und entpuppt sich als gut getarnter Sowjetbunker. 23 Mann werden gefangen genommen. Außerdem machen wir in dem Bunker einen schrecklichen Fund. Wir finden einen deutschen Major und einen Feldwebel gänzlich verstümmelt, Sowjetstern aus der Brust geschnitten, Augen ausgestochen, Ohren, Nase, Zunge abgeschnitten usw. Jetzt ist es aus mit dem »gemütlichen« Marschieren. Dauernd werden verdächtige Wälder durchkämmt, teilweise sogar nach starker Vorbereitung durch ein ganzes Artillerieregiment (jede Batterie 100 Schuß). Aber diese Russen ziehen irgendwo Zivil an, und sind nicht zu fassen. Typisch folgender Vorfall: Eine Kompanie marschiert durch Sokal. Da springt aus einem Kellerloch ein Russe, in der einen Hand die Pistole, in der anderen ein Rasiermesser, so stürzt er auf die Kompanie los. Wir machen natürlich nicht viel Federlesen.
Die Gewaltmärsche werden immer toller. In den letzten 4 Tagen vor dem Einsatz sind es allein 200 Kilometer. Und

das bei diesen Straßen und dieser Hitze! Meistens gehen wir rechts und links durch die Kornfelder besser als auf der »Straße«. Die Landschaft ist eine weite, leicht wellige Ebene, unübersehbare Kornfelder, ab und zu durch Waldstücke unterbrochen, dazwischen die weit verstreuten Siedlungen mit den kleinen, nur aus Küche und Stall bestehenden, strohgedeckten Lehmhütten. Das Vieh hält sich meistens in der Küche auf, wo auch das »Familienbett« steht, eine mit Stroh gefüllte Holzkiste. Fußböden, Schränke oder ähnlichen Luxus gibt es nicht. Das einzige Mauerwerk an dem ganzen Haus ist der Herd, der auch als Backofen dient, mit dem Schornstein. Diese Hütten sind alle schön weiß gekalkt und von einem Garten umgeben. Darin der für den Osten typische Brunnen mit dem langen Querbalken. Auf den Pfählen des Gartenzaunes stecken die irdenen Gefäße für Milch usw. zum Trocknen. In den meisten Gärten schmücken große Sonnenblumen das Bild. Viele ukrainische Dörfer begrüßen uns mit Ehrenpforten, reich mit Blumen und Girlanden geschmückt und Transparenten: »Heil Hitler und deutscher Wehrmacht!« Dazu die deutsche und die blau-gelbe ukrainische Flagge. Die Männer dieser Dörfer dienen in der Roten Armee. Später erzählt man uns in den deutschen Siedlungen Wolyniens von der Sowjetherrschaft. Alles hat man den Leuten, auch den Ukrainern, genommen, das Land, das Vieh, die Ernte. Eine Hungersnot in diesem, unendlich reich gesegneten und fruchtbaren Landstrich sollte man nicht für möglich halten, und doch sind viele Menschen hier verhungert. Die Städte, die wir berühren, sind völlig zerstört. Von Luck stehen nur noch Teile der Vorstadt. Sonst sieht man überall nur die Schornsteine, die als einziges Mauerwerk stehen bleiben, das typische Bild der niedergebrannten Städte und Dörfer in Rußland. Hier in Luck sehen wir auch zum ersten Mal mit eigenen Augen, was unter dem Sowjetparadies zu verstehen ist. Diese Elendsquartiere sind unmöglich zu beschreiben. – Überall an der Vormarschstraße, besonders aber zwischen Luck und Dubno liegen eine Unmenge ausgebrannter oder sonst beschädigter russischer Tanks. Die Zahl der sonst herumliegenden Beute erscheint dagegen gering. Auf dem ganzen Vormarsch sehen wir keinen einzigen beschädigten deutschen Panzer.

DER EINSATZ.
11. Juli 1941
140 Kilometer sind wir in den letzten drei Tagen marschiert. Heute soll endlich mal ein Ruhetag sein. Der Landser will seine Hemden, seine Strümpfe und sich selbst waschen, er will seine meist sehr mitgenommenen Füße pflegen und dann will er schlafen. Aber heute macht der ach so »beliebte« Befehl »Kompanie fertigmachen!« diesem Treiben schnell ein Ende. Es gibt einen Gewaltmarsch. Nach 65 Kilometern wird gehalten und es kommt der Befehl: »In einer Stunde einsatzbereit.« Die 299. Division kämpft in diesem Abschnitt. Sie hat große Verluste und kommt nicht weiter vor. Wir sollen sie ablösen. Zum Kaffeekochen bleibt keine Zeit mehr, und das Wasser ist hier ungenießbar. So müssen wir bei der Hitze mit leeren Feldflaschen antreten. Unterwegs begegnen uns die Kameraden der 299. Division. Sie sind deprimiert, bringen panikartige Alarmnachrichten mit und haben viele Verwundete bei sich. Wir bekommen also gleich den richtigen Vorgeschmack, glauben aber dennoch, es könne sich nur um versprengte russische Truppenteile handeln, denn wir haben die Front nicht so nah vermutet. Wir kommen an ununterbrochen feuernden Batterien vorbei und müssen unsere Fahrzeuge zurücklassen. Alles Gerät und die schwere Munition tragen wir jetzt selbst. Bald danach wird ausgeschwärmt und kriegsmäßig vorgegangen. Es geht durch Gestrüpp und Sumpf. Die Stiefel laufen voll Wasser. Der Kommandeur vorneweg hoch zu Roß legt ein schier unmögliches Tempo vor. Als vielen die Luft auszugehen droht – nach dem Gewaltmarsch kein Wunder –, läßt er

das Signal zum Sturm blasen. So erreichen wir mit nassen Strümpfen und ausgetrocknetem Gaumen – mancher trinkt von dem Sumpfwasser – die befohlene Höhe vor einem Waldrand. Hier wird gleich geschanzt und alles zur Verteidigung hergerichtet. Von rechts ist dauernd heftiges Gewehr- und MG-Feuer aus nächster Entfernung zu hören. Unser Nachbar, das 3. Bataillon, ist scheinbar angegriffen. Während wir uns einbuddeln, erscheint über uns ein Beobachtungsflugzeug, das deutsche Baumuster HS 126 mit deutschen Erkennungszeichen und gleich darauf erhalten wir feindliches Arifeuer, das auffallend gut liegt. – Später stellen wir fest, daß in dem deutschen Flugzeug ein russischer Beobachter sitzt, und von da ab schießen wir auf alle Flieger. Die Folge ist, daß wir unserem eigenen wirklich echten Aufklärer, der genauso aussieht, gefährliche Treffer beibringen.
Viele von uns erleben jetzt ihre erste Feuertaufe. Wir müssen wieder raus aus der Stellung und werden nach links verschoben. Der Flieger und damit die feindliche Ari begleiten uns. Es geht scheinbar kreuz und quer durch den Wald. Bei Einbruch der Dunkelheit mache ich bei einem Spähtrupp mit. Unsere Aufgabe ist, den Anschluß an unseren linken Nachbarn zu suchen. Im Abendnebel sehen wir plötzlich auf einer Lichtung Gestalten und glauben, Feind vor uns zu haben, aber es sind Zivilisten, die ihre Kühe weiden. So kann ich meiner Gruppe als erste Beute nach diesem durstigen Tag ein Kochgeschirr und eine Feldflasche mit Milch mitbringen.
Bei der 5. Kompanie passiert gleichzeitig folgender Vorfall: Ein einzelner Schütze mit Stahlhelm und Gewehr begegnet der Kompanie, die sich in Reihe durch den Wald zieht. Ungeschoren rennt er an der ganzen Kompanie vorbei und erst der am Schluß gehende Kompaniechef erkennt ihn als Russen. –
Spät in der Nacht erreichen wir unser Ziel und bilden im Wald einen Igel. Einige Kameraden mit noch halbwegs

heilen Füßen melden sich freiwillig zum Essenholen – wir haben den ganzen Tag natürlich nichts bekommen können – und die Unteroffiziere müssen wach bleiben bis zum Morgen.

13. Juli 1941
Nach einer kleinen seitlichen Verschiebung buddeln wir uns ein. Es regnet und wir haben einen solchen Durst, daß wir das sich in unseren Löchern sammelnde Dreckwasser durch die Taschentücher laufen lassen und trinken. Dazu essen wir Blaubeeren. Mittags ist unser Zug Stoßtrupp. Ein Dorf wird angegriffen. Hinter einer Höhe gehen wir in Bereitstellung und machen uns Leitern. Nach der Ari-Vorbereitung geht's dann durch einen Drahtverhau und mit Hilfe der Leitern über einen kleinen Fluß. Die Ari schießt, die Granatwerfer schießen, die SMG's schießen, es ist ein toller Feuerzauber, und dazu kommt noch ein ordentliches Gewitter, daß man bei dem Krach gar nicht mehr zwischen Krieg und Natur unterscheiden kann. Ich finde das sehr romantisch. In dem jetzt vor uns liegenden Dorf brennen auch noch einige Häuser durch unsere Ari-Einschläge. Voller Freude erzählen uns die Bewohner später, daß wir gerade ausgerechnet das Haus des Sowjetkommissars zerstört hätten. – Wir gehen vor und kommen über ein Feld mit wundervollen, dicken, reifen Erdbeeren. Ich habe Mühe, meine Gruppe zum weiteren Vorgehen zu bewegen. Die Kerle haben beim Anblick der köstlichen Früchte den Krieg vergessen. Der Feind ist abgehauen. Wir erreichen ungeschoren das Dorf, besetzen und sichern es. Ich schicke einen Mann mit den Kochgeschirren zurück ins Erdbeerfeld. Selbst muß ich mit einigen Kameraden das Gelände nach feindlichen Waffen absuchen. Bei strömendem Regen kommen wir zurück und wollen ins Zelt kriechen, aber da gibt's Alarm. Wir brechen unser Lager ab und graben uns in der Nacht in der Nähe des Dorfes Schützenlöcher zur Verteidigung.

14. Juli 1941
Stundenlang liegen wir im Ari-Feuer. Jetzt lernen wir das so richtig kennen. Eine Granate schlägt einen Meter neben mir ein. Ich bin wie betäubt von dem Schlag. Mein Loch ist ganze 30 Zentimeter tief. Von hinten wird ein Brief in mein Loch geworfen, der erste von zu Hause. Man vermute mich nun in den Kämpfen und hoffe, daß es genauso gut ginge wie im Westen. Eigenartig, wenn man das in einem solchen Moment liest. Das Infanteriefeuer neben uns wird stärker. Einzelne Gewehrschüsse gelten auch uns, aber noch immer sehen wir keinen Feind. Plötzlich hören wir auch heftiges Gewehrfeuer und Handgranatendetonationen in nächster Nähe hinter uns. Von allen Seiten pfeift es uns jetzt über die Köpfe. Ich habe Mühe, den Leuten auszureden, wir seien eingekreist, trotzdem ich selbst beinahe daran glaube. Tatsache ist, daß unser Bataillons-Stab von hinten durch 89 Russen angegriffen wird, die sich ohne Stiefel, nur mit Stahlhelm und Gewehr angeschlichen haben. Unser dritter Zug und andere Teile sind schnell zur Stelle, und mit Granatwerfern, Handgranaten, Pistolen und Gewehren werden die Sowjets niedergemacht. Bis zuletzt versuchen sie mit »Hurräh« aus dem Kornfeld auszubrechen. Gegen Abend verlassen wir unsere Löcher, um einen bestimmten, vor uns liegenden Abschnitt vom Feind zu säubern. Wir werden zuerst von einem Gewitterregen durchnäß (unangenehm, wenn man so die Nacht liegen muß), aber dann nimmt uns die russische Ari unter Feuer, und in dem freien Gelände haben wir gar keine Deckung. Wir finden keinen Feind und kehren in unsere Löcher zurück.

15. Juli 1941
Nach Durchkämmen eines Waldes gehen wir wieder vor gegen ein Dorf. Schon beim Verlassen des Waldrandes faßt uns die Ari, aber wir müssen durch. Unser Truppenarzt fällt. Wir stoßen durch das Dorf und graben uns an seinem Rand ein. Es ist höchste Zeit, denn jetzt schießt die

Artillerie Sperrfeuer, wie wir es noch nie erlebt haben. Es sollen Festungsgeschütze sein, die uns da beaasen. 8 Stunden liegen wir in dem Hexenkessel und bekommen die Nase nicht aus dem Dreck. Abends beleuchtet das . . .

Hier brechen Deine Aufzeichnungen leider ab. Anscheinend wurden die folgenden Blätter aus dem kleinen Oktavheft herausgerissen. Während dieser Kämpfe warst Du mit dem Winninger Günther Löwenstein zusammen. Seine und unsere Mutter haben die Briefe ihrer Söhne ausgetauscht. Ich fand folgende Abschrift eines von Günther Löwenstein am 15. Juli 1941 geschriebenen Briefes:

In meinem Schützenloch sitzend, kann ich Dir ein paar Zeilen schreiben. Es ist schon fast dunkel. Seit vier Tagen sind wir in Rußland eingesetzt und erleben schwere Kämpfe, kein Schlaf, wenig Essen, die Feldküchen kommen nicht nach, und dauernd in schwerstem Granatfeuer. Heute nachmittag haben wir stundenlang im Trommelfeuer der russischen Festungsbatterien gelegen. Schwere und schwerste Granaten trommelten unaufhaltsam auf uns ein. Es war die reinste Hölle. Unser Regiment hat viele Verluste. Ich habe in meinem Zug vier Schwerverletzte und einen Leichtverletzten. Ein Volltreffer traf meine Feuerstellung und einer meine Pferde, sieben Pferde tot. Die russische Artillerie ist hier tadellos eingeschossen. Vom ersten Bataillon sollen heute auch einige Offiziere gefallen sein, der Russe kämpft zäh und verbissen.
Heute nachmittag mußte ich zur Kompanie durch ein Kornfeld. Die Sonne brannte unmenschlich. Den ganzen Tag bis 19 Uhr hatte ich noch nichts gegessen und noch wenig getrunken. Plötzlich stand ein Russe, der sich versteckt hatte, vor mir. Erst war ich sehr erschrocken. Ich weiß selbst nicht, wie ich es machte, jedenfalls krachte meine Pistole zuerst.
Jetzt ist es dunkel, sei unbesorgt, ich habe einen guten Stern.

Der Schreiber dieses Briefes, Leutnant Günther Löwenstein aus Winningen, ist 10 Tage später gefallen.
In Deinen Aufzeichnungen hast Du den Vormarsch und die Kämpfe objektiv geschildert. In Deinen Briefen an die Eltern versuchst Du, die unheimlichen Anstrengungen, denen Ihr Infanteristen ausgesetzt ward, zu verharmlosen, damit Mutter sich nicht zu sehr aufregte. Du schreibst am 26. Juli 1941 an die Eltern:

Es geht mir sehr gut. Der ganze Betrieb ist halb so wild, und der Mensch gewöhnt sich an alles. Wir sind jetzt schon länger als 14 Tage (ich habe jede Zeitrechnung verloren) ganz vorne und da kann uns nichts mehr erschüttern. Wir haben alle Vollbärte und sind von oben bis unten verdreckt. Was Günther Löwenstein, der gestern leider gefallen ist, schreibt, müßt ihr nicht so tragisch nehmen. Ich habe noch nie Minen gesucht, und mich zu einem Suchtrupp freiwillig zu melden, hatte ich auch bisher keine Gelegenheit. Ehrlich gesagt hat auch keiner von uns dazu Lust, bei diesem Feind und der Art seiner Kriegsführung. Dieses Rußland mit seinen weiten Wäldern und Sümpfen und uns so fremden Menschen ist unheimlich.
Als wir vor einigen Tagen eine Bunkerlinie stürmten, war diese Art Kampf fast eine Erholung nach dem zermürbenden Waldkampf, der jetzt wieder voll im Gange ist. Der Russe ist aber erschüttert, und wir kommen langsam vorwärts, trotzdem wir uns mitten in der Stalinlinie befinden sollen. Am Bug wurden noch keine Bunker von uns gestürmt, dort fand nur eine Säuberungsaktion gegen versprengte Russen statt.
Wir kamen erst hinter Rowno zum Einsatz, marschierten in den letzten vier Tagen 200 Kilometer. Am letzten Tag bis zum anderen Morgen 65 Kilometer und griffen dann gleich an bei glühender Hitze mit leerer Feldflasche. Aus begreiflichen Gründen ist Wassertrinken verboten. Auch das ging vorbei und hat keinem etwas geschadet, und so wird uns

auch das weitere gelingen. Sicher werden wir bald abgelöst, doch nehme ich an, daß Papa Strecker sich nicht nehmen lassen wird, an dieser Stelle, die für Panzer wegen der Sümpfe unpassierbar ist, mit seiner Infanteriedivision die Stalinlinie ganz zu durchbrechen. Die Bunkerstürmerei hat uns allen Freude gemacht. Wir stürmten mit »Hurra« gegen einen großen Bunker. Als unser Stoßtrupp, mein Zug, ziemlich nahe war, stellte der Bunker das Feuer ein und hißte die weiße Fahne. Die Russen wurden gefangen, und der Kommandant, ein Kapitän, erschoß sich selbst, als wir in den Kampfraum eindrangen. Ich kümmerte mich nicht weiter um den Bunker, sondern untersuchte mit einigen Kameraden die umherliegenden Unterstände und Feldstellungen. Bald war ich allein und geriet im Eifer des Gefechts weit über unser Angriffsziel hinaus, weil ich glaubte, der Stoßtrupp folge rechts von mir. Da entdeckte ich bei einem gut ausgebauten Unterstand einen unterirdischen Gang. Ich folgte diesem über der Erde und gelangte an einen großen, harmlos aussehenden Erdhügel. Ich ging um den Hügel herum und stand plötzlich vor einem gewaltigen Betonbunker, ein Meter vor der Mündung einer Kanone. Daneben war noch eine Scharte mit einer zweiten Kanone. Es mußte sich um einen schweren Artilleriebunker handeln, um ein zweistöckiges Kampfwerk. Mit der Pistole konnte ich gegen die starken Panzerplatten nichts ausrichten und mit meiner letzten Handgranate auch nicht. In meiner Verzweiflung brüllte ich laut auf deutsch: »Rauskommen«. Und dann nochmals: »Ergebt euch!«. Daraufhin hörte ich russische Stimmen im Bunker, einige Handgriffe, und dann war alles still. Da ich ganz alleine und ohne Feuerschutz durch einen anderen Schützen gegen herauskommende Russen machtlos war, und zum Hantieren mit der Handgranate meine Pistole hätte absetzen müssen, bekam ich plötzlich Angst vor der eigenen Courage und ging rückwärts, immer die Pistole im Anschlag auf die Scharten, um einige Leute, womöglich Pioniere mit Sprengladung zu holen. So ging ich

etwa 300 Meter durch Wald bis ich unsere vorderste Linie traf mit dem Leutnant. Ich machte Meldung, bekam natürlich eine ordentliche Zigarre für die Extratour, und dann wurde ein Stoßtrupp gebildet: zwei Offiziere, ein Zug Infanterie, Pioniere, ein Pakgeschütz, ein schweres Maschinengewehr und zwei Leutnants als Artilleriebeobachter. Diesen Verein stellte der Chef zusammen, weil sich herausstellte, daß mein Bunker von einem noch nicht genommenen feindlichen Infanteriebunker auf der gegenüberliegenden Höhe genau flankiert werden konnte. Die Pak ging in Stellung und beschoß, ebenso wie das SMG den Bunker gegenüber. Die Artillerie beteiligte sich an dem Feuerzauber, die Schützen und die Pioniere blieben 50 Meter entfernt im Gebüsch zurück, und ich führte die beiden ungläubigen Leutnants und einen Feldwebel von hinten an den vermeintlichen Hügel. Die drei anderen stiegen hinauf, und ich ging wieder vor die Schießscharten und schoß einfach mit der Pistole auf die Panzerplatten der Kanone (Wirkung natürlich null). Trotzdem versuchten jetzt die Russen, eine starke Panzerplatte zum Schutz noch vor die Kanone zu schieben. Als das Ding schon beinahe zu war, warf ich schnell eine Handgranate hinein, während die Leutnants oben in die Entlüftungslöcher Handgranaten warfen. Das war den Russen zuviel, der Bunker fing innen an zu brennen, und so kamen sie heraus. Sie brachten noch ihre Gewehre mit, wollten auf uns schießen, aber wir schossen schneller. Einer war gleich tot, zwei verwundet, die anderen ergaben sich. Ein Russe sprach fließend deutsch. Wir hatten den Bunker also nur mit Handgranaten genommen, ohne einen Schuß Artillerie oder Pak.
An dem Tage war ich noch viel mit Löwenstein zusammen. Am nächsten Tag nahmen wir noch drei Bunker, die aber keinen Widerstand mehr leisteten und erbeuteten am Abend beim weiteren Vorgehen eine ganze motorisierte feindliche Batterie Feldgeschütze, die uns arg beschossen hatten.

Auch an diesem Tag war ich mit Löwenstein zusammen. Abends nahmen wir ein Dorf. Am nächsten Morgen aß Löwenstein in einem Haus dieses Dorfes, und als er mit seinem Burschen wieder auf die Straße gehen wollte, schlug eine Granate ein, und ein Splitter traf ihn in den Rücken und drückte das Herz nach vorne heraus, wie mir eben einer seiner Kompanie erzählte. Ob das stimmt, weiß ich nicht. Aber es ist sicher, daß er gleich tot war. Er hatte einen beneidenswert schönen Tod, unmittelbar nach den Tagen, als er mit seiner Waffe so richtig in vorderster Front auf die Bunker wirken konnte und auch in entsprechender Stimmung war. Von meiner Gruppe habe ich einen Gefallenen. Er war krank, kam ins Lazarett, und als er gesund zurückkommen wollte, fiel er einem Fliegerangriff auf Luck zum Opfer. Wir sollen bald abgelöst werden. Strecker soll das Ritterkreuz bekommen haben.

Am 30. Juli 1941 schreibst Du an die Eltern und an mich:

Vielen Dank für das Dextro Energen! Im Kampf braucht man es ja nicht, da die Feindnähe und die Spannung alle Müdigkeit vergessen läßt. Es ist aber möglich, daß es bei der Verfolgung des weichenden Feindes bald wieder zu großen Gewaltmärschen kommen wird, und da ist ein solches Mittel nicht schlecht.
Jetzt, wo es vorbei ist, kann ich ja schreiben, daß ich sehr mit den Füßen zu tun hatte, da meine Stiefel restlos zerrissen waren. Mit den Dingern ging ich dann immer durch die Sümpfe, und ich bekam drei Wochen lang keinen trockenen Fuß. Allmählich weichte und verschrumpelte natürlich die Haut. Nun habe ich mir die Stiefel eines toten Russen angezogen und meine weggeschmissen. Jetzt geht's wieder prima. Bei uns ist das große Mode. Wenn wir einen Russen erwischen, stürzt gleich alles hin, um die Stiefel zu bekommen. Viele Russen kommen aber schon gleich barfuß.

*Freut Euch, wenn Ihr diesen Brief lest, werden die Operationen hier sehr wahrscheinlich beendet sein. Jetzt wird noch mit allen Mitteln gekämpft.
Gerade, während ich schreibe (ich sitze in einem selbstgebuddelten Erdloch), greifen uns zwei Sowjetflieger im Tiefflug an. Es pfeift ganz nett.
Wir sind schon fast drei Wochen lang vorderste Linie. Heute hat sich General von Rundstedt bei uns in einem Befehl bedankt. Er verspricht uns die verdiente Ruhe und Atempause, wenn der Feind hier in einigen Tagen vernichtet ist.
Besonders unser Bataillon wurde gelobt. Überall, wo der Dreck am dicksten war, kamen wir durch, und wo die anderen Regimenter und Bataillone nicht weiterkamen, warf man uns hin, und dann klappte es. Trotzdem haben wir die geringsten Verluste von allen, meine Kompanie hat die wenigsten der ganzen Division.
Wir haben unserem Major in Frankreich sehr unrecht getan, er führt uns vorsichtig und ist nicht stur beim Vorgehen. Wenn es brenzlich zu werden droht, fordert er starke und stärkste Unterstützung schwerster Waffen an. So haben wir beim Bunkerstürmen z. B. mit der Flak zusammengearbeitet. Jetzt haben wir 21-Zentimeter-Geschütze. So konnten wir gestern mit Erfolg einen feindlichen Panzerangriff abwehren. Wir ließen die Panzer herankommen, und dann schoß unsere brave Pak die Dinger in Brand. Die restlichen suchten das Weite. Man fühlt sich als Schütze Hülsensack selbst doch etwas hilflos den Stahlkolossen gegenüber, aber jetzt haben wir alle großes Vertrauen. Überhaupt ist ein Grund zu unseren ganzen Erfolgen das grenzenlose Vertrauen, daß der deutsche Soldat seiner Führung, seinen Waffen und letzten Endes auch sich selbst gegenüber haben kann. So allmählich lernt man sich selbst kennen und lernt den Satz verstehen: »Die Leistung beginnt erst, wenn es scheinbar anfängt, unmöglich zu werden!«*

Über eines könnt Ihr schon jetzt restlos beruhigt sein, das schlimmste Los, das einen Soldaten im Ostfeldzug treffen kann, gibt es für uns nicht mehr: Die Gefangenschaft und Verschleppung. Der Russe vor uns ist nämlich eingekreist und wird in wenigen Tagen vernichtet sein.
Bis vor einigen Tagen sollen wir gegen Stalins Leibgarde gekämpft haben. Stalin hat dem uns gegenüber kämpfenden General seine Anerkennung für die Verteidigung des Raumes Nowograd-Wolyns ausgesprochen. Jetzt haben wir diese russische Elite aufgerieben und kämpfen (es ist ein Jammer) gegen 16- bis 18jährige Bengels, zur Hälfte Ukrainer, die doch einmal Sympathien für uns bekommen sollen. Die armen Kerle werden von den politischen Kommissaren mit der Pistole vorgetrieben und erschossen, wenn der Angriff nicht gelingt. Da lassen sie sich schon lieber von uns stur abschießen.
Vor ein paar Tagen machte ich Spähtrupp mit zwei Mann. Da kamen uns im hohen Kornfeld Russen entgegen. Ich ließ mir ein Gewehr geben und schoß stehend freihändig. Die Russen gingen stur weiter ohne aufzusehen auf uns zu. Ich schoß wieder und einer fiel um und brüllte laut auf. Kein anderer schien das überhaupt zu merken. Auf einmal kamen immer mehr. Da ging ich schnell mit meinen Leuten zurück und meldete einen feindlichen Angriff auf unsere linke Flanke (wir waren ohne Verbindung mit dem Nachbarbataillon zu schnell vorgekommen). Von drei Seiten griff dann der Russe an, und es war ein merkwürdiges Gefühl, nach vorne mit dem MG zu sichern und genau aus dem Rücken mit seinem tierischen »Hurräh« den Russen angreifen zu hören. Was wir nicht abmähten mit dem MG, erledigten die Granatwerfer und die Artillerie. Unsere Kompanie wurde nicht wie befürchtet abgeschnitten.
Übrigens war es für mich als Sicherer einer Artillerie B-Stelle ganz interessant, einmal einen russischen Angriff auf eine weiter zurückliegende deutsche Stellung (unseren ersten Zug) von der Seite zu beobachten und die Tätigkeit

*der Artillerie zu sehen. Das geht heute alles durch Funkgeräte. Jetzt bin ich ganz unbeabsichtigt ins Quatschen gekommen.
Gerade greift der Russe wieder an. Unsere MG's mähen und eben kommt unser Artilleriesperrfeuer. So ist es jeden Abend bei der Dämmerung. Dann kommen sie uns »Gute Nacht« sagen. Rechts und links knallt es aus Gewehren und MG's, aber in meinem Abschnitt ist noch kein Russe. Ich habe zum Glück etwas Sumpf vor mir, das ist ihnen zu naß. Jetzt halten die MG's unseres rechten Nachbarn große Ernte. Bei uns ist der Angriff schon vorbei. Rechts schießt jetzt auch Pak. Das war mal wieder ein toller Feuerzauber. Jetzt ist es still, und so und soviel Russen sind tot. So werden sie langsam aber sicher vernichtet. Diesmal kommen sie noch nicht mal bis »Hurräh«-Entfernung, sie verbluten sich.
Entschuldigt die Schrift, es ist stockdunkel. Ich war noch auf Spähtrupp und haue mir jetzt eine Schußschneise für mein MG. Heute bei Tag wollte ich schon daran arbeiten, das wurde vom Feind erkannt und wir wurden von der feindlichen Artillerie beschossen. Wenn etwas passiert wäre, müßte ich mir Vorwürfe machen. Gestern ist der Theologe aus Trier gefallen, er war zwei Tage Unteroffizier.*

Der letzte Brief aus den Kämpfen in Rußland im August 1941:

*8. August 1941
Unsere Division hat ihr Ziel endgültig erreicht, eine gewisse Straße ungefähr 5 Kilometer nördlich vor Korosten. Der letzte Tag war im Kampf toll. Der Russe stellte sich zum Nahkampf. Unsere Artillerie kam in strömendem Regen bei dem Sumpf nicht nach, und so mußten wir ohne Unterstützung im stärksten russischen Artilleriefeuer kämpfen. Es war eine fürchterliche Metzelei, als der Russe seine Stellun-*

gen nicht verlassen wollte. Wir haben viele Gefangene, aber noch mehr niedergemacht mit Gewehrkolben usw. Es ging alles gut bis zu unserem Ziel. Aber als wir haltmachten, bekamen wir ganz fürchterliches Feuer. Ich grub mir gerade ein Loch, plötzlich ein Krach und ein heftiger Schlag vor den Kopf. Dann sah ich nur noch Blut und bekam einen gewaltigen Schrecken. Ich rief um Hilfe und mein Zugführer verarztete mich. Es war nicht so schlimm wie ich befürchtet hatte, ich beteiligte mich selbst beim Verbinden. Ein Splitter hatte mir den Stahlhelm durchschlagen, mein linkes Ohr angerissen und war noch in die linke Wange eingedrungen. Der Schlag gegen den Kopf war im ersten Moment so heftig gewesen, daß ich schwindlig geworden war, und so wollte ich mich zur Krankensammelstelle führen lassen. Ich rief den hinter mir liegenden Gefreiten Carlin, er gab keine Antwort, und jetzt erst merkten wir, daß ihn dieselbe Granate getötet hatte. Vorher im Nahkampf hatte er noch so tapfer reingehauen, ich hatte acht Tage lang mein Deckungsloch mit ihm geteilt.
Ich ging dann zurück und schickte meinen Begleiter schon nach einigen 100 Metern wieder nach vorn, wanderte dann alleine noch etwa 6 Kilometer, bis ich die erste Krankensammelstelle fand. Von dort ging's im Auto weiter, und heute werde ich nach Nowograd-Wolyns transportiert, von wo es dann im Lazarettzug in Richtung Heimat gehen wird. Mein Befinden ist recht gut, mein Öhrchen ist heute nacht schon zusammengeflickt und genäht worden. Jetzt brauche ich nur noch zu warten bis es geheilt ist.
Jetzt sind meine Gedanken bei meinen Kameraden, und ich mache mir Sorgen, wie sie die letzte Nacht in strömendem Regen verbracht haben und ob der Russe noch einmal angegriffen hat. Es sah gestern nachmittag bös aus. Naja! Unsere Division wird jetzt mit dem Russenkrieg fertig sein.

Woher hast Du nur die Kraft genommen, die unmenschlichen Anstrengungen dieser grausamen Kämpfe in Ruß-

land zu ertragen und darüber ganz nüchtern, emotionslos und bar jeglicher Klage- und Jammertöne zu berichten? Heute, nach fast 50 Jahren erschüttert mich Deine Haltung, Deine Härte gegen Dich selbst zutiefst, und ich wünsche nichts sehnlicher, als daß niemals unsere Nachkommen ähnlichen körperlichen und seelischen Qualen ausgesetzt sein werden.
Wie konntest Du nach Deiner schweren Kopfverletzung noch sechs Kilometer weit zu Fuß gehen? Du mußtest ja einige Monate in Lazaretten verbringen, bis diese später stark eiternde Wunde verheilt war.
Heute noch finde ich es fast beschämend, daß ich im Jahre 1941 ein fast normales Studentenleben in Heidelberg führte. Aber weißt Du, wir hatten ja keine Semesterferien, sondern wurden während der Ferien zur Fabrikarbeit eingesetzt. Erholungsbedürftige Arbeiterinnen bekamen bezahlten Urlaub, und während dieser Zeit mußten Studentinnen sie vertreten.
Vom 1. August bis zum 4. Oktober arbeitete ich also ohne Lohn von montags bis freitags 8 Stunden und samstags 4 Stunden in der Druckerei Bastian in Winningen.
Zu dieser Zeit gab es in Winningen ein Gefangenenlager mit französischen und polnischen Kriegsgefangenen. In der Druckerei arbeitete ich in einem Raum mit einem französischen Kriegsgefangenen. Raymond – wir nannten ihn alle beim Vornamen – war von Beruf Drucker. Er war intelligent und sympathisch und er war glücklich, daß er sich mit mir in seiner Muttersprache unterhalten konnte. Wir führten während der Vesperpausen oft Diskussionen, meist sogar politischen Inhalts, miteinander. Seine Ansichten waren sachlich und vernünftig, und ich muß Dir gestehen, realistischer als meine Beurteilung der politischen Lage zu jener Zeit.
Einmal bat er mich, eine Predigt des französischen Lagerpfarrers für einen deutschen Pastor, mit dem er sich angefreundet hatte, zu übersetzen. Natürlich habe ich

Raymond diesen Wunsch erfüllt. Er schrieb manchmal französische Gedichte für mich auf. Ich habe noch einen von ihm geschriebenen Zettel mit dem französischen Text des damals gängigen Schlagers: »J'attendrai . . .«. In der deutschen Übersetzung begann der Schlager: »Komm zurück . . .«

An Franz wirst Du Dich auch noch erinnern, an den polnischen Kriegsgefangenen, der unseren Eltern für die Weinbergsarbeit zugeteilt war. Franz aß mittags im Lager und wurde abends nach der Arbeit bei uns verpflegt. Als Du im Sommer 1942 von Frankreich aus zu einem kurzen Urlaub zu Hause warst, fragte Franz, ob Du für Raymond einen Brief an dessen Frau mit nach Frankreich nehmen und dort in einen Kasten werfen könntest. So würde das Schreiben der Zensur entgehen. Franz legte den Brief unter das Tischtuch in unserem Wintergartenzimmer, und Du nahmst ihn mit nach Frankreich.

Bei dieser Gelegenheit möchte ich Dir noch kurz erzählen, daß Franz sich im Jahr 1945 in unserem Keller versteckt hatte, um dem Transport in das noch feindfreie Deutschland zu entgehen und wieder auftauchte, als die Amerikaner Winningen besetzt hatten. Er machte uns einen Abschiedsbesuch, küßte Mutter und mir die Hand, bedankte sich für die gute Behandlung und schenkte uns amerikanische Zigaretten.

Einer der polnischen Kriegsgefangenen ist in Winningen geblieben und hat die Tochter des Winzers geheiratet, dem er zur Arbeit zugeteilt war.

Nach Deiner Verwundung wurdest Du in ein Lazarett nach Hemer in Westfalen gebracht und von dort aus später nach Moselweiß überwiesen, ganz in der Nähe von Winningen. Während der Zeit, als ich in der Druckerei arbeitete, fuhr ich jeden Sonntag mit dem Fahrrad nach Moselweiß, um Dich zu besuchen. Du lagst mit vielen anderen Verwundeten gemeinsam in einem großen Saal. Ich saß an Deinem Bettrand, und wir sprachen leise miteinander. Du klagtest

über Schlaflosigkeit. Wenn Dich Deine Schmerzen nicht schlafen ließen, verfolgten Dich die Bilder der Kämpfe in Rußland, und Du machtest Dir Sorgen um Deine Kameraden. Warst Du endlich eingeschlafen, wurdest Du von Alpträumen geplagt, sahst die verzerrten Gesichter verwundeter oder sterbender Kameraden oder die Gesichter des kämpfenden Feindes beim Nahkampf.
Um Dich abzulenken und Dir die Zeit zu vertreiben, spielten wir zusammen Schach. An eine Begebenheit erinnere ich mich, bei der ich heute noch ein schlechtes Gewissen habe. Du bekamst Besuch von Heinz, einem gemeinsamen Tanzstundenfreund. Nach einer kurzen Unterhaltung lud Heinz mich ein, mit ihm in seinem Rennboot auf dem Rhein zu rudern. Es war ein herrlicher Sommertag, ich konnte der Versuchung nicht widerstehen, impulsiv sagte ich zu und verbrachte den restlichen Nachmittag rudernd auf dem Rhein. Warum nur habe ich Dich damals allein gelassen? Es waren ja nur noch kurze Zeitspannen, die wir zusammen sein konnten.
Vier Monate mußtest Du in Lazaretten verbringen, bis Deine Verwundung verheilt war. Anfang Dezember 1941 wurdest Du einer Genesenenkompanie zugeteilt, die in Heidelberg stationiert war. Nicht wahr, das war für uns beide ein glücklicher Zufall. Du konntest Deine freien Stunden bei mir in meiner Studentenbude verbringen, und ich konnte Dich aufmuntern, wenn Du allzu depressiv gestimmt warst. Da Du damals keinen Weihnachtsurlaub bekamst, baten wir die Eltern, mit uns zusammen in Heidelberg Weihnachten zu feiern. Ich hatte ein Bäumchen besorgt und geschmückt.
Wenn ich jetzt die Augen schließe und zurückdenke an den 24. Dezember 1941, sehe ich Dich, Vater und Mutter im Schein der am Weihnachtsbaum brennenden Kerzen in meiner gemütlichen kleinen Mansarde mit den alten Biedermeiermöbeln und der Blümchentapete an den schiefen Wänden. Von draußen hörten wir die Kirchenglocken

läuten, und Schneeflocken tanzten vor dem Fenster vom Himmel herab. In meinem schwarzen Kanonenofen knisterte das Feuer, und es duftete nach den Bratäpfeln, die ich auf den Ofen gelegt hatte. Wir ließen uns die Plätzchen schmecken, die Mutter gebacken und von zu Hause mitgebracht hatte, und in dieser heimeligen Atmosphäre vergaßen wir für einige Stunden den Krieg.
Kurz bevor Du wieder zu Deinem Truppenteil an die Ostfront zurückkehren mußtest, hast Du für Deine Kameraden in Heidelberg ein Abschiedsfest organisiert. Auf Deinen Wunsch hatte ich einige meiner Freundinnen dazu eingeladen, und wir saßen in einem kleinen Studentenlokal bei schummriger Beleuchtung. Ich glaube, Du hast Dich an dem Abend nicht glücklich gefühlt. Ich höre noch Eure schwermütigen Soldatenlieder und fühle die traurige, gedrückte Abschiedsstimmung. Keiner von Euch wußte, ob und wann er die Heimat wiedersehen würde.
Nun wieder einige Briefe aus Rußland an mich:

7. Januar 1942
Zum Geburtstag die herzlichsten Glückwünsche! Gerne hätte ich ja Deine Volljährigkeit mit Dir zusammen in Heidelberg gefeiert, aber ich bin doch froh, daß ich endlich wieder zu meinen Kameraden in den Osten kommen soll. Ich schreibe heute von Tarnopol zwischen Lemberg und Kiew und hoffe, daß Dich der Brief noch rechtzeitig erreicht. Eben wurden bei uns die ersten Wollsachen verteilt. Ich bekam einen dicken Pullover, ein Paar weiße, wollene Strümpfe von einem Mädchen, das seine Adresse hineingesteckt hat und einen herrlichen Schal, der für die Front viel zu schade ist. An unserem Zug hängen noch mehr Waggons mit Wollsachen für die Front.

14. Januar 1942
Heute hast Du Geburtstag, ich kann Dir nur in Gedanken gratulieren...

Wir befinden uns auf Irrfahrten durch die Ukraine. Den deutschen Personenzug haben wir schon mit russischen Viehwagen vertauscht. Jetzt sollen wir zu Fuß weitermarschieren, wir liegen in Golta am Bug. Gestern herrschte ein solcher Schneesturm, daß alle Straßen unpassierbar wurden und auch die Züge steckenblieben. Wir kommen vorläufig also nicht weiter. Das Gebiet hier steht unter rumänischer Verwaltung. Mit den Offizieren der Rumänen kann man sich französisch unterhalten. Hier gehen ganz tolle Gerüchte rum über die Türkei. Es wird behauptet, sie sei in den Krieg eingetreten, aber kein Mensch weiß, auf welcher Seite. Die Bevölkerung hier ist stark dezimiert. Die meisten Familienangehörigen der wenigen Überlebenden wurden nach Sibirien verschleppt oder sind umgekommen. Trotzdem haben die wenigen Ukrainer hier 800 Pelze zu unserer Pelzsammlung gestiftet. Ein erstaunliches Ergebnis...

27. Januar 1942
Heute vor fünf Jahren habe ich den Führerschein gemacht, und wo bleibst Du? Was waren das noch für Zeiten! Jetzt sitze ich in einer stinkigen Bude mit lauter Rumänen. Sie sind ganz nett, aber klauen wie die Raben. Daher gibt es bei ihnen noch die Prügelstrafe und jeder Offizier trägt eine Hundepeitsche.
Jetzt machen wir Gewaltmärsche bei 30 Grad Kälte, aber im Augenblick können wir wegen Schneesturm nicht weiter. Seit vier Wochen haben wir keine Zeitungen und keine Nachrichten mehr bekommen, aber Parolen gibt es genug. Charkow soll eingeschlossen und hohe Stäbe abgeschnitten sein (der arme Strecker!), aber das glaube ich nicht. Leningrad soll gefallen sein, Rostow auch schon wieder, Rommel soll wieder vor Tobruk stehen, und Ungarn, Rumänien, Bulgarien und wir in die Türkei einmarschiert sein. Stalin soll in Amerika sein. Du siehst, alles Parolen!

Wir selbst sollten von Kirowograd in Flugzeugen weitertransportiert werden, aber wir marschierten am Flugplatz vorbei und immer weiter zu Fuß. Heute nacht hat es bei uns gebrannt. Drei Stunden lang haben wir gelöscht und rumänische Munition in Sicherheit gebracht.
Kannst Du für mich nicht eine gute russische Grammatik besorgen? Ich will, wenn möglich, noch richtig russisch lernen.

Zu jener Zeit war Dir wohl schon klar, daß für die deutsche Wehrmacht keine Aussicht mehr bestand, den Krieg rasch und siegreich zu beenden.
Nun wolltest Du Dich endlich mit Annemarie verloben und schreibst am 30. Januar 1942 an die Eltern:

Ich möchte endlich Klarheit über die meine Zukunft betreffenden Fragen. Ich kenne Annemarie jetzt 5½ Jahre lang, und das Gefühl, daß sie zu mir gehört, ist mir mit der Zeit so selbstverständlich geworden, daß ich sie auf die Dauer nicht immer nur »Freundin« nennen will. In absehbarer Zeit möchte ich einmal mit Annemaries Eltern darüber sprechen. Ich weiß nicht, ob Ihr diesen Wunsch verstehen könnt. Ich bin ja noch sehr jung, aber ich weiß, daß ich in einigen Jahren noch ebenso zu Annemarie stehen werde wie jetzt. Ich bitte Euch daher, meinen Wunsch zu verstehen, daß ich mich bald mit Annemarie verloben möchte und nicht warten kann, bis der Krieg zu Ende ist, denn das kann noch lange dauern.
In der Religionsfrage habe ich meine Meinung nicht geändert. Ich möchte Annemarie so haben wie sie ist, und ihr Glaube gehört wesentlich zu ihr. Ich kann und will ihn ihr nicht nehmen. Das ist keine Schwäche von mir, sondern eine Notwendigkeit, die ich nicht nur einsehe, ich will es auch so!
Ich werde nicht selbst zum katholischen Glauben übertreten, aber ich bemühe mich, die Glaubensform meiner

zukünftigen Frau zu verstehen und davor Ehrfurcht zu haben und nicht wie früher die katholischen Formen als Hokuspokus zu betrachten. Das ist alles.
Ich kann Euch versichern, daß ich selbst noch genau derselbe im Gewissen freie Mensch bin, als den Ihr mich erzogen habt und der will ich auch bleiben!

Im Februar warst Du immer noch unterwegs an die Front. Am 14. Februar 1942 schreibst Du an mich:

Wir sitzen immer noch in Krementschug und warten auf die letzte Etappe unserer »Reise«. Wir haben einige Verwundete unserer Division getroffen und erfuhren keine guten Nachrichten. Von meinen alten Vorgesetzten ist keiner mehr da, und auch sonst hat sich viel verändert. Bis Mitte Januar hat die Division, die ununterbrochen eingesetzt war, den Winter ganz gut überstanden. Die Stimmung bei der Truppe soll sehr gut sein, alle anderen Gerüchte sind gelogen. Der Dienst im Marschbataillon ist sehr unbefriedigend, hoffentlich geht es bald weiter. Acht Tage war ich auf Wache, das brachte eine kleine Abwechslung.
Gestern war ich hier in Krementschug im ukrainischen Theater bei einer Vorstellung für die Ukrainer. Ich war erstaunt über die wirklich künstlerische Ausstattung der Bühne, wesentlich besser als in Nancy. Es wurde eine Oper gespielt mit 180 Mitwirkenden, darunter zwei Kosakenpferdchen. Besonders schön waren die russischen Volksmelodien, die Tänze und die ukrainischen Trachten. Der Inhalt der Oper war ziemlich grausam, und es gab viele Tote. Eine russische Studentin, die in einem russischen Lazarett in Krementschug gepflegt hat, erzählte uns, die deutschen Gefangenen seien in den russischen Lazaretten besser behandelt worden als die Russen selber, sie hätten besser und mehr zu essen bekommen usw. Ihr Vater wurde verschleppt, ihr Bruder ist Offizier in der Roten Armee. Morgen bin ich bei der ukrainischen Studentin eingeladen.

An einem Abend Anfang März kamst Du endlich bei Deiner Truppe an. Ein Winninger Freund von Dir, Heinz Joachim v. Canal, der mit Dir zusammen in der Kompanie diente, schrieb an Mutter, Du seist einen Tag nach Deiner Ankunft wieder verwundet worden. Als Du aus Deinem Unterstand auf die Straße getreten warst, hat Dich eine feindliche Kugel getroffen, den rechten Oberarm durchschlagen und die Brust gestreift. So hatten wir von Deiner zweiten Verwundung erfahren. Am 22. März 1942 schreibst Du mir aus einem Lazarett in Marienbad mit Absender: »Feldwebel Schwebel«:

Vor 1½ Stunden habe ich ein Ferngespräch nach Winningen angemeldet. Jetzt sitze ich in der Kantine und trinke Bier (welch lang entbehrte Kostbarkeit!). Meine Uniform ist schon wieder beurlaubt (zwecks Entlausung). Da es hier nichts anderes gibt, habe ich mich nur in eine Decke gewickelt, wie wir früher im Badezimmer in die Handtücher, weißt Du noch? Die diversen weiblichen Besucher glotzen natürlich etwas doof über mein Kostüm, egal! Der Lazarettzug fuhr heute nacht so schön in Richtung Heidelberg, aber schon in diesem böhmischen Dorf »Marienbad« wurde ich rausgeschmissen. Aus Langeweile habe ich mir vorgenommen, wie Goethe eine »Marienbader Elegie« zu schreiben. Vorläufig aber warte ich noch auf das Telefon und gerate mehr und mehr unter den Einfluß des mir so ungewohnten Getränks. Du wirst das aus diesem besoffenen Brief ja schon gemerkt haben, deshalb will ich lieber schließen ...

Dieser Brief aus Marienbad klingt beinahe lustig, aber es war Galgenhumor. Ich habe das sehr gespürt, als ich Dich später in Marienbad besuchte. Kurz vorher kam noch ein Brief aus Marienbad datiert vom 30. März 1942:

... Hier in Marienbad ist es ganz nett, immerhin besser als in Rußland. Da wir keinen Ausgang bekommen, gehen wir

einfach ohne Urlaubsschein aus. Das geht wunderbar und ist besonders reizvoll, weil es verboten ist. War es im Weinberg schön? Wie haben sich Annemarie und Margret denn angestellt? War Fips brav? Was schreibt Eberhard? Als Bataillonsarzt, d. h. Truppenarzt, ist er ganz vorne bei der Infanterie und hat die allererste Hilfe zu leisten. Er bekommt das schlimmste Elend zu sehen, z. B. die Verwundeten mit Bauchschuß, die meistens beim Bataillonsarzt sterben. Bei der jetzigen Art der Kriegsführung muß ein solcher Arzt auch oft genug selbst zur Waffe greifen, um sich und seine Verwundeten zu verteidigen. Bataillonsärzte sind von allen Ärzten am weitesten vorne, weil sie mit der Infanterie vorgehen. Der erste Gefallene unseres Bataillons im Rußlandfeldzug war unser Bataillonsarzt.
Herzliche Grüße, auch an Franz und Fips, gute Nacht!

Ja, Karl-Heinz, in den Osterferien arbeiteten Annemarie, Margret und ich eifrig im Weinberg und amüsierten uns köstlich über ein Gedicht, das Margret während der Arbeit aufsagte. Einer von Margrets Bonner Kommilitonen hatte es verfaßt, und ich habe das Gedicht bis heute behalten. Es lautete:

Wir waschen uns mit Einheitsseife,
Wir putzen uns den Einheitszahn,
Wir tanzen nach der Einheitspfeife,
Wir nähern uns dem Einheitswahn.
Wir ernähren uns synthetisch
Und was wir trinken, ist genormt,
Wir leben nur noch theoretisch
Und sind nach DIN A1 geformt.
Kinder zeugen wir am Fließband,
Die Quanti schlägt die Qualität,
Des Sonntags gehn wir auf den Schießstand
Und üben wie man Feinde mäht.
Man kommandiert uns wie Heloten,

Befehl: »Du sollst!«, Befehl: »Du mußt!«
Wir sind ja alle Idioten,
Wir haben's bloß noch nicht gewußt!

Keiner der Arbeiter und Arbeiterinnen, die zuhörten, kam auf die Idee, Margret anzuzeigen. Auch unser Pole Franz hörte schmunzelnd zu.
Nett von Dir, daß Du an Deinen kleinen Dackel Fips denkst.
Mit Eberhard war ich damals befreundet. Ich erinnere Dich auch an die ihn betreffenden Zeilen Deines Briefes vom 30. März 1942, weil mich so erschüttert, was Du von den Verwundeten mit Bauchschuß schreibst, denn Du selbst bist ja durch einen Bauchschuß zum dritten Mal verwundet worden. Doch davon später.
Als ich Dich in Marienbad im Lazarett wiedersah, schautest Du sehr elend aus und erzähltest mir, in Rußland hättest Du die Ruhr bekommen, aber in dem Feldlazarett würde nur Deine Verwundung behandelt, und das Lazarettessen vertrügest Du schlecht. Ich freue mich heute noch, daß ich Dir damals helfen konnte. Da ich in Marienbad ein Privatzimmer gemietet hatte, war es mir möglich, in der Küche meiner Wirtin Haferschleim für Dich zu kochen, den ich Dir ins Lazarett brachte. So hast Du Dich langsam wieder von Deiner Krankheit erholt. Seelisch warst Du tief niedergeschlagen. Wieder quälten Dich nachts die Träume von den Kämpfen in Rußland, und Du hattest Angst um das Leben Deiner Kameraden, und wenn Du an Deine Beziehung zu Annemarie dachtest, ergriff Dich langsam eine Art Torschlußpanik. Du wolltest Deine Annemarie möglichst bald heiraten.

Als ich wieder zu Hause war, kam noch ein Brief von Dir vom 18. April 1942 aus Marienbad, aus dem hervorgeht, daß sich inzwischen ein Teil der Truppe, der Du angehörtest, im Westen befand. Du schreibst:

Leutnant Freiherr v. Preuschen schrieb mir aus Nancy, er hätte das EK bekommen. Sonst habe ich aus Nancy ganz schlimme Nachrichten. Der Unteroffizier, dem ich nach meiner Verwundung meinen Zug übergeben hatte, und mein MG-Schütze sind vermißt. Der Unteroffizier, dessen Frau in Heidelberg krank wurde und der deswegen nicht an unserem Kameradschaftsabend teilnehmen konnte, ist am 26. Februar gefallen. Die Kompanie soll am 26. Februar aufgelöst worden sein, weil sie nur noch aus dem Spieß und zwei Mann bestanden hätte. Unser Chef, Leutnant Rothfuchs, hat einen Nervenzusammenbruch bekommen. Hans Lamott ist im Lazarett in Nancy gestorben.

Wie furchtbar muß Dich die Nachricht von Hans Lamotts Tod erschüttert haben, war er doch jahrelang Dein bester Freund. Von Leutnant Rothfuchs, Eurem Kompaniechef während der Kämpfe in Rußland, fand ich unter Deinen Papieren noch einen Brief aus dem hervorgeht, wie sehr er an dem Schicksal jedes einzelnen von Euch teilgenommen hat. Sicher erinnerst Du Dich noch an Leutnant Freiherr von Preuschen, den Du so besonders schätztest. Von ihm erzähle ich Dir noch.
In dem Brief vom 18. April schreibst Du weiter:

Am Donnerstag werde ich aus dem Lazarett entlassen. Heute sah ich im Kino einen Kulturfilm über Ostpreußen, eine bewegende Erinnerung an unsere Reise 1934, fast die gleichen Motive, die ich damals aufgenommen hatte: Die Marienburg, Speicher und Schloß in Königsberg, Marienkirche, Artushof und Rathaus in Danzig, das Tannenbergdenkmal und sogar der wunderschön gelegene Heldenfriedhof in Angerburg . . .
Ich werde wahrscheinlich in der Woche vom 10. bis 17. Mai nach Heidelberg kommen und nehme Dein Angebot, daß Annemarie bei Dir schlafen kann, gerne an. Also morgen fahre ich hier ab.

Ob Du diese Maiwoche zusammen mit Annemarie sehr genossen hast? Annemarie wohnte bei mir in meiner Mansarde. Ich habe meine Vorlesungen nicht versäumt und versucht, Euch beide möglichst oft alleine zu lassen. Meine gut gemeinte Diskretion habt Ihr aber nur dazu benutzt, gemeinsam spazierenzugehen. Zu meinem – heute nachträglichen – Erstaunen, habt Ihr Euch nie alleine in meinem Zimmer aufgehalten. So prüde war man damals erzogen, besonders Annemarie in ihrer Klosterschule!
Den nächsten Brief schreibst Du mir am 1. Juni 1942:

... Trotz meiner redlichen Bemühungen, ist es mir nicht gelungen, gleich wieder nach Rußland in Marsch gesetzt zu werden. Der Oberst hat mir versprochen, meinen Wunsch zu erfüllen, aber Leutnant Freiherr von Preuschen will erst meine Beförderung geregelt wissen.
Ich hätte jetzt sofort in Urlaub fahren können. Aber hier beginnt gerade ein OA-Kurs, den ich mitmachen soll. Ich werde also wieder gebimst. Wahrscheinlich werde ich übermorgen in die Nachrichtenkompanie versetzt. Du weißt ja, daß ich Nachrichtenoffizier werden möchte. Im Offizierkorps des Ersatzbataillons habe ich mich gut eingelebt, weil viele verwundete Frontoffiziere dabei sind.
Leider habe ich heute sehr schlechte Nachrichten von der Kompanie bekommen. Bei dem russischen Großangriff mit großer Panzer- und Fliegerübermacht am 12. Mai wurden »Unsere« eingeschlossen. Drei Tage hielten sie sich in dem Kessel, dann kam nachts der Befehl: »Rette sich wer kann!«, und sie schlugen sich einzeln durch vier russische Stellungen durch. Wer verwundet war und sich nicht selbst helfen konnte, blieb liegen. Feldwebel Ruppert, der im Winter geheiratet hat und der dann Studienurlaub hatte, ist gefallen. Leutnant Schnorr, der mit Ruppert und mir OA, Unteroffizier und Feldwebel geworden war, wurde verwundet und ist wahrscheinlich den Russen in die Hände

gefallen. Ein anderer Feldwebel meiner Kompanie, mit dem ich mehr als zwei Jahre zusammen war, ebenfalls. Von den anderen ist noch nichts bekannt. Alles Gerät, außer den Sachen, die die Landser am Leibe trugen, ist bei den Russen geblieben, auch alle Papiere. Wie viele von der Kompanie noch aus dem Hexenkessel herausgekommen sind, ist unbekannt. Augenblicklich werden noch die versprengten Reste gesammelt. Von alten Bekannten werde ich vorne wohl keine mehr treffen. Gerade, als ich in Heidelberg war, hat sich die Tragödie abgespielt. Jetzt bin ich von den OA's des ganzen Bataillons als einziger am Leben geblieben. Und jetzt wollen sie mich hier noch festhalten . . .

Nachdem Du im Juni noch einmal einen kurzen Heimaturlaub hattest, ich war damals leider in Heidelberg, schreibst Du mir wieder am 23. Juli 1942 aus Frankreich:

. . . Ich habe jetzt ein eigenes Pferd. Es heißt »Sturm« und gehört nur mir, denn ich bin inzwischen Nachrichtenoffizier eines Infanterieregiments geworden und führe auch den Nachrichtenzug. Das bringt sehr viel Arbeit, ist aber ungeheuer interessant und vielseitig. Ich muß oft mit höheren Stäben verhandeln und lerne dabei Neues. Zwischendurch kann ich mich auch um meine Landser kümmern. Darunter sind interessante Leute, z. B. ein Dr. phil. und ein Ingenieur, der schon drei Reichspatente auf eigene Erfindungen hat. Mit ihm führe ich oft lehrreiche Gespräche. Wir liegen am Rande der Stadt, wo sich das Denkmal eines berühmten Postillons befindet. Ich habe für den ganzen Regimentsstab und für die Stabskompanie hier Quartier gemacht, und alle sind zufrieden, denn wir haben fließendes kaltes und warmes Wasser, einen Eisschrank und schöne Möbel . . .
Morgen in aller Frühe will mein Hauptmann mit mir zusammen ausreiten. Im Dienst bin ich ganz selbständig

Karl-Heinz als Nachrichtenoffizier

und habe eben den Dienstplan für eine ganze Woche im voraus aufgestellt. Ich bin also selbständiger als der Chef einer Schützenkompanie. Ist das nicht ein herrliches Leben!? Ich hätte nicht zu träumen gewagt, daß ich fast über Nacht Nachrichtenoffizier werden würde. Näheres kann ich nicht darüber schreiben.
Jetzt will ich Dir noch von meinem Urlaub erzählen. Ich besuchte Annemarie in Wiesbaden, und dann war sie bei uns in Winningen. Am letzten Urlaubstag konnten Annemarie und ich uns auf der Wiese in Maria-Roth glücklich die Verlobungsringe anstecken. Annemarie war sehr glücklich und schien wie verwandelt, während für mich die Verlobung mehr eine Formsache war, weil ich Annemarie ja schon lange als meine Braut betrachte.
Als der Oberst hier den Ring an meinem Finger entdeckte, war er sehr böse, weil ich ihn nicht um Erlaubnis gefragt hatte und befahl mir, den Ring abzuziehen, erklärte die Verlobung für ungültig. Aber ich weigerte mich und trage den Ring immer. Heute saß ich wieder neben dem Oberst, aber er sagte nichts mehr. Preuschen meint, er habe nur Spaß gemacht.

Am 29. Juli 1942 schreibst Du an die Eltern:

Hier ist es nach wie vor interessant, ich bin noch sehr damit beschäftigt, mich in mein neues Amt einzuarbeiten, meinen Zug auszubilden, die Geräte zu verbessern und zu ergänzen, an den Fahrzeugen herumzubasteln usw.
Vorige Woche hatten wir nachts Alarm und marschierten mit Sack und Pack los. Nach 20 Kilometern kamen wir wieder bei unseren Quartieren an, wo ein Vorbeimarsch am Kommandierenden General und am Divisionskommandeur stattfand. Ich ritt stolz auf meinem »Sturm« an den beiden Ritterkreuzgenerälen vorbei. Obwohl ich es jetzt viel schöner habe als je beim Kommiß, da mich mein Posten wirklich interessiert, wurmt es mich doch arg, nicht

mehr bei meiner alten Division zu sein. Vor einigen Tagen glaubte ich eine Möglichkeit zu sehen, über ein Ersatzbataillon in Mainz wieder in den Osten zu kommen. Ich meldete mich sofort, aber es wurde abgelehnt.

Am 19. August 1942 wollten die Engländer in Frankreich bei Dieppe landen.
Du schreibst am 21. August 1942 an mich:

... Du kannst Dir wohl denken, daß hier eine fieberhafte Tätigkeit herrschte, besonders als der Tommy die 26 Transporter noch auf hoher See hatte, von denen höhere Kommandostellen annahmen, sie wollten bei uns landen. Die ganze Nacht war ich unterwegs. Von der Landung der Engländer habe ich schon morgens früh gewußt. Für meinen Zug habe ich jetzt ein Haus am Meer direkt auf dem Felsen der Steilküste, gleich am Strand. Man könnte hier herrlich schwimmen, aber ich komme nicht dazu, weil ich zuviel Arbeit habe.
Ich finde es gräßlich, daß Du in Schramberg einmal richtigen Stumpfsinn kennenlernst.

Ich hatte Dir wohl damals von meinem Fabrikeinsatz in Schramberg erzählt. So schlimm war der Stumpfsinn nicht. Ich war in den Sommersemesterferien 1942 verpflichtet worden, in einer Uhrenfabrik in Schramberg, die zu der Zeit auch Rüstungsbetrieb war, zu arbeiten. Für die Unterbringung hatte die Fabrikleitung gesorgt. Ich bewohnte während der Zeit mit einer anderen Studentin, die ich nie vorher gesehen hatte, ein kleines einfach möbliertes Zimmer. Da wir zur Fabrik in Schramberg einen weiten Weg, teils zu Fuß, teils mit der Bahn zurückzulegen hatten, mußten wir bereits um 5 Uhr morgens aufstehen, um rechtzeitig zum Dienst zu erscheinen, der wieder täglich 8 Stunden dauerte. Ich hatte nichts weiter zu tun, als kleine Eisenstücke abzuschmirgeln, führte also

stundenlang die gleiche Handbewegung aus. Das erschien mir zuerst reichlich stumpfsinnig, aber bald hatte ich mich daran gewöhnt, verrichtete die Arbeit im Unterbewußtsein, während sich meine Gedanken mit anderen Dingen beschäftigten. Allerdings durften wir in unserem Arbeitseifer nicht nachlassen, sonst wurden wir von einem Aufseher, der uns beobachtete, zu schnellerer Arbeit angehalten. Vor mir saß eine Ukrainerin, die 6000 Stück am Tag schaffte, während wir Studentinnen es auf höchsten 3000 bis 4000 Stück brachten. Deswegen mochte der Aufseher die Ukrainerin lieber als uns ungeübte Hilfsarbeiterinnen.
Wahrscheinlich habe ich zuerst in einem Brief an Dich ein wenig gejammert, aber auch an Stumpfsinn kann man sich durchaus gewöhnen.
Meiner Ansicht nach ist es gut, wenn man im Leben möglichst viele verschiedene Tätigkeiten einmal ausgeübt hat, nur so kann man die Psyche der Menschen verstehen, die immer zu einer bestimmten Arbeit gezwungen sind.
Von einer ganz lustigen Aufgabe erzählst Du mir am 5. September 1942:

Ich habe jetzt noch eine weitere Aufgabe bekommen. Morgen soll ich sieben Hunde abholen und hier dressieren. Jeder Hund bekommt einen Landser als Hundeführer, und ich soll einen Kursus für die Viecher abhalten. Ich bin mal gespannt, wie das klappt und wie sich die Wauwaus benehmen.

Auf das Drängen der Eltern hin hast Du dann im Herbst 1942 einmal Studienurlaub eingereicht, der aber nicht genehmigt wurde.
Auf einer Karte an die Eltern schreibst Du am 2. November 1942:

Der Oberst hat meinen Studienurlaub abgelehnt. Er sagte, ich hätte eine so bevorzugte Stellung als Nachrichtenoffi-

zier, er könne mich unmöglich entbehren. *Ich bin richtig erleichtert, daß ich hier bleiben kann. Euretwegen tut es mir natürlich leid, daß ich Weihnachten nicht zu Hause bin. Aber wenn ich an meine Kameraden in Rußland denke, ich hätte mich einfach im Urlaub und dann auf der Uni nicht wohl gefühlt. Hier habe ich mich jetzt wieder ordentlich in die Arbeit gestürzt.*

Am 6. Dezember 1942 kündigst Du zu meiner und der Eltern großen Freude Deinen Weihnachtsurlaub an:

Wie Preuschen mir ganz plötzlich eröffnet hat, soll ich doch über Weihnachten Urlaub bekommen. Es war mir zuerst gar nicht recht, da ich meinem Feldwebel schon Weihnachtsurlaub versprochen hatte. Er ist jetzt natürlich bitter enttäuscht, weil er mich vertreten muß ... Alles Nähere von hier kann ich Euch ja bald mündlich erzählen.

Wie gut, daß wir im Dezember 1942 nicht ahnen, daß dieser 24. Dezember der letzte Weihnachtsabend war, den Vater, Mutter, Du und ich gemeinsam verbringen konnten. Heute, 48 Jahre danach, kann ich mich an keine Einzelheiten dieses Urlaubs erinnern. Sicher hast Du damals die Eltern davon überzeugt, daß Annemarie die richtige Frau für Dich sei und hast ihnen erklärt, daß Du so bald wie möglich Heiratsurlaub einreichen wolltest.
Nach dem Urlaub schreibst Du mir am 13. Januar 1943 zu meinem Geburtstag:

Es tut mir sehr leid, daß mein Glückwunsch zu Deinem Geburtstag so arg verspätet ankommt. Am Sonntag wurde ich ganz plötzlich in einem dienstlichen Auftrag in ein Nest, 30 Kilometer von Rouen geschickt und war bis heute unterwegs. Du wirst Dir denken können, daß ich jetzt nach drei durchfahrenen Nächten einigermaßen müde bin. Also, ich gratuliere Dir sehr herzlich und hoffe, daß Du an

Deinem Geburtstag nicht zu einsam auf Deiner Bude hockst. In der Frontbuchhandlung in Rouen fand ich dieses Heft, das Du in Italien hoffentlich brauchen kannst, denn einen dicken Kunstwälzer kann man ja nicht mitschleppen. Ich hoffe sehr, daß es mit Deinem Studium in Italien klappt . . .

Ja, ich konnte damals noch von April bis Juli an der Universität für Ausländer in Perugia studieren und auch ein Examen ablegen. Dein Geburtstagsgeschenk, das kleine Buch über italienische Malerei, war mir bei meinen kunstgeschichtlichen Vorlesungen sehr nützlich. Als die Amerikaner in Italien landeten und Mussolini gestürzt wurde, mußte ich Italien schleunigst verlassen. Von meinen Eindrücken dort wirst Du wohl kaum etwas erfahren haben. Zu jener Zeit ging sehr viel Post verloren, und in Deinem letzten Urlaub hatten wir anderes im Sinn, als uns über mein Studium in Italien zu unterhalten.
Ein herausragendes Erlebnis aus den Monaten, die ich in Italien verbrachte, möchte ich Dir jetzt kurz erzählen. Anläßlich einer Kurzreise nach Rom hatte ich, zusammen mit drei anderen Studentinnen und einigen deutschen Offizieren eine Audienz beim Papst, der sich sehr freundschaftlich mit jedem einzelnen von uns unterhielt, jedem einen Rosenkranz und ein Bild von sich schenkte, sich nach den Bombenschäden in Deutschland erkundigte und dann mit uns gemeinsam für das Leben aller kämpfenden Soldaten betete. Da habe ich ganz intensiv an Dich gedacht. Obwohl ich nicht katholisch bin, hat mich dieser Papstbesuch tief beeindruckt. Selten hat mich ein Antlitz so fasziniert wie die hochintelligenten durchgeistigten Züge Pacellis, und selten habe ich in solch wissende Augen geblickt.
In Deinem Brief vom 13. Januar schreibst Du dann weiter:

. . . Aber bei meiner Hochzeit mußt Du unbedingt dabei sein. Erkundige Dich bitte nach geeigneten Plätzen für eine

kleine Hochzeitsreise, aber schreibe Annemarie nichts davon. Wenn es geht, soll sie das Ziel der Fahrt vorher nicht wissen, das bleibt »geheim«, sie wird dann einfach entführt. Aber außer Dir und mir darf es auch sonst keiner wissen. Für uns beide ist es doch schade, daß aus dem Studienurlaub nichts geworden ist. Wir waren gar nicht mehr viel zusammen in den letzten Jahren, aber deswegen dürfen wir nicht traurig sein, das ist eben der Gang der Welt. Übrigens bin ich davon überzeugt, daß auch in vielen Jahren das persönliche Verhältnis zwischen uns dasselbe ist wie z. B. vor 10 oder 7 Jahren. Ich will mir jedenfalls Mühe geben, daß es so bleibt! Nun Hals- und Beinbruch für Dein neues Lebensjahr!

Ach wie gut, daß wir damals nicht in die Zukunft schauen konnten! Es war also nun beschlossene Sache, daß Du in absehbarer Zeit Deine Annemarie heiraten solltest. Du warst so glücklich, daß die Eltern keinen Einspruch mehr erhoben, daß Du auch die von ihnen gestellten Bedingungen ohne Widerspruch akzeptiertest. Die standesamtliche Trauung sollte in Koblenz stattfinden mit anschließender Familienfeier im Kasino. An der kirchlichen, katholischen Trauung, die Ihr für Heidelberg plantet, wollten meine Eltern nicht teilnehmen und äußerten den dringenden Wunsch, daß auch von seiten der Familie Annemaries niemand bei der Trauung zugegen sein sollte. Du hast mir damals mehrmals geschrieben, wie Du Dir die Organisation der kirchlichen Trauung in Heidelberg vorstelltest. Hier zwei Auszüge aus den entsprechenden Briefen:

4. Februar 1943
... Also nochmal kurz, was Du Dir merken mußt:
1. Samstag – Sonntag, getrennte Zimmer,
2. Ab Sonntag Doppelzimmer mit Bad,
3. Hochzeitsessen für Annemarie und mich, dabei Beachtung, daß Annemarie noch ihr Brautkleid trägt,

4. *Wichtig! Blumenbukett bestellen!*
5. *Kutsche für Hotel – Kirche – Hotel bei Ortskommandantur bestellen!*
6. *Trauungsgottesdienst bestellen!*
Ich habe jetzt leider für den Oberst eine Alarmübung durchzuführen und muß deshalb Schluß machen. Ich danke Dir im voraus sehr für die große Mühe, die Du Dir unseretwegen machen mußt! . . .

6. Februar 1943
. . . Ich muß Dir schnell noch etwas sagen. Wenn wir im selben Hotel alleine feiern und Annemarie ihr Brautkleid trägt, wissen die Gäste dort alle, daß wir auf der Hochzeitsreise sind, und das ist mir unangenehm. Deshalb schlage ich vor: Ich selbst schlafe von Samstag auf Sonntag in dem von Dir gewählten Hotel, aber Annemarie in einem anderen, wo ich sie dann abhole und wo wir auch feierlich zu Mittag essen. Nachmittags kann sie sich dann umziehen und in mein Hotel kommen . . .
Ich könnte alles auf den Kopf stellen vor Freude!
Also bestelle das Einzelzimmer in einem anderen Hotel und dirigiere die Kutsche dorthin!
Hast Du die weißen Blumen bestellt?

Für heutige Zeiten, einfach unglaublich, welche Umstände die strengen Sitten damals erforderten und wie sehr junge Menschen von dem Willen der Eltern und den religiösen Vorschriften der Kirche abhängig waren!
Doppelt unverständlich, wenn man bedenkt, welch schwere Zeiten Du hinter Dir hattest! Noch heute tut es mir wahnsinnig leid, daß niemand von der Familie an Eurer kirchlichen Trauung teilgenommen hat. Nach der Familienfeier im Kasino war Annemaries Schwester Margret zu mir gekommen und hatte mir vorgeschlagen, mit ihr am nächsten Tag nach Heidelberg zu fahren, um in der Kirche Eure Trauzeugen zu sein. Wie gerne hätte ich Margrets

Vorschlag angenommen, aber zu sehr war ich zum Gehorsam erzogen, und aus Angst vor Mutters Reaktion habe ich Margrets Vorschlag abgelehnt.
Den ersten Brief nach Deiner Hochzeit hast Du mir am 28. Februar 1943 geschrieben:

*... Nun möchte ich Dir noch einmal sehr herzlich danken, daß Du unsere Hochzeit so glänzend organisiert hast. So schöne Zimmer hast Du ausgesucht, den Blumenstrauß besorgt, die Kutsche bestellt usw. Und dann das hübsche Bild von Heidelberg! Wir haben es in unserer Wohnung an einem schönen Platz aufgehängt. Nach diesem wunderbaren Urlaub zu zweien fällt es mir jetzt sehr schwer, mich wieder an das Alleinsein zu gewöhnen. Ausgerechnet bin ich jetzt ganz in die Einsamkeit verbannt worden. Ich muß für 8 Tage den Chef einer Schützenkompanie vertreten und hause mit der Kompanie ganz einsam in den Dünen. Mein Trost ist ein sehr rassiger junger Schäferhund, den ich für die Zeit in Pension genommen habe und der mich nicht in Ruhe schreiben läßt. Eben hat er sogar in den Brief gebissen, weil ich nicht mit ihm spielen wollte.
Oberst Sturt hat mir eben ein großes Führerbild für unsere Wohnung überreicht mit entsprechender Rede. Es war bei seinem Abschiedsessen, denn er verläßt uns jetzt ...*

Das »Führerbild« hast Du nie aufgehängt.
An Vater schreibst Du am 8. März 1943:

Gestern abend bin ich wieder zu meinen Leuten zurückgekommen. Bei der Kompanie war ich zur Untätigkeit verdammt, und hier habe ich gleich viel Arbeit, denn in den nächsten Tagen findet eine große Übung meiner Nachrichtenleute statt, zu der einige höhere Vorgesetzte kommen werden, auch der Divisionskommandeur und der Korpskommandeur. Ich strenge mich nun sehr an, damit alles klappt.

Als ich aus dem Urlaub kam, war der Zug überfüllt mit Landsern, die telegraphisch zurückgerufen wurden. Ganz plötzlich kam unsere linke Nachbardivision wieder in den Osten. Es ist unwahrscheinlich, daß wir jetzt auch hier herausgezogen werden, denn wer soll den Kanal bewachen? Im allgemeinen rechnet man damit, daß wir bis zum Sommer oder gar bis zum Herbst hier bleiben werden, doch kann man beim Kommiß ja nie wissen!

Gestern habe ich mit einem 10,5-Zentimeter-Geschütz auf ein Wrack geschossen. Es ging wunderbar. Du siehst, Vater, wir können auch mit Kanonen schießen!

Aus einem Brief an mich vom 9. März 1943:

... Ich habe dem neuen Kommandeur heute einen mehrstündigen Vortrag über unseren Nachrichtenkram gehalten. Er ist im ersten Weltkrieg selbst Nachrichtenoffizier gewesen und hat viel Verständnis für uns. Unter ihm macht mir das Arbeiten Freude. Mit Preuschen und noch vielen anderen Herren der Division war ich heute abend im Offiziersheim und habe mich glänzend unterhalten.

Nun gute Nacht, es ist schon 2 Uhr.

Im April 1943 wurdest Du wieder gen Osten in Marsch gesetzt. Ein kurzer Gruß vom 15. April 1943:

Ehe wir die Reichsgrenze nun nach Osten überschreiten, will ich Euch noch schnell einen Gruß senden. Wohin es geht, weiß niemand, aber die Strecke kommt mir von meinen früheren Fahrten in diese Gegend sehr bekannt vor.

Nun warst Du an Eurem Bestimmungsort angekommen und schreibst am 27. April 1943:

Regiments-Gefechtsstand, 27. April 1943
Gestern bin ich an der Front angekommen. Ich bin fast wieder in derselben Gegend, wo ich das letzte Mal verwundet wurde. Meine alte Division, die in Stalingrad geblieben ist, hatte den Abschnitt, den wir jetzt besetzen, vor einein halb Jahren genommen. Das Leben hier erinnert an die Zeiten im Frühjahr 1940 am Westwall. Wir sind hier sehr optimistisch. Die gefangenen Russen sagen aus, daß es drüben sehr schlecht steht . . . Preuschen und ich bewohnen zusammen ein Haus. Ich habe jetzt auch einen Wagen bekommen, einen Kadett für mich allein. Die Front ist absolut ruhig.

20. Mai 1943
Es ist wirklich recht langweilig hier, da dienstlich nicht viel zu tun ist, und ich freue mich über jeden Lesestoff. Ich habe mir von einem Kameraden den »Mythos« geliehen. Mit den darin aufgeführten Ideen bin ich aber nicht einverstanden.

Im Sommer 1943 wurdest Du zu einem Lehrgang an die Heeresnachrichtenschule nach Halle einberufen. Du hattest Dich zu diesem Lehrgang für Nachrichtenoffiziere gemeldet, weil Du hofftest, Annemarie könne zu Dir nach Halle kommen und mit Dir dort zusammen wohnen. Annemarie gab Dir gleich Nachricht, daß ihr Chef beim Nahrungsmitteluntersuchungsamt, wo sie als technische Assistentin tätig war, ihr keinen Urlaub für einen Aufenthalt in Halle genehmigen würde. So hast Du in Halle eine Assistentin ausfindig gemacht, die bereit war, ihren Posten in Halle mit Annemaries Stellung in Koblenz zu tauschen. Nicht wahr, Du warst grenzenlos enttäuscht, daß Annemaries Chef nicht mit diesem Tausch einverstanden war. Ich nehme an, daß auch Annemaries Eltern in jenen unsicheren Zeiten der Bombenangriffe ihre Tochter bei sich zu Hause behalten wollten. Es kam noch hinzu, daß Annemaries Mutter damals schon sehr unter Schmerzen

litt und auf Annemaries Hilfe im Haushalt angewiesen war. Ihre Mutter ist kurz nach Kriegsende, nachdem Annemaries Bruder, 19jährig in den letzten Kämpfen noch 1945 gefallen war, an Krebs gestorben.
Sicher warst Du unheimlich traurig, daß Annemarie auch nie an einem Wochenende zu Dir nach Halle kam, obwohl Du mehrmals in einem Hotel Zimmer für Euch beide bestellt hattest. Aber auch die Eltern haben Dich nicht in Halle besucht, und sicher hast Du Dich gefragt, warum auch ich nicht gekommen bin. Als Du aus Halle schriebst, war ich gerade unter abenteuerlichen Umständen aus Italien zurückgekehrt, und so wollten die Eltern mich verständlicherweise nicht gleich wieder unterwegs wissen, und außerdem hatte ich kein eigenes Geld. Mit etwas mehr Energie und Überredungsversuchen hätte ich eine Fahrt zu Dir wohl doch durchsetzen können, warum nur habe ich es nicht getan?
Du hattest aus Halle geschrieben:

26. Juli 1943
Ich wohne hier kasernenmäßig mit vier Mann auf einer Bude, bereue, mich zu diesem Lehrgang gemeldet zu haben, denn ich lerne hier nichts Neues und die größte Enttäuschung für mich ist natürlich, daß Annemarie nicht zu mir nach Halle ziehen kann. Vor einem Jahr wären die Vorträge hier nützlich für mich gewesen, aber jetzt habe ich mir das alles mühsam selbst erarbeitet und erhalte hier nur die Bestätigung, daß ich keine Fehler gemacht habe. Heute morgen hielt ich selbst einen Vortrag. Beim Unterricht wurde ich schon oft nach meinem Beruf gefragt, und dann ist man sehr erstaunt, daß ich Kaufmann bin und kein Physiker. Wenn ich es gerne möchte, würde man mich als Lehrer hier behalten. Aber da Annemarie doch nicht herkommt, hätte ich große Lust, mich von Preuschen zurückholen zu lassen. Ich komme mir hier einfach überflüssig vor...

Ich habe vom 1. August ab ein Doppelzimmer in einem Hotel bestellt. Wollt Ihr mich nicht einmal besuchen, oder soll ich das Zimmer abbestellen?

Am 11. August 1943 an mich:

... Laß Dich nicht von dem allgemeinen Pessimismus, der jetzt durch den Schock »Italien« ausgebrochen ist, anstecken. Wir müssen nur aushalten, und das können wir, wenn der Wille dazu da ist, noch jahrelang.
Annemarie wird wahrscheinlich auch diesen Sonntag nicht nach Halle kommen, ich habe aber Zimmer bestellt. Willst Du mich nicht einmal über ein Wochenende besuchen? Ich würde mich auf jeden Fall sehr freuen!

Bevor Du wieder zu Deinen Kameraden an die Ostfront zurückgekehrt bist, konntest Du noch einen 14tägigen Urlaub in Winningen verbringen. Es war der erste und letzte Urlaub nach Deiner Heirat. Zu Beginn unseres Gespräches habe ich schon geschildert, wie ich Dich aus jenen Tagen in Erinnerung habe und wie Du mir Deine verzweifelten Gedanken anvertraut hast, Gedanken, die ganz im Gegensatz standen zu den optimistischen Briefen, aus denen die Einstellung herausklang, zu der ihr als Frontsoldaten gezwungen ward: Ihr durftet unter keinen Umständen den Angehörigen zu Hause den Mut zum Durchhalten nehmen!

Ich entsinne mich noch einmal des letzten Zusammenseins mit Dir allein. Die einzelnen Worte, die wir wechselten, vermag ich nicht mehr in mein Gedächtnis zurückzurufen. Doch die tiefgreifende Wandlung in Deiner Einstellung zum Krieg ist mir noch gegenwärtig. Schon zu Anfang des Rußlandfeldzuges klang aus Deinen Briefen nicht mehr die euphorische Begeisterung, für Dein Land zu kämpfen und zu sterben wie während des Feldzugs in Frankreich.

Die zerbrochene Glocke, aufgenommen von Karl-Heinz während des Frankreichfeldzugs

Du hattest zu viele Kameraden sterben sehen und zu viel menschliches Elend erlebt, und die Szenen des grausamen Nahkampfs, zu dem Du als Infanterist gezwungen warst, hatten sich Dir tief ins Gedächtnis eingegraben. Du mußtest zu oft daran denken, und die ganze Sinnlosigkeit dieses Krieges war Dir nun bewußt geworden. Darüber haben wir damals gesprochen.

Unser Glaube und unser Idealismus hatte sich als irrsinnige Illusion erwiesen, war so zerbrochen wie die Kirchenglocke, die Du in Frankreich in einer zerstörten Kirche fotografiert hast und die zerbrochen am Boden lag.
Warum hast Du trotz Deiner Einsicht damals nicht alles darangesetzt, in Halle zu bleiben? Neben der Enttäuschung, daß Annemarie nicht zu Dir kommen konnte, sprach bei Dir wohl das Gefühl mit, daß Du Deine Kameraden an der Front nicht im Stich lassen konntest. Bis zum bitteren Ende wolltest Du Deine Pflicht als Soldat erfüllen. Auch nach diesem Urlaub schriebst Du weiterhin optimistische Briefe, und vielleicht hast Du nur mir damals Deine innersten Gedanken preisgegeben. Erst als ich selbst verheiratet war, begann ich zu verstehen, daß Du diesen letzten Urlaub nicht so genießen konntest, wie man es einem jung verheirateten Paar gewünscht hätte.
Nur wenige Tage, die Du mit Annemarie in einem Wochenendhaus unseres Onkels in der Eifel verbringen konntest, ward Ihr beiden allein.
In unserem Elternhaus hattet Ihr eine kleine, nicht abgeschlossene Wohnung im zweiten Stock, und Du hast Dich sicher etwas zerrissen gefühlt, da auch Vater und Mutter mit Dir zusammen sein wollten und letzten Endes auch ich. Ihr hattet Euch Eure kleine Wohnung nett eingerichtet, und, wieder in Rußland, hast Du Dir wohl mit Sehnsucht Dein Leben mit Annemarie in dieser Wohnung vorgestellt.
Nach dem Urlaub wohnte Annemarie wieder bei ihren Eltern in Koblenz, da sie ja in Koblenz berufstätig war.

Für Dich muß es eine arge Enttäuschung gewesen sein, als Mutter Dir mitteilte, daß sie Eure Wohnung einer Cousine, einer Kriegerwitwe mit zwei Kindern zur Verfügung gestellt hatte, die vor den Bomben in Frankfurt geflüchtet war.
Am 19. September 1943 schreibst Du wieder aus Rußland:

Heute, am Sonntag, bin ich immer noch nicht bei meiner Truppe. Ich will der Reihe nach erzählen. Von Berlin aus fuhr mein vorgeschriebener Zug nach Kowel schon seit Wochen nicht mehr. So nahm ich einen Zug nach Lemberg. Ich wollte dort die Zeit nicht nutzlos verstreichen lassen und ging zum Flugplatz. Hier startete gerade eine Maschine nach Saporoschje. Da der Pilot mir sagte, die Stadt würde geräumt und es bestünde für mich von dort aus keine Möglichkeit mehr, zur Truppe zu kommen, stieg ich schon bei einer Zwischenlandung in Kasatin wieder aus, wo ich meinen Urlauberzug Kowel – Charkow erreichte, der schon am Montag in Kowel abgefahren war. Da einige Kilometer vor uns zwei Munitionszüge zusammengestoßen und in die Luft geflogen waren, mußte unser Zug 36 Stunden warten. Inzwischen wurde die Strecke Kiew – Poltawa durch den russischen Vormarsch gesperrt, und unser Urlauberzug sollte in Jagotin ausgeladen werden, um Gerüchten zufolge zum Einsatz zu kommen. Ich traf dort den Burschen unseres Stabveterinärs, und wir beide stiegen einfach unterwegs auf einen Zug in entgegengesetzter Richtung und fuhren zurück nach Kiew, da meines Erachtens unsere Einheit nur über Krementschug zu erreichen war. Die Frontleitstelle dort bestätigte mir meine Annahme. Inzwischen hatte man unseren Urlauberzug von Jagotin aus wieder nach Kiew geleitet und ich sah, wie die Urlauber dort gesammelt und in Kasernen gebracht wurden. Wir waren heilfroh, vorher ausgekniffen zu sein und bedauerten die armen Kerle, die jetzt nicht zu ihrer Einheit zurückkommen, sondern wahrscheinlich zur Verteidigung von Kiew eingesetzt werden. Nun fuhren wir erst in einem Urlauberzug zurück bis Fastow. Dort entdeckte ich einen Lazarettzug, der uns heute nacht per Schlafwagen bis Karistowka gebracht hat, und hier fanden wir wieder einen Lazarettzug, der nach Krementschug gehen soll. Hier habe ich auch wieder ein Bett gefunden.

Ich bin gespannt, wie weit ich meiner Einheit noch entgegenfahren muß. Ich habe ja alles menschenmögliche getan, um rasch zu meiner Truppe zu kommen.
Nun zum eigentlichen Inhalt meines Briefes. Ich möchte Euch dafür danken, daß Ihr versucht habt, mir den Urlaub so schön wie möglich zu gestalten. Natürlich ist es sehr schwer, 14 Tage lang so in Hochform zu leben, wenn man dauernd den Abschied vor Augen hat, der bei der jetzigen Lage besonders schwer ist. Man muß sich schon sehr zusammennehmen, um den Urlaub ungezwungen genießen zu können. Zu leicht werden die wenigen Tage da zum Krampf. Es war sehr schade, daß Ihr nicht mal nach Halle kommen konntet!

20. September 1943
Inzwischen sind wir in Krementschug angekommen und hier hat man uns festgehalten. Es soll niemand mehr nach vorne, wir sollen warten, bis unsere Einheit uns entgegengekommen ist. So ein Quatsch! Na, wir wollen's mal irgendwie versuchen, doch hinzufinden!

Aus einem Brief vom 6. Oktober geht hervor, daß Du Deine Truppe doch noch erreicht hast. Du schreibst:

Regiments-Gefechtsstand 6. Oktober 1943
Die erste Woche bei der Truppe stand für mich unter dem Zeichen der Furcht vor dem neuen Kommandeur. Ich habe wider Erwarten die erste Woche bei ihm ausgehalten, ohne aus dem Stab rauszufliegen. Mit viel Glück und Diplomatie habe ich einen ganz guten Eindruck auf den Kommandeur gemacht. Wenn ich in den nächsten Wochen noch durchhalte, werde ich wohl mit dem übernervösen Mann auskommen.
Neulich hatte ich den Auftrag, eine Organisierungsfahrt zu unternehmen. Ich sollte bei einem Oberleutnant der Armee Waffen holen, bekam von ihm aber nichts und ging aus

Verzweiflung bis zum Oberquartiermeister der Armee persönlich, wieder ohne Erfolg. Am nächsten Tag ging ich zum Korps und zwar zum I a persönlich und schilderte ihm unsere Lage möglichst düster. Er schickte mich zum Quartiermeister des Korps, also dem dritten Mann mit roten Streifen an der Hose, und dieser gab mir endlich was ich haben wollte, sogar viel mehr, als wir zu hoffen gewagt hatten.
Mit dem Lkw voller Waffen fuhr ich heim und konnte so die Bewaffnung des Regiments mit einem Schlag fast verdoppeln. Das war ein ganz schöner Auftakt. Als ich zurückkam, kümmerte ich mich um meine Leitungen, und dann wurden wir plötzlich zu einem anderen Abschnitt verschoben. Ich war mal wieder Vorkommando und hatte mit dem Kommandeur des abzulösenden Regiments, einem Ritterkreuzträger, Verbindung aufzunehmen. Auch das hat geklappt, so daß diese Woche für mich ganz gut verlaufen ist. Wir liegen jetzt genau gegenüber der Eisenbahnbrücke in einer Stadt. Unsere neue Stellung gefällt mir, hier sind eine Menge Kabel zurückgelassen worden, so kann ich damit meinen Kabelbestand auffüllen und bin feste dabei, zu organisieren. Eben hat mich der Divisionsnachrichtenführer besucht.

Du hast immer wieder von neuen Stellungen geschrieben, heute weiß ich, daß Ihr Euch damals ständig auf dem Rückzug befunden habt. Sicher hattet Ihr dabei auch harte Kämpfe zu bestehen, aber aus Gründen, die ich schon erwähnte, hast Du uns nichts geschrieben, was uns hätte aufregen und den Glauben an den »Endsieg« hätte nehmen können.
Am 16. Oktober 1943 schreibst Du:

... Morgen werden wir schon wieder umziehen, allerdings nur wenige Kilometer weit. Aber das bringt für mich viel Arbeit wie Du Dir denken kannst. Eben habe ich im Radio

von dem großen Luftangriff gehört, bei dem 121 feindliche Flieger abgeschossen wurden. Ist in Eurer Gegend auch etwas passiert? S. wird jetzt in Urlaub fahren, da er total bombengeschädigt ist, er hat auch gerade vor kurzem geheiratet.
Hier am Dnjepr müssen wir halten, davon hängt alles ab. Heute ist der erste Regentag, so daß es in diesem Jahr wahrscheinlich doch wieder eine Schlammperiode geben wird. Wir hatten schon nicht mehr daran geglaubt und gehofft, der Winter käme ohne Übergang. Ich habe mir ein paar wunderbare Langlaufskier organisiert. Sie wurden bei der Wintersammlung in der Heimat gespendet und sind so leicht, daß man sie mit dem kleinen Finger tragen kann.

19. Oktober 1943
Eben wurde im Nachrichtendienst wieder von den Kämpfen zwischen Dnepropetrowsk und Krementschug berichtet. Also bei uns, genau gegenüber von Krementschug, ist nichts los. Wir hören nur bei günstigem Wind den Kanonendonner von rechts. Die Russen haben scheinbar alle Kräfte dorthin geworfen, denn bei uns ist fast kein Feind mehr zu finden. Unser Kommandeur vertritt seit einer Woche den Kommandeur eines Regiments, das dort in den großen Kämpfen eingesetzt ist.
Lebt Fips eigentlich noch? Wir haben uns einen kleinen, herrenlosen, braunen Hund organisiert.

Dein kleiner Dackel Fips lebte damals noch. Als die Amerikaner 1945 Winningen besetzten, wurde Fips von einem amerikanischen Jeep überfahren.

In einem Brief vom 31. Oktober 1943 gebrauchst Du ein Wort, das mich schauerlich an die Wehrmachtsberichte aus jener Zeit erinnert. Die Rückzugsbewegungen wurden immer als »planmäßig« bezeichnet.

31. Oktober 1943
Regiments-Gefechtsstand. Hier geht alles planmäßig. Unser Divisionsabschnitt ist wieder vom Feind gesäubert. Rechts hinter uns rollt unser Angriff mit frischen Kräften. Preuschen ist jetzt Adjutant. Ich soll vertretungsweise die Stabskompanie übernehmen, wozu ich wenig Lust habe. Der Posten als Nachrichtenoffizier macht mir wesentlich mehr Freude.
Wir hoffen sehr, daß unsere im Süden angreifenden Verbände den Feind so schwächen, daß er wieder über den Dnjepr zurückgeht. Diese Stellung wäre bestimmt gut für den Winter und besonders im Frühjahr, wenn das Hochwasser kommt.
Hoffentlich gibt es im Winter nicht noch einmal eine solche Bewegung wie die abgeschlossene. Wir hoffen in den letzten Tagen zuversichtlich, daß wir es schaffen werden.

Am 3. November 1943 hattest Du schon wieder das Quartier gewechselt und wieder klingt Dein Brief bewußt optimistisch und spiegelt sicher nicht die wahren Gedanken wider, die Dich damals bewegten.

3. November 1943
Heute bin ich in einen besseren Bunker mit Fußboden und holzverschalten Wänden umgezogen. Jetzt fühle ich mich wie ein König in seinem Palast. Das Funkgerät steht neben mir, und ich habe mit allen Teilen des Regiments tadellose Funk- und Telefonverbindung. Auf unserem selbstgemauerten Herd bereiten wir uns feine Speisen zu.

Ich muß Dir erzählen, daß ich mich im August 1989 mit Dr. Freiherr von Preuschen getroffen und ihm Deine letzten Briefe gezeigt habe. Er war ja damals der Adjutant Eures Kommandeurs und hatte die letzte feste Behausung mit Dir geteilt. Herr von Preuschen erzählte mir, was er aus jenen Tagen noch in Erinnerung hatte. Er sagte, Ihr wäret

damals am Rande Eurer seelischen und körperlichen Kräfte gewesen und es sei Euch nur noch ein gewisser Galgenhumor geblieben.
Aus Deinen letzten Briefen kann man das nicht heraus-lesen.

5. November 1943
Heute morgen habe ich mit Preuschen die Stellungen eines unserer Bataillone besichtigt. So waren wir auch mal wieder an der vordersten Front, das machte mir Freude. Jetzt sitze ich wieder in meinem Bunker, eben haben wir Bratkartoffeln mit Aprikosenkompott gegessen.

13. November 1943
Ich habe jetzt eine Menge zu tun, weil ich während des Urlaubs unseres Chefs nebenbei die Stabskompanie führen muß.
Bei einem Lehrgang für Funker, den ich jetzt hier abhalte, gebe ich täglich eine Stunde Physik, das ist interessant und macht mir Spaß.

Deinen letzten Brief, den Du am 19. November 1943 an mich geschrieben hast, erhielt ich mit der Feldpost erst im Januar 1944 in Heidelberg, und die Eltern bekamen zu der Zeit Deinen Brief vom 21. November 1943, nachdem wir bereits die Nachricht von Deinem Tod erhalten hatten.

19. November 1943
... Eben wird in meinem Bunker ein Festessen zubereitet. Es gibt Kartoffelpuffer (13 Stück) mit Aprikosenkompott, Gemüse und Zwiebeln, dazu Sekt! Wir feiern Willis Stammhalter. Der Kerl hat 8 Tage nach mir geheiratet. Mein Bunker ist der schönste vom ganzen Regiment. Er war zuerst der einzige, der für mich übrig blieb, aber ich habe ihn mir schön eingerichtet. Du wärest erstaunt, könntest Du ihn sehen. Überall habe ich herrliche Fotos

hängen, über dem Schreibtisch 19 vom letzten Urlaub und ein paar nette Hummelkarten. Radio habe ich auch. Mein Bett ist bei Tag eine Couch, dahinter hängt als Wandbehang ein schöner Teppich. Jetzt ist der Tisch gedeckt, wir müssen mit unserem Fest bei Kerzenschein beginnen. Wenn es geht, schreibe ich Dir bald einen schöneren Brief, nun gute Nacht!

21. November 1943
Was soll ich Euch viel Neues erzählen? Ich sitze immer noch in meinem Bunker. Wenn ich vor die Tür trete, sehe ich draußen den Dnjepr. Gestern bekamen wir eine Menge Marketenderwaren, hauptsächlich Alkohol. Bei Preuschen haben wir Wein und Sekt getrunken. Heute soll beim Kommandeur Rehbraten gegessen und Sekt gesoffen werden . . .

Du kannst Dir vorstellen, welche Verzweiflung mich ergriff, als ich Deinen lebendigen, fast fröhlichen Brief las und doch wußte, daß Dein Körper irgendwo in Rußland in der Erde ruhte und Dein Geist schon im Jenseits war.
Herr von Preuschen erzählte mir noch einmal, wie es zu Deiner dritten und schwersten Verwundung kam.
Du meldetest ihm Deine Absicht, in der vordersten Linie Deine Nachrichtenleute aufzusuchen. Preuschen hatte dabei ein ungutes Gefühl und riet Dir noch, ja nicht leichtsinnig zu sein.
Wenige Stunden später wurdest Du durch einen Bauchschuß schwer verwundet, auf einer Bahre liegend zurückgebracht. Ein Soldat erzählte, ein Russe habe Dich auf deutsch angesprochen, daraufhin seist Du aus der Deckung herausgetreten und die feindliche Kugel habe Dich getroffen.
Ich stelle mir vor, es war wohl so wie bei jedem Nahkampf im Kriege. Zwei Menschen, die persönlich keinen Haß gegeneinander empfinden, stehen sich gegenüber und sind

gezwungen, aufeinander zu schießen. Der Russe hatte zuerst geschossen. Aber vielleicht wolltest Du nicht mehr schießen?!
Als man Dich brachte, warst Du noch bei vollem Bewußtsein und hast mit Herrn von Preuschen gesprochen. Du wurdest dann auf einem Panjewagen viele Kilometer weit auf Schlammstraßen zum Hauptverbandsplatz gebracht und dort operiert.
Während in deutschen Städten die Parteibonzen noch mit Autos zu ihren Dienststellen fuhren, war für die Verwundetentransporte in vorderster Linie kein Benzin mehr vorhanden. Und erst jetzt habe ich von Herrn von Preuschen erfahren, daß es auch kein Morphium mehr für die Verwundeten in vorderster Linie gegeben hat.
Es zerreißt mir das Herz, wenn ich daran denke, welche Schmerzen Du aushalten mußtest.
Vom Hauptverbandsplatz aus wurdest Du wieder auf einem Panjewagen zum nächsten Flugplatz gefahren und dann im Flugzeug zu einem Lazarett nach Proskurow gebracht, einer ukrainischen Stadt, die heute Chmelnizkij heißt. Schon vom Fieber geschüttelt, schriebst Du von dort noch eine Karte, Du seist wieder verwundet worden und kämest nun bald in die Heimat. Die Buchstaben waren verworren, die Worte kaum leserlich. Eine große Angst ergriff mich, als ich die wenigen Zeilen las, und diese Angst verwandelte sich in tiefe, kaum zu ertragende Trauer, als kurz darauf die Nachricht von Deinem Tode kam. Die kurze Mitteilung, man hätte Dich nachträglich noch zum Oberleutnant befördert, vermochte natürlich nicht, die Eltern und mich zu trösten.
Die Krankenschwester, die Dich in Deinen letzten Tagen gepflegt hat, schrieb uns einen Brief, der nach einer kurzen Einleitung folgenden Inhalt hatte:

... Meine beiden lieben, lebensfrohen Brüder blieben auch in Rußland, mein Mann geriet in den Endkämpfen in

Tunesien in amerikanische Gefangenschaft, mein jüngster und letzter Bruder liegt im Lazarett. Das Bewußtsein, im gleichen Schmerz mit vielen Familien im deutschen Volk in einer großen Schicksalsgemeinschaft zu stehen, macht uns stark.
Die Pflege unserer Verwundeten war mir immer wieder Trost, und meine Bruderliebe fand darin einen Ausweg. Auch Ihr lieber Sohn, Herr Leutnant Schwebel, kam am 4. Dezember zu uns auf meine Station, in das Offizierszimmer, welches ich selbst betreue. Herr Leutnant Schwebel kam recht matt und elend zu uns. Er stand zuerst noch mit ungefähr 30 Schwerst- und Schwerverwundeten auf dem Flur, und unser Arzt ging die Reihen der Verwundeten durch, um seine Anordnungen zu treffen. Ihr lieber Sohn gehörte zu den ersten, die zum Verbandswechsel in den Operationssaal bestimmt wurden. Herr Leutnant Schwebel fiel mir da im Flur so angenehm auf, weil er, als ich in seiner Nähe war, sagte, ich kann noch warten, ich bin schon operiert, die anderen Kameraden jammern ja so sehr und sollen vor mir heraufgetragen werden. Noch im Flur erzählte Ihr lieber Sohn mir dann, daß er kilometerweit in Panjewägelchen zum Flugplatz gefahren wurde und während der Fahrten und auch im Flugzeug sehr gefroren hat. Über Schmerzen klagte Herr Schwebel nie. Herr Schwebel kam dann in eines unserer schönen Matratzenbetten neben Herrn Hauptmann R., einem älteren, lieben Herren, der die jungen Offiziere väterlich betreute. In diesem Zimmer hat Ihr lieber Sohn dann wohl auch noch die letzte Karte an Sie geschrieben. In den Vormittagsstunden des 5. Dezembers verlangte Herr Schwebel nach dem Arzt, klagte aber auch da nicht über Schmerzen. Unser sehr tüchtiger Stationsarzt untersuchte daraufhin Ihren lieben Sohn und stellte eine Bauchfellentzündung fest. Der Arzt sagte mir dann, daß es sehr ernst um den Patienten stünde. Herr Leutnant kam dann in ein kleineres Zimmer, in welchem wir unsere Sorgenkinder untergebracht hatten, und ich bin

dann fast ständig in dem Zimmer gewesen. Die Kräfte Ihres Sohnes ließen zusehends nach, und das fühlte auch Ihr Sohn. Er sagte: »Schwester, Sie kennen doch viele solche Fälle wie ich einer bin, muß ich sterben? Sagen Sie mir bitte die Wahrheit.« Es ist schwer, in diesen schicksalsschweren Minuten wahrhaftig zu sein. Die großen, ruhigen Augen zwangen mich fast dazu, und so sagte ich: »Herr Leutnant, es steht Ihr Leben in Gottes Hand, er allein entscheidet über Leben und Tod. Sie sind ernstlich krank, aber wir wollen die Hoffnung nicht aufgeben.« »Meine arme junge Frau«, sagte daraufhin Ihr Sohn. Auf meine Frage, wie lange er denn verheiratet sei, erzählte er mir, daß er im Februar geheiratet habe. Herr Leutnant bat mich dann, ihm seine Packtasche zu reichen und zeigte mir Bilder. Besonders lange hielt er ein Bild in der Hand, auf welchem er an einem Geländer im Walde stand. Er erzählte dann auch, wann er sich verlobt hatte, und ich glaube, das Bild zeigte ihn mit seiner Verlobten. Ich war damals tief ergriffen und saß noch lange, die Hand Ihres Sohnes in der meinen, an seinem Bett. Ihr Sohn bat mich dann noch um etwas Gutes zu trinken, am liebsten Sekt. Nachdem ich mir von unserem Arzt die Erlaubnis dazu geholt hatte, brachte ich ihm das gewünschte Getränk, und die müden Augen strahlten mich an. Zwei bis drei Teelöffel nur trank Herr Leutnant, und er sagte, er sei so sehr müde, er möchte schlafen, ich sollte aber bei ihm bleiben. Er selbst und auch ich ahnten damals noch nicht, daß dieser Wunsch sein letzter war. Ganz still und ruhig schlief Herr Leutnant ein, um nie wieder aufzuwachen.
Ich fragte mich damals, was Ihrem Sohn die Kraft gab, so stark und tapfer zu sein. Die Bauchschüsse, die ich sonst auf meiner Station hatte, haben immer über große Schmerzen geklagt und nach schmerzstillenden Mitteln verlangt. Ihr lieber Junge hat um keine Tablette, keine Spritze gebeten und auch nicht über Schmerzen geklagt. Von einem Weitertransport in die Heimat weiß ich nichts,

es besteht aber die Möglichkeit, daß Ihr Sohn dazu bestimmt war, denn unsere Ärzte arbeiteten Tag und Nacht und bestimmten oft auch nachts noch Patienten zum Transport, die dann aber wegen Verschlechterung des Befindens wieder zurückgestellt wurden.
Möge Ihnen und Ihren lieben Angehörigen, liebe Frau Schwebel, es ein Trost sein, daß Ihr lieber Sohn von deutschen Schwestern und Ärzten bis zur Todesstunde betreut entschlafen ist. Ihr lieber Sohn ist dann mit anderen Kameraden, die in dieser Zeit gestorben sind, mit allen militärischen Ehren auf dem Heldenfriedhof beigesetzt. Der Friedhof liegt sehr schön. Vielleicht können Sie nach dem Kriege mal an das Grab Ihres lieben Sohnes fahren. In der Hoffnung, Sie durch meinen Brief etwas getröstet zu haben, Ihre Schwester Lotte Behrend

Lieber Karl-Heinz, kaum vermag ich es, unser Gespräch weiterzuführen, so sehr erschüttert es mich, mir in der Phantasie Deine letzten Tage und Stunden vorzustellen. Zu Beginn unseres Gespräches sagte ich, unsere Seelen seien so eng miteinander verbunden, daß ich mich jederzeit mit Dir unterhalten könne.
Aber hörst Du mich auch? Und nimmst Du Anteil am Leben der Menschen, die Dir nahestanden? Bei mir ist die Verbindung mit Dir Glaube und Gefühl, – aber Gewißheit?

Vielleicht sind Dir im Reich der Geister die irdischen Ereignisse und Probleme belanglos, und von dort, wo Du jetzt bist, denkt man in anderen Zeiträumen, so wie es in der Bibel heißt: Tausend Jahre sind vor Dir wie ein Tag und eine Nachtwache.
Aber ich bin froh, daß durch die eingehende Beschäftigung mit Deinen Briefen Dein Leben noch einmal an mir vorbeigezogen ist, und manche Deiner Probleme verstehe ich jetzt besser als je zuvor, und ich werde mich in Gedanken weiter mit Dir unterhalten, denn nach meinem

Gefühl ist die Verbindung mit Dir wieder so eng wie kurz nach der Nachricht Deines Todes, wie in jener Zeit, als ich jede Nacht von Dir träumte.
Ich möchte Dir von meinem Mann erzählen, mit dem Du Dich gewiß blendend verstanden hättest, wenn es Dir möglich gewesen wäre, ihn persönlich kennenzulernen. Ich konnte Dir ja nur aus seinen Briefen vorlesen. Von meinen Kindern will ich Dir erzählen, deren Sorgen und Nöte mir so sehr zu Herzen gehen, von unseren lieben Enkelkindern, und von der so problemreichen Zeit, in der wir leben.

Draußen wütet der Föhnsturm. Von Ferne grollt der Donner, und der Regen trommelt gegen die Fensterscheiben. Der Aufruhr der Elemente paßt zu meiner Stimmung. Es ist bald Mitternacht, und ich bin müde. Ich hoffe, der Schlaf betäubt die seelische Erregung, die mich immer überfällt, wenn ich an Dein Schicksal auf Erden denke.

Soldatengrab, fotografiert von Karl-Heinz während des Frankreichfeldzugs